BASTEI
LÜBBE

Von Rodney Stone erschien bei BASTEI-LÜBBE:
12005 Von der Nacht verschlungen

RODNEY STONE

DIE HALLUZINATION

Aus dem Englischen von
Reinhard Wagner

BASTEI
LÜBBE

BASTEI-LÜBBE-TASCHENBUCH
Band 12360

Deutsche Erstveröffentlichung
Titel der englischen Originalausgabe:
The Dark Side of the Hill

Printed in France Juli 1995
Einbandgestaltung: Gisela Kullowatz
Titelfoto: David Pether-Harper Collins Publishers
Satz: Fotosatz Manfred Schöning, Wiehl
Druck und Bindung: Brodard & Taupin, La Fleche
ISBN 3-404-12360-3

1

Das Haus lag direkt am Berg.

»*Tan-y-graig*«, verkündete Peter Fellowes. »Das bedeutet: ›unter dem Felsen‹.« Er präsentierte stolz ein walisisches Taschenlexikon, das er extra für diese Reise erworben hatte.

Das Gebäude stand in einer natürlichen Senke zwischen den Hügeln am Ende des einsamen Tals, und selbst in der letzten Sonne des anbrechenden Herbstabends wirkte es recht öde: ein zweigeschossiges, schiefergedecktes Farmhaus mit weiß gestrichenen Wänden, von denen an manchen Stellen der Putz abbröckelte. Eine gründliche Renovierung der Fassade wäre längst nötig gewesen.

Sie bogen von der Straße ab, ratterten einen holprigen Weg hoch und hielten schließlich auf einer Art Vorhof. Sandie entdeckte einen kleinen runden Teich, einen Tauteich oder ein *Hexenbad*, schlaff herabhängende Wäscheleinen, rostigen Stacheldraht auf den Zäunen, den stützenden Fels hinter den Scheunen, drei alte Milchkannen und eine leere Hundehütte. Ja, geprägt wurde der erste Eindruck dieser verlassenen Farm im Hügelland von einem unglaublichen Durcheinander. Wochen, nein, Monate mußten vergangen sein, seit zum letzten Mal ein Mensch hier für Ordnung gesorgt hatte.

»Himmel, Dad, du hast Ideen!«

Peter Fellowes kletterte aus dem Wagen und versuchte es an der Haustür. Der Schlüssel paßte, aber ehe sie eintraten, machte er noch einmal zwei, drei Schritte zurück und stand einen Moment da, um, tief in Gedanken versunken, dieses Schlupfloch in Snowdonia zu betrachten. Es war eine lange, anstrengende Fahrt gewesen, von London über Shrewsbury, wo er Sandie von der Schule abgeholt hatte. Er hatte ihr dieses gemeinsame Wochenende schon lange versprochen – und er hoffte, der ganze Aufwand würde sich lohnen. Er wollte, daß es klappte! Wollte es unbedingt! Jetzt lächelte er seine Tochter an, und dabei fühlte er vielleicht noch stärker als sonst, daß sie einander brauchten. O ja, und wie!

Sie hatten in Llanybindon Tee getrunken, und dann war die Straße über die Berge im Zickzack verlaufen, hatte sich wie ein silbernes Band durch Granithöhen geschlängelt mit Geröll auf einer Seite und Gehölz und Feldern auf der anderen. Sie hatten schäumende Wasserfälle gesehen und Schafe, die zutiefst erschrocken in die falsche Richtung liefen.

»Es wird sicher schön«, sagte er, und in diesem Augenblick wölbte sich tatsächlich ein Regenbogen aus den schwarzen Wolken. »Eine Chance für Ruhe und Frieden.«

»Hm, das kann man wirklich sagen.« Da war eine sonderbare Trägheit, eine Stille, die Sandie beinahe beunruhigte.

Er öffnete die schwarze Tür und trug das Gepäck hinein, Sandies kleinen Koffer für das Wochenende, seinen größeren für die ganze Woche, anschließend die mitgebrachten Vorräte. Nachdem sie alles in der Küche verstaut hatten, inspizierten sie nacheinander die restlichen Zimmer, und Sandie entfachte das elektrische Feuer.

»Scheint ein bißchen feucht. Dad. Und gespenstisch.«

»Nun. ich vermute. das Haus wurde eine ganze Zeit nicht mehr bewohnt.«

Die Küche hatte Gitterfenster. einen klobigen Tisch mit vier wackeligen Stühlen und einen einfachen Kohlenherd. Trotzdem begann sich Sandie sofort wohlzufühlen. stellte sich mit einer Spur Vorfreude eine Farmhausküche vor. die mit herrlichen Vorräten gefüllt war. mit geräucherten Schinken. die von den Sparren hingen. Schnüren von Zwiebeln und unzähligen Kräutern vor den Fensterbänken.

»Forschen wir weiter!«

Das Wohnzimmer lag im hinteren Teil. Es hatte tiefe Balken und cremefarbene tapezierte Wände. eine rußgeschwärzte Kaminecke. ein kleineres Chintz-Sofa mit hohem Rücken und eine Reihe abgenutzter Stühle. Auf den ersten Blick wirkte es sehr gemütlich. Sogar ein alter Fernsehapparat stand da.

»Wem gehört dieses Haus eigentlich. Dad?«

»Diesem Burschen aus Birmingham«. antwortete Peter Fellowes. »Steadman heißt er.«

James. Sandies älterer Bruder. der zur Zeit in Bristol Maschinenbau studierte. konnte für die Idee verantwortlich gemacht werden. Er hatte die Anzeige in einem lokalen Blatt entdeckt und das Haus seinem Vater für die kleinen Ferien als abgeschiedenen Sitz vorgeschlagen.

»Möbliertes Farmhaus zu vermieten in einsamem Tal von Nordwales. Passend für ein Paar. das von allem weg will. Preis auf Anfrage.«

Der schlaksige James. nicht eben kooperativ und vor allem seinem irdischen Fortkommen zugewandt. hatte plötzlich diese paradiesische Vision gehabt und vorgeschlagen, sein Vater sollte mit seiner Schwester dorthin gehen, als wäre dies ein notwendiger Schritt dazu. die beiden wieder zusammenzubringen.

Sie stiegen hinauf und inspizierten die Schlafzimmer, die sich als recht anständig erwiesen, mit soliden Betten und warmen Decken. Sandie wählte das hintere Zimmer mit Blick zum Berg. Fellowes Raum ging zu dem kleinen öden Vorhof hinaus. Außerdem befanden sich auf dieser Etage noch ein Bad und ein drittes Schlafzimmer, das man jedoch zu einem Abstellraum umfunktioniert hatte.

»Exklusive Oxfam-Möbel«, stellte Fellowes ironisch fest.

»Oh, komm, Daddy, sei nicht unfair. Es ist einfach, aber deshalb nicht schlecht.« Sandie begann eifrig, sich um die Wohnlichkeit zu kümmern; sie sortierte die Laken, die sie mitgebracht hatten, und zog Decken aus dem Schrank.

Während Fellowes ihr zusah, wurde er unwillkürlich wieder an Stella erinnert; Sandie hatte die zarte Figur und das ebenmäßige Gesicht ihrer Mutter geerbt, auch ihre schulterlangen Haare waren ähnlich kraus, nur nicht ganz so dunkel. Sandie war siebzehn, und zwischen ihnen war eine Distanz zu überbrücken, gab es die eigentümliche Unsicherheit in der Beziehung Vater und Teenager-Tochter, genährt durch ihr Internatsleben, nachdem seine Frau so plötzlich gestorben war. Er erinnerte sich nur ungern an die Zeit, ehe Sandie wegging, als sie mürrisch, streitsüchtig und anstrengend gewesen war. Kinder aufzuziehen brauchte keinen Lohn. Aber jetzt würde es anders. Hoffentlich...

Sandie hüpfte auf einer Matratze. »Ganz okay.«

»Wie schön, daß es dir gefällt.«

Sie lächelte ihn unsicher an, dann lief sie wieder nach unten. Die Sonne war noch einmal wiedergekommen, ein spätes, warmes, goldenes Licht, das das ganze Tal mit einem fast unwirklichen Glanz überzog.

Peter Fellowes nahm die Hand seiner Tochter, und

so standen sie eine ganze Weile schweigend da, sich ihrer Isolation vom restlichen Teil dieser Welt voll bewußt.

»Hör doch!« Sandie hielt plötzlich inne.

»Was denn?«

»Dieses merkwürdige Geräusch. Da!«

»Ich höre nichts.«

»Vielleicht kommt es von drüben. Laß uns nachsehen.«

Sie gingen ums Haus herum zu den Schuppen, die von Brombeer- und Hagedornsträuchern, Nesseln und Waldreben fast völlig überwuchert waren. Sandie fröstelte. Unheimlich war es hier...

»Dad, das hier macht mich nervös. Es ist, als... als wären Geister da.« Ängstlich blickte sie sich um.

Er schüttelte den Kopf. »Mach dich nicht lächerlich.«

Sie zuckte die Schultern. »Ja, ja, schon gut. Es muß unterirdisch sein, so was wie Wasser, das aus dem Berg kommt.«

Doch Peter Fellowes trug bereits die Bücher, die er mitgebracht hatte, ins Haus, und Sandie holte die Weinflaschen aus dem Kofferraum. Dabei mußte sie flüchtig an Monica Wilson und Miss Clarke denken, Oberhaupt des Fachs Geschichte, die sie im Korridor angehalten und gefragt hatte, wohin sie bloß ginge für das Wochenende.

»In ein Cottage in Nordwales, mit meinem Vater«, hatte sie lächelnd geantwortet und Sachen in ihren Koffer geschaufelt. Am Mittag war sie dann davongerauscht. Deutlich hatte sie Skepsis und Neid in den Blicken der anderen gesehen; die Spannung in der Schule war zermürbend, sieben Tage in der Woche auf engstem Raum zusammengepfercht. Alle brauchten einen Ort für einen Ausbruch.

In der Küche öffnete ihr Vater eine Flasche Sherry. Sie stießen an und saßen still und zufrieden am Tisch, genossen den letzten Sonnenschein. Acht Uhr... und die Luft war weich wie Seide. Schwalben flogen über das Haus. Fern brummte schwach ein Flugzeug, doch danach kam nichts. Sandie streckte eine Hand aus, zog sie dann aber hastig zurück, wie von sich selbst überrascht.

»Hungrig? Wie wär's mit einem Happen?«

»Könnte ich vertragen«, meinte Sandie.

»Froh, daß wir gekommen sind?« wollte er wissen.

»Hoffe, daß es wird«, flüsterte sie.

2

Sie aßen zusammen in der behaglichen Küche, sicher in ihrer Gemeinschaft, als die Schatten der Nacht länger und schwärzer wurden. Fellowes hatte die Heizung irgendwie in Gang gebracht und zwei Kerzen auf dem Tisch angezündet. Lachsfarbenes Licht durchströmte den Raum, der Duft des Bienenwachses breitete sich aus. Schön, wirklich schön!

Sandie saß ihrem Vater gegenüber; sie hatte Steaks gebraten, mit Sauce au poivre und Maisgemüse, und jetzt war sie ein bißchen betrunken von dem Wein und spürte, wie sich ihre Vorbehalte gegen dieses Wochenende langsam lösten.

Sie wollte etwas tun, damit es ihm gutging, doch eine innere Reserve – von ihrer Mutter übernommen – hielt sie ab, sentimental zu werden. Zu viele Gefühle machten verletzlich und angreifbar. Das hatte sie früh gelernt.

Ihr Vater hauchte an das Glas und inspizierte die

Farbe des Weines, als würde er eine Sedimentsprobe vornehmen. Er hat ein gutes Gesicht, dachte sie, freundlich und klug. Vielleicht ein paar Fältchen zuviel für sein Alter, aber die hat das Leben mit seinen unterschiedlichsten Erfahrungen geschrieben.

Er hob sein Glas mit Sainsburys Medoc. »Auf uns.« Hell klangen die Gläser aneinander.

»Ja, auf uns, Dad.«

Das Farmhaus war wie ein Segelschiff in absoluter Windstille. Als sie aufhörten zu reden, merkte Sandie mit einem leichten Schauder, daß es keine Geräusche mehr gab. Kein Vogellaut, kein Rauschen der Bäume – gar nichts. Irgendwann begann es zu regnen.

»Es hat aufgehört. Dieses Rumoren. Klang irgendwie hohl.«

Er lauschte. »Du hast recht.«

»Warum können wir es jetzt nicht hören?«

»Ich konnte es eigentlich nie.« Auch Stella hatte solche »Gefühle« bei Orten und Leuten gehabt. Er klassifizierte sie als etwas Feminines, etwas wie Intuition.

»Warum hören wir überhaupt nichts?« Angst infizierte ihre Stimme. Nicht einmal der leiseste Windhauch. »Verrückt«, flüsterte sie. »Wir könnten die beiden letzten Menschen von Wales sein.«

Peter Fellowes erwog diese Erklärung sorgsam, als hätte er einen Aufsatz zu bewerten.

»Ach, komm. Wir sind auf dem Land. Hier ist es einfach ruhig.« Stille hatte ihn noch nie gestört. Schullehrer mochten sie lieber als Lärm. Einen Augenblick dachte er an das tobende Tohuwabohu seiner Klasse in Barnes, wo er Englisch lehrte, und war sofort noch froher, hier zu sein.

Was war das bloß, was nicht aufhörte, sie zu ängstigen? Sandie kam nicht dahinter, und sie wollte ihren Vater nicht enttäuschen. Es war schön, daß er sie mitgenommen hatte, und sie wußte, wie dringend er etwas Erholung brauchte. Und doch... etwas an dieser unnatürlichen Stille beunruhigte sie.

Genüßlich begann er Käse und Kekse zu essen, während sie angespannt wie ein Wachhund war.

»Was ist los? Sag schon!« forderte er schließlich.

Sandie wollte ausweichen. Sie mahnte sich, nicht so emotional zu reagieren, aber dann sagte sie es trotzdem: »Tot – es ist tot.«

Sein Lächeln wurde sanft, fast schon zärtlich.

»Gut, daß hier endlich die Möglichkeit besteht, mit dir in Ruhe zu reden. Es gibt so viel Unausgesprochenes zwischen uns, so viel, was geklärt werden muß.«

Sie starrte aus dem Fenster, es war jetzt ganz dunkel draußen. Plötzlich riß sie die Augen auf – Angst, Panik krallte sich wie eine Faust in ihren Nacken.

»O mein Gott, Daddy!« Sie schrie. »Was war das? Dieses – Ding?«

»Was?« Fellowes fuhr herum auf seinem Stuhl, alarmiert von ihrem hysterischen Schrei, und sah sie aufspringen.

»Daddy. Dieses grauenhafte Gesicht!« Sie schrie wieder. Ihre Wangen waren totenbleich, ihre Lippen blutleer.

»Welches Gesicht?« Sein Blick drückte Unverständnis aus.

Sandie konnte sich vor Angst kaum klar ausdrücken; selbst von seinem Platz aus spürte er, daß sie am ganzen Körper zitterte.

»Eine alte Frau... wie eine... Hexe. Da – am Fenster.«

Er sah nur eine leere Scheibe, und dahinter tiefschwarze Nacht. Doch, ein Hagedornzweig tappte an das Glas wie der Stock eines Blinden.

»Wovon redest du?« Ihre totale Panik machte ihn nervös. »Sandie, Ruhe! Es ist niemand da. Hörst du – niemand!«

Doch sie ließ sich nicht beruhigen. Er hörte den heftigen Atem seiner Tochter.

»Doch, Daddy, doch! Sie ist da – draußen.« Noch nie, niemals hatte sie so etwas Schreckliches gesehen: ein Gesicht, nein, eine Fratze mit ausgemergelten Lippen über geschrumpftem Zahnfleisch, die Nase kaum mehr als ein vorstechender Knorpel, die Augen in tiefen Höhlen. Ein exhumierter Schädel, an dem helle Haarsträhnen klebten.

»Diese alte Frau! Daddy, hast du sie wirklich nicht gesehen?«

Peter Fellowes drehte sich erneut. »Mach dich nicht lächerlich. Alles in Ordnung. Niemand ist da draußen.«

Sie starrten sich an, wie Feinde zuerst, dann wie zwei Verlorene.

»Laß mich nicht allein.«

»Natürlich nicht.«

Das Gesicht war verschwunden. Er machte die Öllampe an, die von einem Haken an der Wand hing, und öffnete die Tür. Die Nacht fiel herein, und er sah nichts, nur einen Regenvorhang.

Sandie stellte sich hinter ihn. Sie schwor, daß sie eine Gestalt in einem Plastikregenmantel gesehen hatte, ein Gesicht in einem gleißenden Lichtstrahl, einen von hundert Jahren Leid gegerbten Schädel. Eine alte Frau im Regen... oder einen Geist.

»Komm, komm«, bat er und streichelte über ihren Rücken, »vergiß es.«

Doch sie konnte das Gesicht nicht aus dem Kopf bekommen und ihre Angst besiegen. Die Erinnerung war zu entsetzlich und stärker als alles gute Zureden.

»Sandie, reg dich nicht auf. Es muß Einbildung gewesen sein. Niemand ist draußen.« Er schenkte ihr ein Glas Wein ein, doch als sie versuchte, es zu trinken, mußte sie würgen. Die Farbe ließ sie an Blut denken, und irgendwie schmeckte es bitter.

»Aber Daddy, sie war – sie war da. Sie schien nach etwas zu suchen. Was kann das bloß gewesen sein?«

»Ich weiß nicht.« Fellowes lachte. »Vielleicht hast du einen Poltergeist gesehen. Ein Gespenst.«

»Sie war kein Poltergeist. Das ist sicher.« Er berührte ihren Arm, aber sie zuckte zurück. »Was kann sie gewollt haben? Ja, was hatte sie bloß vor?« Sandie war sichtlich erschüttert. »Warum ist sie nicht hereingekommen?«

»Nun, wenn jemand da war, hatte er einen weiten Weg.« Er erinnerte sich an die Länge des Tals mit seinem Labyrinth steinumfriedeter Felder, die nächste Siedlung schätzte er mindestens fünf oder sechs Meilen weiter unten. »Wenn du willst, gehe ich ein Stück den Weg runter, um mich zu überzeugen...«

Überzeugen, dachte er, wovon? Daß Sandie einen Geist gesehen hatte?

»Laß mich bloß nicht hier allein! Nicht nach dem, was eben war.« Sandies Stimme klang hysterisch, als wäre es ihr völlig unerträglich, wenn er sie verließ.

»Komm, komm, Liebes, vergiß es.«

»Ich kann nicht... sie hat mich so erschrocken. Warum sollte sie... kommen... hierher... zu uns?«

»Ich weiß nicht. Die Einbildung spielt uns manchmal sonderbare Streiche.«

»Einbildung? O Gott!«

»Laß dir von der Sache nicht alles verderben. Ich werde die Vorhänge zuziehen. Dann sehen wir gar nichts. Keine Halluzinationen mehr.«

Er zog die Gardinen rasch zu, und wirklich blieb die

Dunkelheit draußen, aus der Sandies schreckliche Erscheinung aufgetaucht war.

3

»Glaubst du an Dämonen?« fragte Sandie. Sie war noch immer unnatürlich blaß. »Gespenster? Also – übernatürliche Wesen? Geister, die von den Toten zurückkommen?« Sie sprach halb im Ernst, halb scherzhaft, während sie mit ihrem Vater den Küchentisch abräumte.

Fellowes war sofort klar, daß sie ihre Vision meinte, dieses leere und gleichzeitig grausame Gesicht, das sie so drastisch beschrieben hatte. Die Frage bewies, daß sie noch um ihre Fassung kämpfen mußte. »Vergiß es. Natürlich nicht.« Er ging durch den Flur zur hinteren Tür, die auf den Hof hinausführte, wie um sich zu vergewissern, daß sie verschlossen war. Sandie klebte förmlich an ihm.

»Keine Sorge, Liebes«, sagte er. »Versuchen wir, fröhlich zu sein. Und hoffen wir, daß das Wetter besser wird.«

Doch er spürte, daß ihre Angst blieb. Es gab einen Stromkasten, und er warf noch eine Münze ein, um das weitere Brennen der Lampen zu sichern.

»Ja«, erwiderte sie. »Aber wie kannst du so überzeugt sein, daß es keine Geister gibt? Ich habe dauernd das Gefühl, daß wir beobachtet werden. Als ob jemand dort draußen ist und darauf lauert...«

»Wo draußen?«

»Dort!« Sie deutete spontan zur Hintertür.

»Dort ist nur der Hof.«

»Daddy, bitte sieh nach.«

Er zuckte gleichgültig die Schultern. »Okay.«

Das Schloß ging leicht auf, und sie spähten minutenlang hinaus in die Dunkelheit. Der Regen war in ein feines Nieseln übergegangen.

»Niemand da. Vergiß es also, mein Liebes.« Fellowes schloß die Tür, drehte den Schlüssel um und legte ihn auf den Tisch daneben. »Komm. Es ist spät. Und es war ein langer Weg. Eine letzte Tasse Kaffee, dann ab ins Bett.«

Er wünschte so sehr, daß sie sich entspannte und morgen einen guten Tag hatte, daß sie dann das Land genießen und über sich sprechen konnten.

Er gähnte demonstrativ und ging voraus in die Küche, um eine Kaffeekanne zu suchen. Sandie folgte ihm, doch als sie an der Tür zur Spülküche vorbeikam, stutzte sie und blieb abrupt stehen. »Was ist da drin?«

»Weiß nicht. Irgendwelcher Krimskrams.« Er hatte am Anfang kurz hineingesehen und nach einem Blick auf das Chaos die Tür rasch wieder geschlossen. Tische, alte Stühle, Teekisten, Pappschachteln und Überseekoffer mit recht vergilbten Schildern – wahllos standen hier die Relikte eines früheren Lebens zusammen. Nie schien jemand irgend etwas weggeschmissen zu haben. »Kümmere dich nicht um den alten Kram.«

Aber etwas zwang Sandie, hineinzusehen. Eine Art kindlicher Wißbegierde oder der Drang zum Obskuren, sie hätte es nicht sagen können. Doch ihr Herz klopfte schneller, als sie langsam die Tür öffnete.

Peter Fellowes fand eine Kanne in der Küche und machte sich an die Zubereitung des Kaffees. Er registrierte Sandies Treiben nebenan und hörte sie niesen.

»Komm schon. Mach dich nicht noch schmutzig dort.«

»Seh' mich nur ein bißchen um, Dad«, rief sie. Es machte ungeheuren Spaß, zu forschen, zwischen Packkisten zu stöbern und über gestapelte Stühle zu klettern. Dann entdeckte sie etwas. »Sieh mal...!«

»Was gibt's?« Fellowes folgte ihr seufzend

Sandie hatte sich bis zum hinteren Ende des Raumes vorgearbeitet und beförderte mit sichtlicher Anstrengung einige Kisten hervor.

»Irgendwie... ein Glasfenster, ein bißchen bemalt. Komm, sieh es dir an, Dad!«

Er zwängte sich hinein, und während sie die Kisten wieder zurechtstapelte, sah er es besser: ein schlichtes blaues Glasfenster, außerdem ein halbes Dutzend bleigefaßte Scheiben, zwei davon mit weißen Wolken.

»Wie... aus einer Kirche«, hauchte Sandie. »Vielleicht war hier mal eine Kapelle?«

Er schüttelte den Kopf. »Ich denke nicht. Keine Zeichen sonst.«

Sie spähte genauer, hoffend, weitere Indizien zu finden.

»Und was ist das?« Sie deutete auf einen Stein, in den ein Kreuz und ein Pfeil gemeißelt waren. Ihr Herzklopfen wurde stärker.

Fellowes zuckte die Schultern. »Keine Ahnung. Zeichen der Bauleute. Hat man häufig in alten Gebäuden. Dieses Ding könnte Hunderte von Jahren alt sein. Komm, der Kaffee wird kalt.«

Doch Sandie zog die Kerben mit den Fingerspitzen nach, wie um sie zu entziffern.

»Nicht so sehr alt, Daddy. Ich denke, es sind andere Zeichen, Symbole...«

Wieder diese Intuition. Er lächelte und versuchte, auf sie einzugehen.

»Okay. Vielleicht wurde das Fenster irgend jemandem zum Gedenken eingesetzt.«

»Ja, wahrscheinlich. Bloß – wem?«

»Frag Steadman«, schlug er vor.

Doch Sandie ließ nicht ab. »Blaues Glas und weiße Wolken. Und dann ein Kreuz und ein Pfeil...«

»Vielleicht gab es hier mal Milchwirtschaft. Ich habe einmal blaues Glas in einer Molkerei gesehen. Soll irgendwie gut sein für die Milch.«

»Unsinn, Daddy.«

»Hör mal – wir machen uns hier nur schmutzig, und schließlich kann uns die Sache doch egal sein. Willst du nun Kaffee oder nicht?«

Widerstrebend gab sie ihre Nachforschung für heute auf. Das Haus hatte seine dunklen Seiten und barg Botschaften. Ob sie es schaffen konnte, sie zu entschlüsseln? Versuchen wollte sie es auf jeden Fall!

Das Wiederbetreten der Küche war wie die Rückkehr in eine andere Welt. Die Kerzen waren längst niedergebrannt, und ihr Vater hatte die Deckenbeleuchtung eingeschaltet. Sie trank dankbar den heißen Kaffee, doch ihre Hände zitterten noch immer.

»Was ist los, Darling?« Fellowes war müde und dabei besorgt. »Komm, unsere Betten warten. Ich werde schlafen wie ein Stein.«

Sandie war nicht sicher, ob sie überhaupt schlafen würde. Wie bestimmt ihr Vater es auch abtat, der Gedanke, daß hier eine Gefahr lauerte, hatte sie gepackt. Irgend jemand war ganz in ihrer Nähe und beobachtete jeden ihrer Schritte.

4

Es hatte oft Zeiten gegeben, in denen Sandie davon geträumt hatte, bei ihrem Vater zu sein. Doch jetzt wünschte sie beinahe, in ihrem Bett im Internat zu liegen. Dort war es kuschelig und warm – hier war es... unheimlich!

Ihr Blick wanderte durch das Zimmer, von den Stühlen zu dem altmodischen Kleiderschrank und den fest zugezogenen Vorhängen. Warum war sie so nervös, so unsicher? So kannte sie sich gar nicht.

Ob ihr Vater schon schlief? Oder ob er auch keine Ruhe fand in dieser ersten Nacht im fremden Bett? Sandie löschte das Licht auf der Kommode und versuchte über das Verhältnis zu ihrem Vater nachzudenken. Ob alle Töchter Probleme mit ihren Vätern hatten? Weil diese nicht akzeptieren wollten, daß ihre kleinen Mädchen erwachsen wurden – und sich verliebten? Selbständig zu werden war wirklich wie ein Hürdenlauf mit geschlossenen Augen. Ach... sie versuchte besser, Schafe zu zählen.

Ein winziges, blechernes Geräusch, als fiele etwas, störte sie. Sandie setzte sich aufrecht und lauschte eine Weile in die Dunkelheit. Doch alles blieb ruhig. Kein Laut mehr, und allmählich wurde sie wieder ruhiger.

Dann war es wieder da: dasselbe winzige Geräusch. Sie schoß im Bett hoch. Alarmiert. Ängstlich. Ihre Hand suchte den Schalter der kleinen Nachttischlampe.

Kein Licht.

Vielleicht war die Birne kaputt. Nervös schob sie sich aus dem Bett und tastete nach dem Schalter an der Wand. Da – sie hatte ihn gefunden.

Kein Licht.

Einen schrecklichen Moment lang war es ihr, als würde ihr jemand die Kehle zudrücken. Sie bekam keine Luft mehr.

Ihr Herz pochte unkontrolliert und unregelmäßig – doch nebenan schlief ihr Vater. Wagte sie es nur, die Tür zu öffnen und zu ihm zu flüchten...

Natürlich wagte sie es! Die Dunkelheit lähmte sie nicht; es war nur eine Frage des Muts.

Ihre Finger umfaßten den Türknauf und drehten ihn vorsichtig, als wollte sie verhindern, daß »sie» es hörten. Sie? Die Geister des Hauses? Lächerlich... aber unheimlich. Sandie spürte, wie sie zitterte, als sie in ihrem neuen Laura-Ashley-Nachthemd zu ihrem Vater glitt.

Er schlief fest. Als sie seine Tür öffnete, hörte sie seinen gleichmäßigen Atem.

Sie war in Sicherheit. Sie lehnte sich gegen die Wand, versuchte ruhiger zu werden – und lauschte. Doch... da waren noch immer Geräusche, gedämpft, wie ein schwaches Keuchen. Mein Gott, wer war noch im Haus?

Der Atem schien Sandie endgültig zu versagen, als sie erneut etwas hörte. Schritte... leise, schlurfende Schritte. Das Schlafzimmer ihres Vaters lag in tiefer Dunkelheit, doch von unten schimmerte Kerzenlicht durch den Türspalt.

Ja, damit war es ganz sicher: Jemand außer ihnen war im Haus! Und es war jemand, der nicht entdeckt werden wollte.

Sandie stand starr, unfähig, sich auch nur einen einzigen Zentimeter zu bewegen. Wie sollte sie diesen Alptraum ertragen?

Sie brauchte ihre ganze Kraft, um nach dem Bett ihres Vaters zu tasten. »Daddy?«

»Mmh...« Er bewegte sich, schien aber nicht richtig wach zu werden.

Sandie holte tief Luft, dann berührte sie ihn. »Daddy!«

Er brummte und kam mühsam zu sich. »Sandie! Was machst du hier? Was ist los?«

Sie zögerte, lauschte ängstlich nach unten. »Hörst du nicht?«

»Nein. Was denn? Da ist nichts.«

»Doch. Ein unheimliches Geräusch. Es... es kommt von unten.« Sie kuschelte sich in seine Arme. Als sie noch ein kleines Mädchen gewesen war, hatte er sie im Dunkeln immer getröstet. Seltsam – heute machte sie selbst seine Nähe nicht ruhiger.

Peter Fellowes griff nach dem Schalter der Lampe.

»Die Lichter funktionieren nicht«, flüsterte Sandie.

»Funktionieren nicht?« Der Stromkasten war unten, und er hatte vorhin noch Geld eingeworfen. Es mußte doch reichen! Er begann nach seinen Schuhen zu tappen, und dann fiel ihm ein, daß er ein paar Streichhölzer in seiner Jackentasche hatte.

Noch ein Seufzen, ganz schwach, irgendwo. Drinnen oder draußen.

»Daddy! Hast du das nicht gehört?«

»Nein. Was? Mach dich nicht verrückt, Sandie. Niemand sonst ist da. Die Türen sind alle verschlossen. Niemand kann herein.«

Ihr Vater setzte sich auf den Bettrand, lächelte sie an und rieb ein Streichholz gegen die Schachtel. Die Flamme flackerte auf und zeigte, wie sie ihre Arme in das weiße Nachthemd preßte.

»O doch – da war wieder dieses seltsame Geräusch. Als würde sich jemand bewegen...«

Er fühlte sich langsam wacher. »Ich gehe runter und kümmere mich um den Stromkasten. Und sehe mich um.«

»Noch nicht. Hör nur!« Doch es kam nichts mehr. Statt dessen legte sich eine unnatürliche Stille über das Haus. »Es hat aufgehört. Es ist weg.« Sandies Stimme klang ungläubig.

»Was ist weg?«

»Ich weiß nicht genau. So etwas – wie jemand, der unruhig ist, und ein Murmeln...«

Sie lauschten in das Schweigen.

»Ich könnte schwören, da war jemand unten.« Langsam fand sie ihre Fassung zurück.

»Ich gehe runter und sehe nach, okay?«

»Daddy, sei bitte vorsichtig.«

»Red keinen Unsinn! Du bildest dir Sachen ein. Wir hätten nicht noch so spät Kaffee trinken sollen.« Fellowes fragte sich erneut, ob sie tatsächlich schon so erwachsen war, wie er gedacht hatte. Er trat ans Fenster, wollte die Vorhänge aufziehen...

»Nicht«, flehte Sandie. »Wenn es hereinsieht... das Gesicht!«

»Von wem? Von deiner verschwundenen Erscheinung?«

Doch dann schien er auch plötzlich etwas zu hören, wie ein Zischen in der Dunkelheit. Unsinn, weiter hier herumzustehen.

»Ich geh' runter.«

»Daddy... nicht!«

»Ich mach' das schon.«

Es war kühl. Er zog seine Jacke über den Schlafanzug.

»Ich komme mit«, flüsterte sie.

»Nein. Du wartest hier.«

»Ich möchte lieber mit.« Ihre Hand fühlte sich eiskalt an.

»Um Gottes willen, zieh dir etwas über. Du wirst dich erkälten.«

»Es geht schon.«

»Hier.« Er zog seine Jacke wieder aus und streifte sie ihr über die Schultern.

»Mir ist nur... etwas Schlimmes... an diesem Haus«, murmelte sie bedrückt.

»Denk nicht solche Sachen...« Aber er sprach jetzt ebenfalls leiser, vorsichtiger, als hörte jemand mit. Sandies Unsinn war ansteckend.

Er zündete noch ein Streichholz an, dann öffnete er die Schlafzimmertür und spähte durch den Gang. Sollte er Geräusche machen und den oder gar die Fremden warnen – falls jemand da war – oder sollte er besser versuchen, ganz leise zu sein? Das Farmhaus war aus Stein und Holz gebaut, mit soliden Decken, aber man konnte sich kaum bewegen, ohne gehört zu werden. Plötzlich waren auch seine Nerven zum Zerreißen gespannt.

»Also los«, sprach er sich selbst Mut zu. Als er die Treppe erreichte, erlosch das Streichholz. Dunkelheit ringsum. Langsam gingen sie zusammen die Stufen hinunter; Sandie hielt seine Hand.

Als erstes sahen sie in der Küche nach. Hier war es wie in einer warmen Höhle, noch mit den Gerüchen ihrer letzten Mahlzeit. Anheimelnd. Natürlich war niemand da, und dennoch spürten sie beide etwas Seltsames. Etwas, was sie nicht bestimmen konnten. Sandie suchte Münzen in der Jacke.

»Was ist?« wollte er wissen.

Sie schüttelte den Kopf. »Nichts. Ich habe nur dieses Gefühl...«

Draußen im Gang fand Fellowes den Stromkasten und steckte zwei Münzen ein. Die Lampen flammten auf, tauchten alles in ein grelles Licht.

»Sieh dich um, niemand ist da. Geh wieder ins Bett und schlaf.«

»Tut mir leid«, flüsterte Sandie betroffen.

»Du hast mich ganz schön nervös gemacht.« Er grinste. Die Phantasie spielte manchmal seltsame Streiche. Nur zur Sicherheit machte er schnell einen Kontrollgang durch die restlichen Räume. Keine Spur von Leben.

»Hör mal, wir können beide jetzt Schlaf gebrauchen. Sonst ist morgen der Tag verdorben.«

»Sind die Außentüren verschlossen?«

Fellowes prüfte noch einmal, vorn und hinten.

»Ja, alles verriegelt.«

Sandie begann vor Müdigkeit zu wanken, und er sah zu, daß er sie wieder nach oben brachte. Er öffnete die Tür zu ihrem Zimmer, ging zum Fenster hinüber und spähte in die Dunkelheit. Es war keine der Nächte, in der man gerne draußen war. Der Mond war verschwunden, und es regnete wieder stärker.

Er schaltete das zentrale Licht aus und half Sandie, als sie ins Bett kletterte; er versuchte, heiter zu wirken, doch die Atmosphäre hatte ihn ebenfalls mitgenommen.

»Es ist alles so ruhig wie...« Seine Worte verhallten. »Schlaf schön.«

Sandie schüttelte ihre Slipper ab, und ihr Zeh spürte etwas Hartes, direkt unterhalb des Teppichs. Sie beugte sich, um es aufzuheben. Es war eine billige, altmodische Brosche, ein Oval mit blauen Steinen. Irgendein Quarz. Achtlos legte sie das Schmuckstück auf das Bettschränkchen und ließ ihren Vater das Licht löschen. »Nacht, Dad.«

Peter Fellowes ging in sein Zimmer zurück und fragte sich, weshalb er plötzlich so beunruhigt war. Das Schicksal führte einen manchmal an sonderbare Orte, und *Tan-y-graig* war einer davon. Doch da sie nun mal hier waren, mußten sie das Beste daraus machen.

5

Im schwachen Schein des ersten Tageslichts zupfte ihn jemand am Ärmel.

»Tee, Daddy?« fragte Sandie munter, und während

er sich mühevoll aus dem Schlaf hievte, erkannte er, daß seine Tochter bereits fix und fertig angezogen war.

»Tee, Daddy. Vorsicht, daß du nichts verschüttest.«

Wieder erinnerte sie ihn an ihre Mutter. Peter Fellowes stützte sich auf einen Ellbogen und nahm die Tasse.

»Bist du okay?« Sandie schien die Träume der Nacht vergessen zu haben.

»Ja, sicher. Hab' eben nur noch wie ein Stein geschlafen. Wie fühlst du dich?«

»Bestens. Ich bin bloß noch einmal aufgewacht und dachte, ich würde wieder diese Geräusche hören. Aber sowas denkt man oft in alten Häusern, oder?«

Ihre Stimme klang leicht und beschwingt, ihre Worte überzeugend. Doch alles, was sie bis jetzt gesagt hatte, war eine einzige Lüge. Nicht eine Sekunde hatte sie ihre Angst abschütteln können. Sie war immer noch sicher, daß »es« da war, real und bedrohend.

»Entschuldige, wenn ich dich zu früh geweckt habe.« Sandie lächelte entschuldigend, um ihre wahren Empfindungen zu überspielen. Was war an diesem Haus, an diesem Ort, das sie so schreckte? Erst vor ein paar Minuten noch, als sie in der kalten Küche gestanden hatte, um Tee zu kochen, hatte sie die Präsenz dieses Wesens überdeutlich gespürt.

»Wie spät ist es?« wollte ihr Vater wissen.

»Kurz nach sieben erst. Ziemlich früh für einen freien Tag, was? Aber ich konnte einfach nicht mehr schlafen. Muß die Luft sein. Das Land...« Sie strich sich eine Locke ihres rotbraunen Haares aus der Stirn, doch sie fiel sofort an die alte Stelle zurück. Wieder verglich er Sandie unwillkürlich mit ihrer Mutter. Auch das Haar seiner Frau war nie ganz zu bändigen gewesen. »Was hast du für heute vorgesehen, Dad?«

»Erkunden. Wandern. Mit dir reden.« Wie nähert man sich einem Teenager heutzutage? fragte er sich. Mit ihren siebzehn Jahren schien ihm Sandie so fern wie jemand mit siebzig. Er wußte, daß sie drei wichtige Prüfungen vor sich hatte, daß sie seit zwei Monaten einen festen Freund hatte, daß sie Jeans liebte und sich für Sport und Tiere begeisterte, ja, und daß sie vielleicht einmal Tierärztin werden wollte... und doch wußte er tatsächlich so wenig davon, was sie bewegte. Wie verbrachte sie ihre Freizeit im Internat, was dachte sie wirklich? Von ihr mehr zu erfahren, war der ausschlaggebende Grund gewesen, hierherzukommen und mit ihr ein Wochenende zu verbringen!

»Ich mach' was zum Frühstück«, verkündete sie. »Was hättest du gern?«

Unten begann sie sich mit den Dingen zu beschäftigen, die sie ihre »traditionellen Pflichten« nannte: Sie deckte den Tisch und gab Speckscheiben in die Pfanne, bis der Duft des Gebratenen die ganze Küche durchzog.

Als Peter erschien, gab sie den Inhalt der Pfanne auf Teller, die sie zum Tisch trug.

»Hmm. Riecht gut. Hast du eigentlich gewußt, daß schon die Römer Speck mochten? Sie aßen ihn mit getrockneten Feigen.«

Sie sah in sein offenes Gesicht und lächelte. »Ich mag Speck lieber mit Eiern.« Genüßlich steckte sie eine Gabel in den Mund.

»Ich auch«, sagte Peter. Kauend fragte er als nächstes: »Wozu hast du Lust? Den Tag in den Hügeln zu verbringen? Oder wir könnten uns Maesteg ansehen, die nächste Stadt?«

»Es ist dein Wochenende«, erwiderte sie. »Bleiben wir in der Nähe. Ich weiß doch, wie sehr du die Berge liebst.« Wahrscheinlich hatte ihr Vater gerade deswegen dieses Haus gewählt: *Tan-y-graig*, das Haus unter dem Felsen.

Verdammt, sie durfte nicht nervös werden und beginnen, Abscheu gegenüber einem Haus, einem Ort zu empfinden. War doch eigentlich recht hübsch hier, wenn die Sonne draußen schien und die Vögel zwitschernd den Tag begrüßten. Also los, in die Wanderstiefel!

»Hast du die Autoschlüssel, Dad?« fragte Sandie, nachdem sie das Geschirr abgeräumt hatte.

Er griff in seine Hosentasche und schüttelte den Kopf. »Ich muß sie in dem anderen Zimmer gelassen haben«, vermutete er. »Mit meinen Landkarten.«

Aus irgendeinem Grund fühlte Sandie sich wieder unbehaglich, als sie die Tür öffnete, die zum Wohnzimmer führte. Die Schlüssel und die Karten lagen am Fernsehgerät, und sie mußte den Raum durchqueren, um sie zu holen und den Vorhang aufzuziehen.

Zwei Schritte, drei...

»Daddy!« Sie schrie. »O Gott! Nein!«

Wie gelähmt stand sie da und starrte auf die Gestalt, die zusammengekauert am Boden lag... reglos.

»Was ist los?« Peter kam gelaufen. Und dann sah er es auch: Auf dem Teppich neben dem geblümten Sofa lag eine Frau auf der Seite, wie vor Ekel abgewendet.

Sandie konnte sich kaum auf den Beinen halten. Sie begriff sofort, was sie gestern nacht befürchtet hatte. Diese alte Frau, deren Gesicht sie im Fenster gesehen hatte, hatte sie zum zweiten Mal besucht. Sie war ins Haus gelangt... und gestorben.

Peter Fellowes trat wortlos zu der Leiche, berührte eine Hand, dann das Gesicht. Die Haut war aschfahl und kalt. Im nächsten Moment traf ihn wie ein Schlag die Erkenntnis: Also waren Sandies Visionen gestern abend doch keine Hirngespinste gewesen! Er spürte heftiges Bedauern und eine Art dumpfen Schmerz.

Sandie wußte, daß ihre Beine sie nicht länger trugen, und lehnte sich an ihn.

»Decken wir sie zu«, sagte er. »Hol ein Laken von oben, ich benachrichtige währenddessen die Polizei.« War es nicht das, was man in solchen Situationen machen mußte?

Peter Fellowes versuchte, kühl und rational zu handeln, jetzt, da der schlimmste Schock vorüber war. Die alte Frau tat ihm leid, doch viel mehr sorgte er sich um Sandie: Wie würde sie dieses Erlebnis verkraften?

6

Sandie hatte noch nie einen toten Menschen gesehen. Als ihre Mutter bei dem Unfall gestorben war, hatte man sie für zu jung gehalten, und Peter war allein gegangen, um sie zu identifizieren. Jetzt konnte sie den Blick nicht abwenden von der Toten. Es war wie ein Zwang, der sie festhielt.

»Daddy, ich bin sicher, es ist dieselbe Frau, die gestern abend ins Fenster gesehen hat und die mich so erschreckt hat.«

Sie war beinahe selbst überrascht, daß ihre Stimme gar nicht mehr ängstlich klang. Was sie gesagt hatte, war nicht mehr gewesen als eine Feststellung.

Peter Fellowes nickte nur. Er wirkte weitaus angespannter als seine Tochter. Der Schrecken, der Verlust der Sicherheit, die verlorenen Illusionen, mit Sandie ein friedliches Wochenende zu verbringen, gingen an die Grenzen seiner Kraft.

Er fühlte sich plötzlich bedroht – von dem Raum mit seinen schweren Balken und von der alten, leblosen

Gestalt. Eine Spur getrockneten Speichels zog sich vom Rand ihrer Lippen. Das Gesicht barg für ihn Traurigkeit, böse Erinnerungen.

Mechanisch begann er nach einer Handtasche zu suchen, nach einem Notizbuch, irgendeinem Hinweis darauf, wer die Frau war und weswegen sie hierhergekommen war. Aber er fand lediglich einen Schlüssel neben ihrer Hand. Kein Name, nichts, was sie identifizierte.

»Ich wußte gleich, daß etwas Merkwürdiges an diesem Haus ist«, murmelte Sandie. »Erst dieses Gesicht am Fenster... dann die unheimlichen Geräusche. Und du hast gedacht, ich würde mir all diese Dinge einbilden!« warf sie ihm vor. »Daddy, warum ist sie gekommen? Hat sie früher hier gewohnt? Wie, um Himmels willen, ist sie überhaupt hereingekommen?«

»Durch die Hintertür«, antwortete er langsam. Er hatte den Schlüssel probiert, und er paßte. »Dabei hast du Geräusche gehört.«

»Aber warum, Daddy? Ich verstehe das nicht...«

Er stand da, versuchte die Zusammenhänge zu begreifen, kämpfte gegen ein wachsendes Gefühl der Panik. Was war die Todesursache gewesen: Krankheit... oder Selbstmord... oder Mord?

Sandie hingegen schien ihren Schock überwunden zu haben und wirkte jetzt geradezu lebhaft aufgeregt. Sie begann, die Tote wieder zu berühren, vorsichtig, ganz sacht, und nach Anzeichen von Gewalt zu suchen.

»Laß sie in Frieden!« herrschte er sie an. »Die Polizei kann Fingerabdrücke brauchen.« Fingerabdrücke? Warum hatte er das gesagt? Glaubte er etwa nicht an einen natürlichen Tod? Es gab keine Anzeichen von Gewalt, und sie mußte an die achtzig sein! Woher also kam sein Mißtrauen?

»Ich weiß.« Sandie hatte sich völlig gefangen und interessierte sich für die anonyme Besucherin. Sie betrachtete Strümpfe und Schuhwerk. Braune gerippte Nylons und ein Paar solider Schuhe. Die Sohlen waren nicht abgenutzt, fest und handgenäht.

»Bitte, Sandie, geh weg«, beschwor ihr Vater sie. »Da ist nichts, was du tun kannst. Wir müssen durchs Tal und melden, was passiert ist. Und sei ganz ruhig.«

Das geplante Wochenende war in Schutt gesunken, doch er kämpfte darum, sich in den Griff zu bekommen. Sandie trat zurück, beeindruckt von seiner Sachlichkeit; doch sie wollte ihm auch sagen, er sollte aufhören, sie wie ein naives Schulmädchen zu behandeln.

»Gehen wir in die Küche«, schlug sie vor. »Ich koche nochmal Tee, und wir können versuchen, uns über die nächsten Schritte klarzuwerden.«

Wieder spürte er den Drang, die Leiche zu bedekken, und er eilte nach oben, um ein Laken vom Bett zu ziehen.

Der Rückschlag kam bei Sandie, als sie wieder die Küche betrat. Sie stützte die Ellbogen auf den Tisch und schlug die Hände vors Gesicht. Trauer, Verzweiflung und Angst überrollten sie mit einer Macht, die sie nie für möglich gehalten hätte.

»Sandie, Liebes, nicht weinen. Bitte nicht! Es wird alles gut... wir werden eine Erklärung finden.«

Sie blickte ausdruckslos auf ihren Vater, schien durch ihn hindurchzusehen. »Wir? Wer – *wir*?« Es klang fast, als wollte sie keine Partnerschaft mehr mit ihm.

»Du und ich«, sagte er hartnäckig.

Sie ignorierte seine Antwort. »Ich möchte bloß wissen, warum.« Es kam ihm plötzlich so vor, als machte sie ihn verantwortlich für dieses Ereignis. Er fühlte sich allmählich ungerecht behandelt. »Und warum ausgerechnet uns das passiert.«

Vor vierundzwanzig Stunden hatte er London verlassen, um sie abzuholen und mit ihr hierherzukommen, nach einer spontanen Reaktion auf eine Kleinanzeige im *Bristol Courier*. Er hatte die besten Vorsätze gehabt, um die Beziehung zu seiner Tochter zu festigen. Und nun?

Sandie blickte ihn unverwandt an.

»Peter«, sagte sie langsam – es war das erste Mal, daß sie ihn so bei seinem Vornamen nannte, zum Zeichen, daß sie erwachsen wurde –, »ich zerbreche mir den Kopf darüber, warum es uns *hier* passiert.«

Das brachte ihn mit einem Ruck zurück zu den Ereignissen in dem Haus. Eine Fremde war am Fenster aufgetaucht und wieder verschwunden. Und jetzt lag sie im Wohnzimmer – tot! »Ich weiß nicht, was geschehen ist. Es ist...«

»...gespenstisch. Und dann diese Geräusche. Was glaubst du, was sie hier wollte... suchte? Oder – vielleicht ist sie auch ein Geist, der wieder...« Sie griff fest um ihren Becher, um zu spüren, daß er sich nicht plötzlich aufgelöst hatte.

»Unsinn!« erwiderte er unwillig. »Es muß eine andere Erklärung geben. Eine rationale Erklärung. Wir werden weitersehen, wenn wir wissen, wer sie ist.« Das erinnerte ihn daran, daß er los mußte. Sie hatten die Leiche vor über einer Stunde entdeckt, und es war jetzt fast neun. Vor der offiziellen Untersuchung gab es kein Entrinnen. »Hör zu. Der erste Schritt ist, einen Arzt zu finden, der den Tod attestiert. Und wir werden die Polizei informieren müssen.«

»Was ist mit dem Typ, dem das Haus hier gehört?«

»Ja. Ihn auch, denke ich. Sobald ich an ein Telefon komme.«

»Nebenan war ein Telefon«, erinnerte Sandie sich, »in dem Raum mit dem Glasfenster.«

Er war verblüfft. Steadman hatte nichts von einem Telefon im Haus gesagt; aber wenn man es genau bedachte, sollte eine abgelegene alte Farm eigentlich einen Anschluß haben. Fellowes öffnete die Tür und zwängte sich in die vollgepferchte Spülküche. Tatsächlich fand er das Telefon, aber es war nicht mehr angeschlossen. Er zeigte es Sandie.

»Hast du eine Leitung gesehen? Ich meine irgendwelche Telefondrähte durchs Tal?«

Sie schüttelte den Kopf und ließ die Erkenntnis auf sich wirken: Sie waren isoliert und von der restlichen Welt abgeschnitten.

Peter Fellowes spürte, wie sich ein Ring um seinen Brustkorb legte, der immer enger wurde. »Laß uns hier weg«, sagte er. »In Maesteg muß ein Arzt sein. Die Polizei ist zu informieren. Jemand hat den Tod festzustellen. Liebes, es tut mir so leid... aber komm, um Himmels willen, machen wir uns auf.«

Er ging hinaus zum Wagen und erwartete, daß sie ihm folgte. Doch als er sich umdrehte, stand sie immer noch am Eingang.

»Du gehst«, erklärte sie fest. »Ich bleibe hier.«

7

Peter Fellowes ging ein paar Schritte zu ihr zurück. Er hatte das ungute Gefühl, daß Sandie ihn zurückwies, trotz der Beklemmung, die ihr dieses Haus verursachte.

»Komm, sei nicht störrisch. Ich kann dich doch nicht allein hierlassen.« Er gestikulierte hilflos, aber Sandie war über Nacht gereift und behauptete ihre Unabhängigkeit.

»Mach dir um mich keine Sorgen«, sagte sie und lächelte. »Denk doch, dieses arme Ding da drin, ganz allein.« Erbarmen und Faszination hielten sie fest.

»Hör doch, sei vernünftig, wir müssen jemanden verständigen.«

Sandie zögerte noch immer, und sie fühlte sich sehr erwachsen dabei. »Aber was ist mit... der alten Dame? Wir können sie einfach nicht so hierlassen.«

Er sah die Hartnäckigkeit ihrer Mutter auf ihrem jungen Gesicht. Fast unheimlich, diese Ähnlichkeit.

»Sie hat ihren Frieden«, sagte er. »Kein Grund, sich wegen ihr zu sorgen. Wir schließen das Haus für ein paar Stunden ab und holen inzwischen Hilfe.«

Sie schüttelte langsam den Kopf. »Ich... ich kann das einfach nicht. Irgendwie scheint mir das nicht richtig, so zu verschwinden. Angenommen, es kommt jemand, während wir weg sind?«

»Niemand kommt. Wer sollte auch?«

»Nur angenommen. Ich würde jedenfalls lieber hierbleiben. Ich kann das jetzt gut, bei ihr bleiben, bis du zurück bist. Das ist das wenigste, was ich tun kann.«

»Das ist doch absurd.«

»Ist es nicht. Im Gegenteil – es macht einen Sinn. Du gehst, ich bleibe. Mir ist, ich... ich bin es ihr schuldig.«

»Aber Sandie, bitte...«

»Dad. Behandle mich nicht wie ein Kind. Ich bin alt genug, um selbst zu wissen, was richtig für mich ist.«

Er hätte mit ihr streiten können, doch er sah den entschlossenen Zug um ihren Mund.

»Bist du sicher?«

»Ganz sicher.«

»Es ist mir wirklich gar nicht recht, dich hierzulassen...«

»Sieh doch – es wäre wirklich schlimm, die Frau einfach im Stich zu lassen.«

Er setzte zum Widerspruch an, dann zuckte er resigniert die Schultern.

»Also dann – wenn du unbedingt willst...«

»Unbedingt.«

Fellowes schloß die Tür des Wagens auf und spürte plötzlich eine ungeheure Erleichterung, das Haus mit seinen Geräuschen für eine Weile hinter sich zu lassen.

»Jedenfalls bin ich sicher nicht lange weg. Geht nur darum, die Polizei zu informieren. Ich komme zurück, sobald ich kann, und warte auf den Doc. Sandie, es tut mir leid... aber wie hätte ich wissen können, daß das passiert?«

»Keine Sorge, Dad. Sag nicht, es tut dir leid. Fahr einfach los.«

Sie stand im Hauseingang und winkte. Selbst jetzt zögerte er noch. Es schien keineswegs angemessen, sie hier mit einer toten Frau zurückzulassen, in dem Farmhaus am Ende des Tals, mit dem düsteren Berg dahinter und dem Nebel, der sich wieder senkte.

»Sandie, sieh doch, ich kann dich nicht einfach hierlassen, allein für dich...«

»Großer Gott, Dad, ich bin jetzt seit Jahren für mich. Auf eine Stunde länger oder zwei kommt es nicht an.«

Das traf ihn schwer, aber es war die Wahrheit.

»Also gut, Liebes. Ich weiß. Ich sollte nicht so sein.« Er schlug die Wagentür zu und hantierte an der Zündung. »Sei ganz ruhig...« rief er ihr zu.

»Mach dir keine Sorgen, Dad.«

Er wendete den Wagen und warf einen letzten Blick hinauf zum Berg. Er schien dazuhocken und sie zu belauern, ein rauher Hügel aus Granit, steil in den Nebel ragend. Wie hoch war er eigentlich? Dreihundertfünfzig Meter? Sechshundert Meter? Er mußte es nachher auf der Karte nachsehen. Selbst die Form schien ihm auf einmal unnatürlich.

»Sei vorsichtig, Liebes.« rief er ihr noch einmal zu.

»Bye, Dad.« Sie warf ihm eine Kußhand zu. »Bleib nicht lange weg.«

»Bestimmt nicht. Bist ein großartiges Mädchen«, sagte er. »Ich mag dich sehr.«

Er gab Gas und ratterte zur Straße hinunter. Im Rückspiegel sah er Sandie lächeln und winken.

8

Die Strecke nach Maesteg war weiter, als Peter Fellowes gedacht hatte, und je länger er fuhr, desto deutlicher wurde ihm bewußt, wie abgeschieden *Tan-y-graig* von der Welt war. Nie hätte er sich für diesen Ort entschieden, wäre ihm das vorher klargewesen.

Der Nebel wurde immer dichter, er mußte die Geschwindigkeit verringern, wollte er heil in Maesteg ankommen. Was war zu tun bei einem solchen Todesfall? Er war keineswegs sicher, wie die Prozedur ablaufen sollte. Sicher, die Polizei würde agieren, Sandie und er würden als Zeugen aussagen müssen, da sie die Leiche gefunden hatten. Es war auch ein Totenschein auszustellen, ein Arzt mußte kommen, dann ein Leichenbestatter, ehe wieder Normalität einkehren konnte.

In Gedanken sah er plötzlich Sandie vor sich, die immer noch mit der alten Frau in diesem Raum mit der niedrigen Decke wartete. Wie es ihr wohl ging? Ob sie genug Kraft besaß, das alles auszuhalten? Er konnte es nur hoffen…

Dann begann er darüber nachzudenken, was er der

Polizei gegenüber erzählen sollte. Leise sprach er vor sich hin: »Also, da war dieses Angebot, ein Farmhaus für hundert Pfund in der Woche, und ich entschied mich dafür. Ich wollte mal abschalten; ich wollte mit meiner Tochter reden können. Und dann geistert eine betagte Mitbürgerin durch die Gegend und kommt mit einem Schlüssel daher, findet unten ein warmes Plätzchen und entschläft sanft in der Nacht... Und ich muß das dann ausbaden.«

Mist! So hatte er sich die wenigen Ferientage nun wirklich nicht vorgestellt. Was würde er im Lehrerzimmer sagen? Er hörte die Kollegen schon schallend lachen, wenn er in aller Ausführlichkeit erklären mußte, warum er in Wales bei der Polizei gelandet war.

»Die Leiche auf dem Lande, wie?« Die Scherze des alten Kingston waren primitiv. »Der Tod in der Scheune...« Und es war gar nicht die Scheune, sondern das Wohnzimmer hinten im Haus. In Steadmans Haus. Der schurkische Steadman, der Ruhe und Frieden versprochen hatte. Verdammt, verdammt, verdammt!

Fellowes war nach Flucht zumute. Zur Hölle mit *Tan-y-graig*! Vielleicht wäre es doch noch möglich, etwas aus den Trümmern dieser kurzen Ferien zu retten; irgendwo ein Zimmer mit Frühstück... ohne Leiche.

Nach etwa zwei Meilen kam er zu dem ersten Haus an der Straße, ein Cottage, das ihn wenig hoffen ließ, von schadhaften Zäunen und Stacheldraht umgeben. Er brachte den Wagen zum Stehen, stieg aus und öffnete das rostige Gittertor zu einem kleinen Farmhof.

Pen-y-banc hieß es, was immer das bedeutete. Es hätte in Albanien sein können. Das Haus war offenkundig leer, doch in seiner Verzweiflung hämmerte er gegen die Bretter vor der Tür, um ganz sicherzugehen. Dann spähte er durch das Fenster und sah, daß die Vorhänge in Fetzen hingen, auf halb verrotteten Dielen.

Pen-y-banc war verlassen, dem gnadenlosen Verfall preisgegeben. Fellowes fragte sich einen kurzen Moment, ob sich die alte Frau hier aufgehalten hatte und das Tal hochgegangen war, um auf sie zu stoßen. Doch welchen Grund hätte sie dazu gehabt?

Als er zum Wagen zurückging, sah er, daß sein Vorderreifen platt war.

Mist! Mist! Mist!

Was nun? Ratlos stand er da und verfluchte sein Schicksal. Trat gegen den nutzlosen Gummi, schimpfte wild und sah sich nach der geringsten Hilfsmöglichkeit um. Nichts...

Der Ersatzreifen war im Kofferraum, mit dem Wagenheber und dem Werkzeug. Er brauchte eine halbe Stunde, um den Reifen zu wechseln. Wenigstens klärte sich jetzt der Nebel auf. Fellowes begann sich nach Gesichtern zu sehnen, nach menschlicher Teilnahme, doch um ihn herum war nur ödes, verlassenes Land.

Frierend und verstört manövrierte er den Wagen wieder auf die Straße und fuhr den Hügel hinunter, parallel zu der alten Eisenbahntrasse. Dann konnte er endlich die Kamine auf den Dächern und die Fernsehantennen sehen. Er wollte gerade beschleunigen, als vor ihm auf der Straße eine Herde Schafe auftauchte, die ihm nach der nächsten Kurve rigoros den Weg blockierte.

Auch das noch! Genervt schaltete er den Motor ab und wartete in der Mitte der Straße, bis die Schafe den Weg freigemacht hatten und verschwunden waren. Nervös trommelte er mit den Fingern auf das Lenkrad. Dann gab er Gas, daß die Reifen quietschten.

Endlich erreichte er die ersten Häuser, vier Cottages neben der Straße, zwei von ihnen leer, und eine kleine betriebene Farm, mit winselnden, an einem Pfosten angebundenen Collies. Entschlossen klopfte er am ersten der Cottages. Hoffentlich war jemand zu Hause! Diesmal hatte er Glück. Er hörte Schritte. Eine dunkelhäutige Frau erschien im Eingang, schätzungsweise Anfang vierzig. Argwöhnisch musterte sie ihn.

»Bitte – entschuldigen Sie, aber etwas ist passiert,« begann er. »Ich komme von *Tan-y-graig*. Jemand ist dort gestorben, letzte Nacht. Ich muß die Polizei anrufen.«

Das Gesicht der Frau blieb unbeweglich. »*Tan-y-graig*? Niemand dort.« Ihr Tonfall verriet ihm, daß sie es nicht mehr gewohnt war, Walisisch zu reden.

»Doch, ja. Meine Tochter und ich, wir wohnen dort...«

Sie schüttelte ausdruckslos den Kopf und wandte sich ab. Tiefstes Mißtrauen spiegelte sich in dieser Geste.

Fellowes setzte den Fuß in die Tür. »Hören Sie – ich muß telefonieren. Es ist wichtig.«

»Kein Telefon«, erklärte sie schroff und deutete auf die Farm nebenan. Als er seinen Schuh zurückzog, schlug sie ihm die Tür vor der Nase zu.

Er eilte hinüber zu der Nachbarfarm und klopfte. Die Hofhunde gerieten fast außer sich, zerrten an ihren Ketten und bellten.

Fellowes mußte noch einmal klopfen. Sandie würde sich bestimmt schon wundern, weshalb er so lange brauchte.

»Hallo, ist da niemand?« rief er ungeduldig.

Eine Männerstimme antwortete irgend etwas, was er nicht verstand, wahrscheinlich auf Walisisch, und dann ging die Tür nach innen auf. Zwei ältere Leute standen da und beäugten ihn argwöhnisch. Die Frau hatte ein rundes Gesicht mit hohen Wangenknochen wie eine russische Puppe. Der Mann war der Schäfer, den er vorhin bei der Schafherde gesehen hatte. Sie wirkten abweisend, doch er durfte sich daran nicht stören.

»Bitte, ich brauche dringend Hilfe«, begann Fellowes geradeheraus. Ihre Augen weiteten sich. »Wir... ich... ich habe eine alte Frau gefunden, tot, in dem Haus am Ende des Tals... in... *Tan-y-graig*!« Peter hoffte, er hatte den Namen richtig ausgesprochen. »Ich weiß nicht, wer sie ist... ich kann ebenfalls nicht sagen, wie sie dorthin kam, doch ich muß die Polizei anrufen.«

»Wo...?« war die einsilbige Reaktion.

»In *Tan-y-graig*. Direkt am Ende des Tals. Ich habe das Haus dort für eine Woche gemietet.« Fellowes' Stimme erstarb, als der Mann plötzlich wild den Kopf schüttelte, seiner Frau etwas zutuschelte und ansetzte, die Tür zu schließen.

»Keine Farm dort jetzt.« Die Hunde begannen wieder zu winseln.

»Das weiß ich. Wir haben das Haus nur gemietet, von Mr. Steadman.«

Die Frau lachte, verschwand durch den Korridor und überließ die Sache den beiden Männern. Das Gesicht des Schafzüchters blieb ausdruckslos.

»Steadman ist tot«, sagte er.

»Was? Das ist doch absurd. Ich habe mit ihm telefoniert, in Birmingham. Er hat das Haus angeboten.«

Der Schäfer wollte nichts davon wissen. »Nein. Mr. Steadman starb schon vor über zwei Jahren.«

»Ich verstehe nicht.«

»Er ist hinüber, wenn ich es doch sage.«

»Was meinen Sie? Steadman hat uns einen Schlüssel geschickt. Wir haben dort die letzte Nacht verbracht.«

»Steadman ist tot. Ich habe gesehen, wie er beerdigt wurde. Keine Kinder.« Der Schäfer schüttelte erneut den Kopf. In der Küche drehte seine Frau das Radio an.

»Hören Sie«, meinte Fellowes, dem die Grenzen der Konversation immer deutlicher wurden, »kann ich bitte Ihr Telefon benutzen, um die Polizei anzurufen?«

Der Farmer beäugte ihn argwöhnisch. »Was wollen Sie mit der Polizei?«

»Ich brauche Hilfe. Ein plötzlicher Todesfall...« Fellowes merkte, wie er einen flehentlichen Ton annahm.

»Nein... nicht.«

»Bitte, lassen Sie mich ans Telefon – die Polizei, die Ambulanz...«

Der Farmer hob die Schulter. »Nicht nötig...« Doch er trat zur Seite und ließ ihn vorbei in die Diele, wo der Apparat stand.

»Wissen Sie die Nummer der Polizei?«

»Keine Polizei, Meilen entfernt. Versuchen Sie erst beim Doktor.«

»Gut. Danke. Jemanden *muß* ich anrufen.«

Der Farmer deutete auf einen Zettel mit einem halben Dutzend Kugelschreiber-Kritzeleien.

»Welche ist es?«

Sein Finger stieß auf die dritte Ziffernfolge. »Diese hier.«

Fellowes wählte und wartete nervös auf das Klingelzeichen. Warum nahm niemand ab?

»Mein Gott«, stöhnte er, »was passiert in Notfällen?«

»Wir haben keine Notfälle hier.«

Fellowes begann zu schwitzen. Die Zeit verstrich unbarmherzig, und mit wilden Schmerzen dachte er an Sandie, die er allein in diesem Haus zurückgelassen hatte.

Resigniert legte er den Hörer auf. Es hatte keinen Zweck – verdammt. Er bedankte sich trotzdem bei den Leuten und fuhr weiter. Bald stieß er auf einen kleinen Pub, *The Lakeside* – Gasthaus am See. Das Wasser war bedrückend grau.

Peter Fellowes hetzte in das rauchgeschwängerte,

düstere Lokal. Irgend jemand mußte doch wissen, was in Notfällen zu tun war. Er schrie die Frau hinter der Theke fast an. Seine Nerven lagen bloß.

»Wir rufen immer Dr. Bryn Jones, aber an einem Samstag wird er nicht dasein.« Die Hände der Frau streichelten ein Glas mit Nüssen.

»Hätten Sie etwas dagegen, wenn ich bei ihm anrufe?«

»Nein, tun Sie es nur. Wenn Sie ihn nicht erreichen, können Sie jedenfalls eine Nachricht hinterlassen.«

Dies machte ihm etwas Mut. Endlich erreichte er jemanden, der ihn verstand; die Arztfrau am anderen Ende der Leitung begrüßte ihn freundlich, und er hämmerte seine Geschichte herunter.

»Natürlich. Ich gebe meinem Mann Bescheid«, versprach Mrs. Bryn Jones. »Und ich informiere die Polizei. Wo, sagten Sie, war es?«

»*Tan-y-graig*, am Ende des Tals.«

Stille, als versuchte sie, sich zu erinnern.

»Da ist niemand«, sagte sie. »Das Haus ist leer.«

»Nein, ist es nicht. Ich war dort letzte Nacht mit meiner Tochter. Es wurde vermietet von einem Mr. Steadman.«

»Nein. Sie müssen sich irren.«

»Wie meinen Sie das – irren?« Vielleicht gab es doch eine rationale Erklärung, vielleicht war es ein Mißverständnis mit dem Namen.

»Steadman ist tot«, erklärte sie. »Mein Mann hat den Totenschein ausgestellt.«

9

Das Wochenende lag in Trümmern. Wenn er wenigstens einen Arzt erreichte, dann konnten sie gemeinsam die Formalitäten klären, die Sache den Behörden übergeben, und wenn jemand die Verstorbene kannte... Peter Fellowes konnte sich nicht vorstellen, daß Sandie jetzt noch hierbleiben wollte. Die kurzen Ferien waren ein böser Traum geworden.

»Sind Sie in Ordnung?« erkundigte sich die Wirtin, als er den Hörer auflegte.

Fellowes nickte, jetzt eine Spur erleichtert, da jemand zu handeln beschlossen hatte. Jedenfalls hatte Mrs. Bryn Jones zugesagt, die Polizei zu verständigen, und sie hatte ihm versichert, daß der Arzt kommen würde, sobald er die Nachricht erhalten hätte.

»Ich fahre direkt zur Farm zurück«, kündigte er an.

»Wie Sie meinen.« Die Frau zuckte gleichmütig die Schultern.

Auf der Rückfahrt versuchte er, seine Gedanken zu ordnen und zu begreifen, weshalb niemand Anteil nahm, weshalb niemand ihm zu glauben schien. Es war erst zehn Uhr, doch der Tag ließ bereits nichts Gutes mehr hoffen. Warum wollten sie ihm bloß nicht glauben, wenn er behauptete, daß er *Tan-y-graig* gemietet hatte? Ein dummes, kleines lokales Geheimnis...

Beschränkt, mißtrauisch und bigott, das waren sie. Fellowes beschimpfte sie in seinen Gedanken, doch damit erklärte er nicht die nächtlichen Vorfälle. Als er an der Farm des Schäfers vorbeikam, in der er zuerst hatte telefonieren wollen, bemerkte er, daß die Haustür offenstand und ein roter Wagen davor parkte. Weiter weg am Hang hatten sich die Schafe in den tieferen Schrägen verstreut. Gehütet wurden sie von einem kleinen Jungen mit leeren, fast mongoloid wirkenden Augen.

Ungefähr zwei Meilen weiter hörte die feste Straße wieder auf, und der Wagen schob sich über den Schotterweg, über Schutt und zermahlene Steine, an den Tauteichen vorbei, dem Haus *Tan-y-graig* entgegen. Der Berg ragte vor ihm auf, und seltsamerweise empfand er plötzlich ein Gefühl der Bedrohung.

Peter Fellowes hupte, um Sandie seine Rückkehr anzukündigen, als der Wagen über die letzten hundert Meter holperte. Doch sie kam ihm nicht entgegengelaufen. Nichts regte sich. Es herrschte Grabesstille.

»Sandie? He!« rief er, nachdem er den Motor abgestellt hatte. Seine Worte hallten zwischen dem Haus und dem Berg wider. Dann stand er einen Moment ganz still da und spürte erneut die fast unheimliche Ruhe ringsum. Wie auf einem Friedhof...

»Sandie!« Wieder nichts. Wo blieb sie nur? Er hatte erwartet, daß sie herauslaufen und ihn umarmen würde. Er war viel länger weggewesen, als er geplant hatte; zwei Stunden nur, aber es schien ihm eine Ewigkeit.

Er rannte zur Tür, riß sie auf und stürmte in die Küche. Sandie war nicht dort, also rief er nach oben, ehe er sich für die Lounge stählte, in der die Leiche lag. Die Vorhänge im Wohnzimmer waren noch immer zugezogen. Seine Augen brauchten einen Moment, um sich an die Dunkelheit zu gewöhnen. Und dann fand er – nichts! Kein Laken. Keine Leiche. Keine Sandie. Der Raum war absolut leer.

»Sandie?« brüllte Peter Fellowes rauh. »Sandie!«

Die Leiche der alten Frau war verschwunden. Er brauchte einen Moment, um diese Erkenntnis zu verdauen. Auch das Laken und der Plastikregenmantel der alten Frau fehlten. Nichts deutete darauf hin, daß in diesem Raum eine Leiche gelegen hatte.

»Sandie! Um Himmels willen, Sandie!«

Er floh nach oben vor der fürchterlichen Wahrheit, doch nur, um auf eine noch schlimmere zu stoßen: keine Spur von Sandie! Sogar ihre Kleider und ihr Koffer waren verschwunden. Weg. In wachsender Panik suchte er überall, wo sie gewesen sein konnte. Nur ein benutztes Handtuch hing im Bad. Ihr Kulturbeutel fehlte auch. Unten in der Küche schreckte ihn, daß nur ein Becher dastand, der, den er beim Frühstück benutzt hatte.

Was war in der Zwischenzeit geschehen? Was war mit seiner Tochter passiert?

»Sandie!« Er rannte zurück nach draußen, suchte jede Ecke ab und schrie immer wieder ihren Namen. Nichts! Absolut gar nichts! Seine Panik wuchs ins Unerträgliche, und einen flüchtigen Augenblick hatte er die schreckliche Vision, daß er verrückt würde. Doch nein, er wußte sehr wohl, daß er bei Verstand und stocknüchtern war. Hartnäckig und nicht leicht zu narren. Doch jemand versuchte ihn zu narren.

»Sandie!«

Der Farn wogte leicht an den Hängen. Das Farmhaus stand leer hinter ihm. Er ging wieder hinein und suchte es methodisch ab, Zimmer für Zimmer. Jede Spur der alten Frau, jedes Zeichen Sandies war verschwunden.

Kein Zweifel, er war allein.

10

Wie konnte Sandie einfach verschwunden sein? Ohne eine Notiz, irgendeine Botschaft? Das hätte sie doch zumindest... Vielleicht hatte sie sich gefürchtet, so allein mit der Toten, und war die Straße hinuntergegangen.

Aber wie auch immer – wo war die Leiche? Irgend jemand mußte sie geholt haben. Nur wer? Und womit? Er hatte die Straße nicht verlassen, und er hatte kein einziges Transportfahrzeug gesehen. Nur einen einzigen Wagen, ja, den roten Audi, der an der Farm mit den Schafen gestanden hatte.

All diese Überlegungen brachten ihn nicht weiter. Vielleicht war Sandie ja auch entführt worden? Aber die Tote fehlte ja ebenfalls, so machte diese Theorie keinen Sinn.

Und wenn die alte Frau wie durch ein Wunder ins Leben zurückgekehrt war? Unsinn, das war ausgeschlossen. Fellowes hatte die Frau schließlich gesehen und berührt...

Er begann, noch gründlicher zu suchen, überall, wo er gewesen war. Das Haus wirkte unberührt – so, wie er es verlassen hatte, wenn man von den fehlenden Dingen absah. Sandies Koffer stand nicht oben, ihre Sachen waren aus dem Schlafzimmer entfernt, darunter ihre Handtasche, die kleine Schultertasche mit Geld und Make-up. Wieder ging er Zimmer um Zimmer ab, methodisch, um Ruhe ringend, denn es mußte eine Erklärung geben, rational und einleuchtend.

Sein Herz begann zu rasen, als ihn die Fakten voll trafen. Seine Tochter und eine Tote: Beide waren sie verschwunden, ohne die geringste Spur zu hinterlassen! Das war absurd, lächerlich, und doch war es eine Tatsache.

Sicher, Sandie konnte Streiche spielen, sie war ein einfallsreiches Mädchen, aber er wußte in seinem Innern, daß das nicht ihrer Natur entsprach. Sie würde ihn nicht so erschrecken. Sie würde keine Scherze mit der Toten treiben – sie war doch hiergeblieben, um bei ihr zu wachen. Also mußte jemand sonst sie beide geholt und die Leiche irgendwie beseitigt haben. In zwei Stunden alles, kaum zu glauben...

Doch eine andere Möglichkeit gab es nicht. Jemand mußte gekommen sein – jemand, den er auf der Straße nicht bemerkt hatte – und sie beide mitgenommen haben. Und jetzt hatte er einem Arzt auftragen lassen – dem unglückseligen Bryn Jones – den ganzen Weg von Maesteg zu kommen, um eine nicht vorhandene Leiche zu untersuchen. Der Schreck, der Schock und die Angst ließen ihm alles zu einem Alptraum werden und trieben ihn an die Grenzen seiner Kräfte.

Enorm abgespannt und nervös sprang er wieder in den Wagen und wendete ihn zu den Torpfosten. Die Angst um Sandies Sicherheit wich blanker Wut, dann Frustration, gefolgt von einem Gefühl, daß sie ihn irgendwie – er konnte es sich noch nicht genau erklären – irgendwie betrogen hätte, indem sie die Frau wegbrachte und sich nicht die Mühe machte, ihn das wissen zu lassen. Verängstigt und verwirrt wartete er dort auf dem Hof, ständig hoffend, sie würde plötzlich auftauchen oder es würde sich irgendein Zeichen zeigen, das auf sie hinwies.

Doch kein Zeichen kam. Am Himmel wölbten sich allmählich Wolken, und er fühlte sich dumpf, spürte Furcht vor einer unbekannten Gefahr.

Fellowes wartete eine halbe Stunde; von Zeit zu Zeit drückte er auf die Hupe, die durch das Tal hallte. Nichts regte sich, niemand kam. Angestrengt überlegte er den nächsten Schritt. Er durfte jetzt auf keinen Fall etwas falsch machen.

Er mußte die Polizei kontaktieren, ja, das war wichtig. Die Haustür würde er nicht abschließen, falls Sandie doch noch zurückkam; er hatte schließlich den einzigen Schlüssel. Es war das Beste, alles so zu lassen, wie es war.

Während er den Motor startete und über den Hof fuhr, verstärkte sich seine Abneigung gegen das Haus.

Die Fenster schienen ihn wie Augen zu beobachten. Mein Gott, er drehte allmählich wirklich durch. Er mußte fort von hier, nur fort!

Fellowes jagte den Wagen den Schotterweg entlang, dann über die kurvenreiche Straße. Die Farm des Schäfers tauchte auf. Vorhin hatte er hier nur wenig Hilfe bekommen; jetzt wirkte das Cottage völlig unzugänglich und finster. Von dem roten Wagen war auch nichts zu sehen, und er beschloß, weiterzupreschen und seine Sache direkt in Maesteg vorzubringen. Und zwar der Polizei!

Das Polizeigebäude von Maesteg stand am Ende der Durchfahrtsstraße, direkt gegenüber dem Kino. Fellowes stellte den Wagen ab und ging zu der blau gestrichenen Tür mit der Tafel *Heddlu Gogledd Cymru* – Polizei von Nordwales. Hinter einem Vorraum mit einfachen Holzsitzen und einem von Linoleum bedeckten Schalter ging es in ein leeres Amtszimmer. Es gab eine Glocke, die er betätigte.

Der diensthabende Beamte war noch sehr jung, schätzungsweise kaum älter als achtzehn.

»Ich möchte einige beunruhigende Vorkommnisse melden«, begann Fellowes. »Jemand – eine alte Frau – ist in *Tan-y-graig* gestorben, doch die Leiche wurde weggeschafft. Meine Tochter, die bei der Toten geblieben war, ist ebenfalls verschwunden, und ich bin besorgt um ihre Sicherheit.«

Der Constable blickte ihn aufmerksam an. »Oh, ja?« sagte er dann gelassen, als wäre so etwas an der Tagesordnung.

Fellowes geriet jetzt unter Druck, und er fing an, die Gründe zu erklären, weshalb er und Sandie in das Haus gekommen waren, und über seinen Versuch, mit dem schwer erreichbaren Dr. Bryn Jones zu telefonieren.

»Welches Haus?« fragte der Constable langsam. Sein jugendliches Gesicht zeigte allerdings kein wirkliches Interesse.

»*Tan-y-graig*, am Ende des Tals.«

Der Constable zog seine Jacke glatt und tastete über eine Karte an der Wand. »Wo, sagten Sie?«

Fellowes sagte es ihm noch einmal. Mein Gott, so wenig Gebäude waren in diesem Gebiet; sie mußten jedes Schaf mit Namen kennen.

»Ich hoffe, das ist kein schlechter Scherz«, drohte der Polizist. »Soweit wir wissen, lebt dort gar niemand.«

»Was meinen Sie? Ein komplett eingerichtetes Farmhaus steht dort. Ich komme eben von da. In dem Haus wurde die alte Frau gefunden.«

»Alte Frau?«

»Die Tote. Diese Frau, die in der letzten Nacht auftauchte, aber nicht mehr da ist.«

»Hm, ja. Ich verstehe.«

»Hören Sie, junger Mann, ich mache eine Aussage. Ich mache keine Witze.« Ein gräßliches Prickeln und ein trockener Mund warnten ihn, daß er an der Grenze seiner Kräfte angekommen war. Seine Geschichte wirkte schrecklich falsch, als der Beamte Notizen machte.

Der Polizist blickte weiter unerhört unbeteiligt.

»*Tan-y-graig* ist seit einigen Jahren unbewohnt. Mehr oder weniger verlassen.«

»Bitte, hören Sie.« Fellowes verlor jede Sicherheit. »Ich weiß nur, ich habe dieses Haus gemietet, von einem Mann in Birmingham, Steadman, der mir auch den Schlüssel schickte« – er holte den Hausschlüssel aus seiner Tasche – »und gestern abend fuhr ich von London dorthin, nachdem ich meine Tochter abgeholt hatte.« Er beschwor sich, sich nur auf die Fakten zu konzentrieren. »Heute morgen fand ich – fanden wir dann eine Leiche, und jetzt ist meine Tochter verschwunden. Ich möchte, daß jemand dort hinauskommt und Untersuchungen anstellt.«

Der Constable schüttelte erneut den Kopf. »Ich bin nicht sicher, was Sie melden wollen.«

»Eine Leiche.«

»Ist sie dort?«

»Nein, natürlich nicht. Das ist ja das Problem.«

»Und wie können wir dann...? Woher wissen wir, daß Ihre Tochter dort mit Ihnen war?«

Woher? Auf dem ganzen Weg nach Maesteg hatte ihn der Gedanke gequält, wie er solche Fragen beantworten sollte.

»Ich habe eine Woche Ferien«, erklärte Fellowes. »Ich wollte ein paar Tage weg mit meiner Tochter, die in einem Internat ist.«

»Ich verstehe, Sir. Die ist verschwunden?«

»Ja. Mein Gott – reicht das nicht, um es bei der Polizei zu melden, ganz zu schweigen von einer verschwundenen Leiche?«

Der Constable kaute am Ende seines Kugelschreibers. Fellowes hatte das fatale Gefühl, daß die Dinge außer Kontrolle gerieten.

»Wie kann ich sicher sein, daß Ihre Geschichte stimmt?«

»Bei Gott – so etwas erfinden Leute nicht. Ich habe sogar nach einem Arzt telefoniert. Dr. Bryn Jones.« Er wiederholte die Geschichte seines ersten Versuchs, Hilfe zu bekommen, wie er zu der Farm und zu dem Pub gefahren war und dann zurück nach *Tan-y-graig*. Der Constable brachte alles zu Papier und kündigte an: »Wenn der Sergeant zurückkommt, werde ich ihn bitten, Sie zu begleiten.«

Fellowes wollte schreien, doch die Worte blieben ihm in der Kehle stecken. So stand er hilflos vor dem

Schalter, der von Teeflecken gesprenkelt war. Er wollte gegen die Trennschranke treten und hämmern, allen zurufen, daß dies die Wahrheit war, diese Geschichte, die er in allen Einzelheiten von sich geben konnte, bis zu den braunen gerippten Nylons und den soliden Schuhen der alten Frau und der Kleidung seiner Tochter. Er forderte dringend eine Untersuchung der Umgebung und gestand endlich seine innere, unkontrollierbare Panik, die Angst, seine Tochter könne sehr wohl in ernster Gefahr sein. Er war jetzt derart besorgt, daß er sofort nach *Tan-y-graig* zurückfahren würde, ob man das hier richtig fände oder nicht.

Der Polizist hielt einen Arm hoch, als würde er den Verkehr regeln.

»Ich denke, Sie wären gut beraten, wenn Sie noch warten würden, Sir«, sagte er nicht ohne Nachdruck. »Sergeant Parry wird in wenigen Minuten kommen, und ich bin sicher, daß er Sie gerne begleiten würde. Ich werde Dr. Bryn Jones anrufen und ihn veranlassen, abzuwarten, bis wir... eine Leiche haben.«

Er tat dies umgehend. Peter Fellowes, besorgt und erregt, war gezwungen, tatenlos abzuwarten. Und in diesen schrecklichen, endlosen Minuten bekam er eine Ahnung davon, was das Wort Ewigkeit bedeutete.

11

»Eine Leiche?« Ein Runzeln breitete sich über Sergeant Emlyn Parrys Stirn. Normalerweise sah er an Samstagnachmittagen Rugby, und die abrupte Unterbrechung durch einen Vermißtenfall erfreute ihn nicht eben. Der Sergeant spielte demonstrativ mit seinen

Wagenschlüsseln. Fellowes kam sich als Verdächtiger vor, allein durch seine Anwesenheit.

»Sagt er. Und ein Teenager soll ebenfalls verschwunden sein. Seine Tochter.«

Parry blickte noch finsterer; seine Hand, die langsam über das unrasierte Kinn rieb, signalisierte tiefes Unbehagen. »Was für eine Leiche? Wer?«

»Hören Sie doch«, beschwor Fellowes die beiden Polizisten. »Ich weiß nicht, wer. Ich bin nicht in der Lage, sie zu identifizieren. Eine alte Frau im Farmhaus *Tan-y-graig*.«

»Warum haben Sie uns nicht schon früher benachrichtigt?«

Peter beherrschte sich und versuchte auch das zu erklären. »Ich ließ meine Tochter bei der Leiche. Ich fand ein Telefon und fuhr dann dorthin zurück, aber sie war weg. Verschwunden.«

»Wer war weg?« murmelte Parry dumpf.

»Mein Gott, beide. Die alte Frau und meine Tochter.«

»Dann müssen sie beide am Leben sein. Logisch.« Der Sergeant strich über das Revers seiner Uniformjacke.

Fellowes wußte, daß Parrys Logik nicht stimmte, und er ließ seine Verzweiflung sprechen.

»Also, bitte, hören Sie, um Gottes willen. Glauben Sie mir, da ist etwas faul!« Er konnte das Haus fast riechen, feucht und dunkel unter dem Hügel. Wieder und wieder fragte er sich, ob dort Dinge geschehen sein konnten, die außerhalb der herkömmlichen menschlichen Erfahrung lagen.

Sergeant Parry lehnte sich auf den Schalter, der Gegenwart des jungen Constable genau bewußt, der sein Beispiel aufmerksam studieren würde.

»So, so. Das glauben Sie, ja? Um welche Zeit fanden die Ereignisse statt?«

Fellowes stöhnte unterdrückt auf. »Hören Sie. Ich habe eine vollständige Aussage gemacht. Ich möchte jetzt, daß Sie handeln. Daß Sie rasch die Farm durchsuchen, und die Umgebung.«

Der diensthabende Cop trat zurück, überließ die Sache Parry, der die Erklärung bestätigte, daß *Tan-y-graig* leerstehen würde. Der letzte Besitzer wäre gestorben. Anschließend öffnete der Sergeant eine Tür an der Seite des Arbeitszimmers und führte Fellowes in einen Korridor, den alte Aktenschränke und ein Safe säumten. »Sie machen keine Scherze, wie?«

»Nein, ich mache keine Scherze.« Sein Gesicht hätte ihnen das zeigen sollen.

»Haben Sie mit Ihrer Tochter gestritten? Teenager, Sie wissen – sind manchmal sehr eigensinnig.«

»Nein.«

Parry seufzte. »Nun ja. Setzen Sie sich doch. Ich nehme eine persönliche Aussage auf, ehe wir gehen.«

»Gott!«

»Bitte?«

Ob er wollte oder nicht, Peter Fellowes wurde in ein kleines Vernehmungszimmer dirigiert, mit einem Tisch und ein paar Stühlen und noch einer Karte an der Wand; und der Sergeant ging mit ihm die Geschichte durch. Als er geendet hatte, schien Parry keineswegs restlos überzeugt. Seine dunklen Augen blickten unvermindert stechend, wie die eines Sektenpredigers, der nach der Sünde spürt. »Hatten Sie jemals Halluzinationen? Bilden Sie sich Sachen ein?«

Fellowes war nicht rasch in Wut zu bringen, doch die Zündschnur wurde kürzer.

»Hören Sie. Am schnellsten stellen Sie das fest, wenn Sie mit mir dort hinaus kommen.«

Parry zog die Schubladen des Tisches auf, als würde

er dort weitere Inspirationen oder ein verborgenes Buch suchen.

»Wenn keine Leiche da ist und Ihre Tochter vielleicht nach Hause fuhr, wonach sollen wir dann suchen?«

Gott, diese Provinz-Polizei, dachte Fellowes wütend und wünschte schon, er wäre gar nicht hergekommen. Dann versuchte er dennoch erneut, die Zusammenhänge zu erklären.

Sergeant Parry klappte endlich das Notizbuch zu und ergriff seine Uniformmütze.

»Okay. Sie können meinem Wagen folgen.«

Im Konvoi ging es zurück nach *Tan-y-graig*. Parry fuhr voraus und holperte den Weg hoch zu dem Tor der Farm, vor dem er halten mußte, um es zu öffnen.

Merkwürdig... Fellowes wollte rufen, daß er es offengelassen hatte, wie es am Abend zuvor gewesen war, und daß es jemand zugezogen haben mußte. Doch er zwang sich, stillzubleiben, seine Finger um das Steuerrad gekrampft. Vielleicht war Sandie zurückgekommen...!

Parry schien in Zeitlupe zu agieren, als er die Stacheldrahtschlinge von ihrem Pfosten hob, in einem hochamtlichen Akt. Er hatte seine Dienstmütze mit dem blau-weiß gemusterten Band abgenommen, und sein schwarzes Haar glänzte. Doch von Sandie keine Spur. In Fellowes wuchs die Überzeugung, daß er das Opfer irgendeines monströsen Betrugs geworden war.

Er fuhr im Schatten des Sergeant in den Hof. Im Stillen fing er an zu beten.

»Sandie?« rief er.

Zuerst traute er seinen Augen nicht, als er die Tür aufstieß. Das Farmhaus schien fast leer, als wären Möbelpacker am Werk gewesen. Einen Augenblick versuchte er zu glauben, daß dies ein Versehen wäre, daß dies ein anderes Haus wäre, das sie irrtümlich erreicht hätten – doch da stand Parry und grinste. Na also, das Haus war unbewohnt – er hatte es ja gleich gesagt.

12

»Nun?«

Peter Fellowes lehnte sich betroffen gegen den Türrahmen. *Tan-y-graig* war nicht mehr möbliert. Die Stühle und die Tische, der Fernsehapparat, das Geschirr, Pfannen und Besteck, die Sachen aus der Küche – alles war verschwunden. Selbst Vorhänge gab es nicht mehr. Er rannte nach oben und schrie nach Sandie, doch er fand lediglich ein paar Stühle und die Bettrahmen mit unbezogenen Matratzen.

»Sandie!« Seine Stimme klang hohl. Er fürchtete jetzt brennend um ihre Sicherheit, um ihr Leben.

Sergeant Parry wartete unten, und Fellowes hetzte an ihm vorbei in den Raum, in dem sie die alte Frau gefunden hatten. Er war ebenfalls leer. Selbst das Sofa mit dem Blumenmuster war verschwunden.

In wachsender Panik schrie Fellowes den Sergeant an: »Um Gottes willen, was ist bloß los?« Er wankte zu dem Abstellraum. Ja, die gestapelten, staubigen Kisten und Kästen waren geblieben, und das sonderbare kleine Fenster, das Sandie entdeckt hatte, schien ihn zu verhöhnen. »Was, zum Teufel, ist das für ein Haus?«

Parry lächelte grimmig. »Eine Farm. Eine richtige Farm. Aber niemand hat mehr hier gewohnt, seit der alte Steadman starb.«

Fellowes fuhr herum. »Wann?«

»Oh, vor gut zwei Jahren jetzt.«

Er spürte seinen Realitätssinn schwinden, war nur noch verwirrt und erschöpft, mühte sich verzweifelt, wieder zu Verstand zu kommen.

»Sie müssen mir glauben, bitte! Hier war ein vollständig eingerichtetes Haus. Ich bilde mir keine Sachen ein. Ich bin nicht verrückt.« Doch im Zeitraum von wenigen Stunden waren zwei Menschen und fast alle Möbel verschwunden. Wie konnte so etwas sein?

Der Polizeibeamte spürte seine Verwirrung. »Wie fühlen Sie sich? Geht es einigermaßen?«

Fellowes wußte es nicht. »Großer Gott... Sandie«, flüsterte er, und die Qual war unerträglich.

Der Sergeant ging langsam von Zimmer zu Zimmer. Nur die beiden Räume, die als Lager dienten. schienen unverändert. Aus dem übrigen Haus hatte man jedes Anzeichen dafür entfernt, daß sich in letzter Zeit hier jemand aufgehalten hatte. Sein eigener Koffer und seine anderen Kleider waren verschwunden.

Im Bad hatte man sogar seinen Waschbeutel und sein Handtuch nicht vergessen. Der Strom war ganz abgeschaltet.

Sie überprüften leere Räume, ohne Anzeichen, daß dort je jemand gewesen war. Die Sache war faul. Mächtig faul.

»Sie sagen, Sie haben hier geschlafen?« fragte Parry ungläubig. Die wichtigsten Fakten von Fellowes' Geschichte, die Fundamente seiner Aussage, erschienen zweifelhaft.

»Ich schwöre Ihnen, meine Tochter und ich waren hier. Dieses Haus wurde in den letzten drei oder vier Stunden leergeräumt.« Er rannte hinaus, verzweifelt wünschend, jemand wäre da und würde erklären, daß dies alles eine Art Scherz war.

Der Sergeant machte keinen amüsierten Eindruck.

»Ich könnte mir denken, Ihre Tochter hat sich mit der Leiche davongemacht.«

»Seien Sie nicht absurd.«

»Okay – was ist dann Ihre Version?«

»Ich verstehe überhaupt nichts.«

»Geht mir auch so, Sir«, meinte Parry finster. »Doch ich weiß genau, daß es verboten ist, der Polizei die Zeit zu stehlen.«

Fellowes wandte sich zu ihm. Tief in seinem Inneren fürchtete er, daß es Orte des Bösen gab.

»Hören Sie mir zu: Da war eine Leiche. Meine Tochter blieb hier bei ihr. Sie wollte das. Wir kamen gestern hier an.« Sein Atem beschleunigte sich. »Sicher gibt es Fingerabdrücke...«

Es war absurd, verrückt. Er wußte, etwas Schlimmes war geschehen, und er konnte es nicht beweisen... Und das Schlimmste, das Allerschlimmste war: Er fürchtete, daß es jetzt nicht nur für die alte Frau, sondern vielleicht auch für Sandie keine Hilfe mehr gab. »Jemand hat eine Leiche verborgen. Vielleicht schon vergraben.«

Der Sergeant blickte ihn scharf an. »Wie kommen Sie darauf, Sir? Wer soll jemanden vergraben haben?«

Wieder ging das über die Erfahrungen des Sergeant, obwohl Sandies plötzliche Flucht – falls es eine Flucht war – zu den Dingen gehörte, deren junge Mädchen manchmal durchaus fähig schienen. Sandie hatte ihre Sachen gepackt, oder man hatte sie für sie gepackt, bis zum letzten Kleenex. Fellowes' Magen zog sich zusammen. Sandie war verschwunden oder verschleppt worden, weil ihn jemand um den Verstand bringen wollte. Oder sie hatte etwas gesehen, was es jemanden notwendig erscheinen ließ, sie zum Schweigen zu bringen.

Er wankte, fing sich aber wieder, wenn auch noch benommen von dem Schock dieser Entdeckungen. »Sind

Sie sicher, daß Steadman tot ist?« fragte er den Sergeant.
»Natürlich bin ich sicher. Er ist auf dem Kirchhof von Llangogarth begraben.«
Fellowes ging in die Küche zurück und setzte sich auf einen der zwei zurückgebliebenen Stühle. Er erinnerte sich an Sandies erste Eindrücke von den Geräuschen dieses Hauses, an diese »Gefühle«, die er abgetan hatte. Jetzt war nichts zu hören, nichts außer Parrys schwerem Atem. Eine sonderbare, zermürbende Stille, als ob sie alle zufrieden wären, diese mysteriösen Geister. Er riß sich zusammen.
»Alles war da. Voll möbliert. Fernsehapparat, Bettzeug, Geschirr, Putzmittel, ein Staubsauger. Es war als Ferienhaus angeboten.«
»Nicht in Maesteg«, entgegnete Parry. »Fragen Sie im Verkehrsamt. Dort wird das gemeldet.«
Fellowes war nach einem Drink, doch von seinen Flaschen war nichts mehr vorhanden, nicht einmal ein Teebeutel. Er ging zur Spüle und versuchte es mit den Hähnen; das Wasser war abgestellt, nur ein schwaches Tröpfeln kam.
Parrys Blick brannte auf seinem Rücken.
»Nicht viel, was wir hier tun können, wie...?«
Fellowes fuhr herum. »Großer Gott, Sergeant! Ich habe das Verschwinden meiner Tochter gemeldet. Ich melde jetzt den Verlust aller meiner persönlichen Sachen. Ist das gar nichts für Sie?«
»Also, Moment mal! Wir haben nur Ihr Wort dafür.« Parrys Stimme war von deutlichen Zweifeln erfüllt. »Aber wie auch immer – *Tan-y-graig* ist Privatbesitz. Wir müssen den Besitzer informieren, ehe wir hier etwas machen können.«
»Den Besitzer? Ja, tun Sie das.« Fellowes zog den zerknitterten Brief mit der Adresse in Birmingham heraus.

»Okay. Okay. Wir werden sicher Nachforschungen anstellen, wenn Ihre Tochter nicht auftaucht.«

»Auftaucht, mein Gott! Sie muß in die Schule zurück. Ich bin für Sandie verantwortlich.«

»Ja, sicher. Nun, das ist Ihr Problem, oder?« Parrys Gesicht blieb unbewegt.

»Hören Sie mich an.« Fellowes flehte jetzt. »Sehen Sie nicht? Spüren Sie es nicht? Hier geschieht etwas. Etwas *Unnatürliches*.«

Doch er hatte keinen Beweis. Wer dieses Verbrechen auch geplant hatte, er hatte es methodisch und rasch durchgeführt und nicht den geringsten Hinweis hinterlassen. Die Frage war: Warum? Warum? Warum?

Fellowes zwang sich, ruhiger zu werden und vernünftig zu überlegen. Es mußte schon ein Möbeltransporter dagewesen sein, auf den sie die Sachen geladen hatten, und Sandie mußte dabeigewesen sein, mußte zugesehen haben oder versucht haben, sie zu hindern.

»Verstehen Sie nicht?« Er schlug mit der Faust auf den Tisch. »Jemand kam wegen der alten Frau, sobald ich gegangen war. Sie wollten sie aus dem Weg schaffen, und weil meine Tochter da war, mußten sie Sandie mitnehmen. Dann kamen sie zurück und besorgten den Rest.«

Parry lachte schallend. »Sicher, sicher. Aber nicht in diesem Teil von Wales.«

Fellowes konterte die selbstgefällige Verweigerung. »Sie müssen mit einem Lastwagen hergekommen sein und alles Bewegliche mitgenommen haben. Dann schlossen sie das Tor. Ich hatte es offengelassen.«

»Reden Sie keinen Unsinn! Was hätten sie für einen Grund gehabt, das zu tun?« Parry saß jetzt da und kratzte sich am Kopf. Fellowes ignorierte ihn und ging wieder hinaus, versuchte vergeblich, ein Muster in den

Reifenspuren zu erkennen. Unmöglich. Die Spuren waren zu schwach.

Der Polizeibeamte folgte ihm, und Fellowes murmelte bitter: »Sie wollen nichts von der Sache wissen, oder? Sie wollen verdammt nichts davon wissen.«

Der Polizeibeamte seufzte unterdrückt auf. »Wir haben Ihre Angaben aufgezeichnet. Falls Ihre Tochter in den nächsten vierundzwanzig Stunden nicht auftaucht, dann lassen Sie uns das wissen, und wir beginnen mit Nachforschungen. Nachforschungen, die Zeit und Mittel brauchen.« Er setzte seine Mütze auf. Die weißen Biesen und die Knöpfe seiner Uniform glänzten in der Sonne, doch die Luft schien bereits rauh, von einem Oktoberhauch durchzogen. »Sie folgen mir besser zurück«, riet er noch.

Fellowes sah zu, wie Parry in das Polizeifahrzeug stieg und vom Hof fuhr. Innerlich verfluchte er *Tan-y-graig* und schwor, daß er seine Tochter finden würde.

13

In der Polizeiwache von Maesteg war die Stimmung gereizt.

»Was ist denn, Mann? Bringen Sie ihn herein.«

Fellowes wurde in einen hinteren Raum geführt, in dem vor einem elektrischen Wärmespender ein Mann stand, in Hemdsärmeln, die Jacke über dem Stuhl. »Owens«, sagte der blasse Mann. Er machte eine Pause, und sein Blick schnellte auf den Besucher, als würde jemand ein schrecklich entstelltes Gesicht anstarren und sich dann verlegen abwenden. »Inspector Owens. Was ist da los? Jemand vermißt in *Tan-y-graig*?«

Mit dem Gefühl tiefer Unruhe erzählte Fellowes seine Geschichte erneut. So sachlich wie möglich berichtete er von dem Verlust seiner Sachen und von dem schändlichen Betrug eines gewissen Mr. Steadman. Er zeigte sogar dessen Brief aus Birmingham, der die Vermietung bestätigte. Zuletzt äußerte er seine Furcht, Sandie könnte über diese unheimlichen Hügel verschleppt worden sein.

Inspector Owens sagte: »Oh, oh, oh«, und lud ihn zum Sitzen ein, unter Lockrufen nach Tee und Toast. Er brachte die Fingerspitzen zusammen und lächelte hinter einem Schreibtisch, der irgendwie zu groß für seine schmale Gestalt schien. Er war von einer Fahrigkeit wie eine leicht derangierte Marionette, und ein adrett geschnittener Schnurrbart zog sich über seine Oberlippe.

»Und was soll ich jetzt tun? Ein vermißtes Mädchen und eine Leiche finden?«

Fellowes wollte schreien. Ihm seine ganze Wut und Verzweiflung ins Gesicht schreien – und schwieg. Doch es war gerade dieses Schweigen, was den Inspector irritierte.

»Warum rufen Sie den Mann in Birmingham nicht an?« Kühle Distanz lag in Owens' Stimme, dann schob er ihm ein schwarzes Telefon hinüber. »Hier, bitte. Alle Anrufe sind gebührenfrei.«

Fellowes wählte die Nummer auf Steadmans Briefkopf. Es klingelte und klingelte, bis endlich der Hörer am anderen Ende abgehoben wurde.

»Hallo, hallo?« Die Stimme klang anders, als er sie erwartet hatte nach Steadmans geschäftsmäßigem Brief.

»Ich möchte mit Mr. Steadman sprechen, bitte...« Fellowes spürte einen neuen Schub von Argwohn wie einen Temperatursturz in dem heißen kleinen Raum.

»Kein Mr. Steadman hier. Hier *JK Papers*.«

Er sprach mit einem pakistanischen Zeitungshändler irgendwo an der Coventry Road, der jedes Wissen um Steadman leugnete. »Nein, nein, nein. Kein Mr. Steadman hier!« Dann war die Leitung unterbrochen.

»Nun...?« Owens, der Inspector, trommelte nervös mit den Fingern. »So etwas kann natürlich passieren. Schwindler, Sie wissen. Nicht zu trauen, diesen Burschen. Man geht ihnen besser aus dem Weg.« Er implizierte, nur ein Narr könnte auf einen solchen Schwindel hereinfallen, und nur ein Verrückter würde der Polizei die Zeit stehlen.

»*Glauben* Sie mir nicht?« Ein drohender Ton kam jetzt in Fellowes' Stimme. »Hören Sie, Inspector, zwei Menschen sind verschwunden, und die Einrichtung eines Hauses...«

»Nun – Sie behaupten das.«

»Das Haus wurde angeboten im *Bristol Courier*. Sie können das nachprüfen, bei Gott. Ich habe einen Scheck als Bezahlung geschickt. Jemand muß ihn eingelöst haben. Sie können auch *das* feststellen.« Wütend durch Owens' beiläufiges Getue, das den Eindruck hervorrief, nichts von all dem hätte wirklich etwas zu bedeuten, wollte er ihm entgegenschreien, daß ihm Sandie mehr bedeutete als alles sonst auf der Erde. »Weshalb hätte man mir sonst den Schlüssel geschickt?«

»Ich weiß es nicht.« Owens lächelte, und der Blick aus dunklen Augen wandte sich wieder ab.

Inzwischen kümmerte es Fellowes irgendwie kaum noch, ob sie ihm glaubten oder nicht. Jemand brachte ein Tablett mit Toast, doch er konnte nichts essen.

»Ich sage die Wahrheit«, murmelte er, »die reine Wahrheit...«

»O ja, natürlich. Aber sehen Sie, Mr. Fellowes, wir

brauchen irgendeinen Beweis. Einen Nachweis Ihres Verlustes. Einen Hinweis auf die Leiche.« Ein höfliches Lächeln breitete sich über Owens' Antlitz, während Sergeant Parry andächtig nickte.

Er ahnte, daß dies Provinzpolizisten waren, unfähig, mit einem Alptraum umzugehen. »Dann...« Er zögerte und räusperte sich. »Und wenn meine Tochter nicht auftaucht... was dann?«

»Oh. Nun... das wäre etwas anderes.« Er sah, wie ihr Blickpunkt sich verlagerte, weg von ihm.

Beide schalteten sie ab. Sergeant Parry, weil die Pflicht bereits getan war – eine mühsame, lästige Pflicht – der Inspector, weil er nichts glauben konnte oder auch nichts wissen wollte. Fellowes wollte über den Schreibtisch springen und ihre Köpfe zusammenschlagen.

»Ich kann nicht zurück in dieses Haus. Was denken Sie sich, wo soll ich die Nacht verbringen?«

Owens spielte mit einem Bleistift. »Nun, das liegt bei Ihnen. Sie können sich selbst Ihr Lager aussuchen, egal wo, solange wir wissen, wo Sie zu finden sind.«

Die Implikation war offenkundig: Er war stark verdächtig, wenn er auf seiner Darstellung beharrte.

»Zeigen Sie uns eine Leiche«, sagte Owens noch einmal, als Fellowes die Wache verließ – und die Worte hallten ihm durch den Kopf – »und wir finden Ihnen ein kriminelles Subjekt.«

Er ging langsam zurück zu seinem Wagen, immer wieder von sich fordernd, daß er einen kühlen Kopf bewahren mußte. Vielleicht war es das, was sie erwarteten, daß er den Kampf aufgab. Doch was geschehen war, war keine Halluzination gewesen oder etwas wie ein böser Traum. Sandie war seine Tochter, und sie war entweder freiwillig von ihm weggegangen oder das Opfer eines dunklen, schrecklichen Ereignisses geworden.

Die kleine Stadt am Ende des Sees wirkte jetzt finster, als ob die harmlosen Leute, die zum Einkaufen von den Hügeln kamen und auf die Parkplätze drängten, alle Mitglieder einer Verschwörung wären. Wenn Sandie lebte, vielleicht irgendwo verborgen unter ihnen, lebte sie gewiß in Furcht.

Verdammt, er mußte sie finden – erlösen!

14

Im weiteren Verlauf des Wochenendes führte Fellowes Telefonate. Er versuchte es wieder mit Birmingham, doch der pakistanische Zeitungshändler legte auf, und später war die Leitung tot. Im Angel Hotel nahm er ein Zimmer für die Nacht und erklärte, weshalb er kein Gepäck hatte. Sie beäugten ihn mißtrauisch, so kam es ihm jedenfalls vor, fast, als wäre er gezeichnet. Doch er konterte mit energischem Nicken und schwor, nicht aufzugeben, bis er Sandie gefunden hatte, welche Mühe, welche Kosten es auch machte. Er erinnerte sich, wie ihn Stellas Tod getroffen hatte. Jetzt, während er mit wirren, schrecklichen Vorstellungen kämpfte, was geschehen sein konnte, überzog Bitterkeit seine Züge, und wenn Leute in der Halle ihn beobachteten, hätten sie denken können, er wäre schwer krank.

James in Bristol wußte nichts. Das Verhältnis zwischen Vater und Sohn war entspannter, als es das zu Sandie jemals gewesen war; aber James hatte nichts zu sagen.

»Gott, Dad, wieso fragst du mich? Ich habe Sandie seit Wochen nicht gesehen.«

»Du hast mir die Anzeige geschickt.«

»Na und? Ich habe sie zufällig gesehen, und ich dachte, das könnte etwas für dich sein.«

Fellowes flehte: »Hilf mir. Denk nach, James. Gibt es irgendeinen Grund, aus dem sie verschwinden könnte?«

»Wie sollte ich das wissen? *Du* hast sie in dieses blöde Internat geschickt.«

Dieser Vorwurf schmerzte ihn. Wie hätte er nach Stellas Tod anders handeln können? Er hätte sich einfach nicht intensiv genug um zwei Kinder kümmern können. Und Sandie hatte damals ins Internat gewollt.

Aber – was wußte er seitdem von ihr? Nun, sie hatte einen Freund, der ihm irgendwie nicht geheuer war. Deshalb hatte er sie unter anderem zu diesem Wochenende eingeladen; so war sie erst einmal aus der Gefahrenzone. Würde sie plötzlich vor ihrem Vater davonlaufen? War sie ein solches Mädchen? Er versuchte, an ihr Verhalten während der Hinfahrt zurückzudenken. War das erst vor achtundvierzig Stunden gewesen? Ereignisse konnten im Gedächtnis verblassen wie Wasserfarben in der Sonne, aber Sandies böse Ahnungen standen ihm noch grell vor Augen. Und ebenso blieb ihm das Bild der Leiche neben dem Sofa. Geister? Er konnte nicht wirklich an sie glauben, doch er spürte, wie sein Magen sich zusammenzog.

Nicht die Laune eines Teenagers hatte Sandies Verschwinden verursacht: Sie hatte Charakter, sie hatte aus einer Art Respekt eingewilligt, in das Farmhaus mitzukommen. Ihn verfolgte das Gesicht der toten Frau. Ein tragischer Zug hatte um ihren Mund gelegen, als hätte sie noch keine wirkliche Ruhe gefunden. Ein bestürzender Gedanke überfiel ihn, der ihm sekundenlang den Atem nahm. War sie vielleicht doch das Opfer eines schrecklichen Verbrechens gewesen?

Spekulationen nützten nichts, er mußte etwas tun. Von seinem Hotelzimmer rief er im Internat an und bat darum, genau festzustellen, ob Sandie nicht doch zurückgekommen war. Nach einer halben Stunde kam die Antwort, daß man sie dort nicht gesehen hatte. Doch erneut spürte er Argwohn auf sich treffen. Sie wunderten sich natürlich, weshalb er fragte.

Am Nachmittag und am Abend des Sonntags ballten sich die Regenwolken über den Hügeln zusammen und entluden sich in einem Gewitter mit grollenden Donnerschlägen. Doch in seinem Innern fühlte Fellowes sich ruhiger, besser gerüstet für seine Suche nach Sandie.

Trotz des Wetters machte er eine neue Erkundung, wieder durch die Talstraße, sämtliche Schritte zurückverfolgend, die ganze Route wiederholend, an jedem Punkt stoppend und prüfend. Der kleine Pub am Seeufer war geschlossen, doch Peter läutete und fragte, ob sie ein junges Mädchen mit Jeans und Sweater gesehen hätten. Verdammt, er hatte nicht einmal ein Foto!

»Nein, tut uns leid«, bekam er zur Antwort. Dann wurde die Tür wieder geschlossen.

Doch Fellowes gab nicht auf und steuerte direkt zu der Farm des Schäfers. Er klopfte energisch – und begegnete dumpfem Kopfschütteln. Die Frau des Schäfers versuchte hastig, die Tür zu schließen, aber er drückte sie mit der Hand zurück.

»Ich war gestern morgen schon einmal hier bei Ihnen, erinnern Sie sich?«

Ein Blick, und ihre Züge gefroren zu Eis. Es war, als hätte er eine Frage gestellt, vor der man sie gewarnt hatte.

»Nein. Ich – nicht. Bitte gehen Sie!«

»Aber hören Sie – was wissen Sie über die Farm *Tan-y-graig*? Mein Gott, bitte helfen Sie mir!« Fellowes zwang sich dazu, noch nicht aufzugeben, stellte einen Fuß in die Tür.

Die Blicke der Frau wurden unstet. »*Tan-y-graig*«, murmelte sie leise, »steht leer seit zwei Jahren.«

Er versuchte nicht, sie weiter zu bereden, denn er war plötzlich überzeugt, daß er in einer weit umfassenderen Intrige gefangen war. Eine Weile stand er da und starrte über den Farmhof und auf die winselnden, angeketteten Hunde. Er spürte eine Enge hier, die er nicht durchdringen konnte, etwas, das sich aus primitiveren Zeiten erhalten hatte. Schließlich hob er die Schultern und wandte sich ohne ein weiteres Wort ab.

Ohne ein bestimmtes Ziel fuhr er weiter, versuchte, keine Kleinigkeit, die einen Hinweis auf Sandie geben könnte, zu übersehen.

Die Straße führte steil nach oben, vorbei am Ende der stillgelegten Eisenbahn. Nach ein paar Meilen entdeckte er hinter mächtigen, jahrhundertealten Bäumen ein großes Haus. Das Davies-Haus nannten sie es.

Die Anfahrt zweigte nach rechts ab, in einer langen elliptischen Kurve. Fellowes schaltete den Gang runter, als er an einem Torpfosten eine getippte Notiz fand. Er stieg aus, um sie zu lesen. Sie steckte in einer Plastikhülle, um sie vor der Witterung zu schützen.

»*Maesteg Railway Extension*«, las er auf Englisch; parallel dazu stand der walisische Text. »*Erweiterung der Maesteg-Eisenbahn. Es besteht die Hoffnung, daß eine Gesellschaft gegründet wird zum erweiterten Betrieb der Lokalbahn Maesteg Light Railway nach Tan-y-graig, auf der alten Spur.*«

Sie hatten eine Hoffnung, dachte Fellowes. Die Notiz war vergilbt vom Alter. Wie lange hing sie wohl schon hier?

Das Haus zeigte keine Spur von Leben, doch es sah recht gut erhalten aus, verglichen mit den anderen Cottages dieser Gegend. Offenbar hatte man Geld zur Renovierung aufgewandt. Ein Wochenend-Landliebhaber oder Eisenbahnfanatiker vielleicht; aber was half ihm das weiter? Er wollte nur eins: Sandie finden und von hier verschwinden.

Fellowes fuhr weiter, zum Eingangsportal hoch, und läutete; er bemerkte, daß noch ein Wagen hier stand: der rote Audi, den er schon gesehen hatte an dem Morgen, als Sandie verschwand. Sandie...

Er hatte aufgehört, sich Vorwürfe zu machen wegen einer Folge von Ereignissen, über die er wenig Kontrolle hatte, doch bestand weiter das Problem, wie er anderen die Zusammenhänge erklärte: die Leiche, an die niemand glaubte, und den Verlust seiner Tochter. Das Davies-Haus war ungefähr zwei Meilen von *Tan-y-graig* entfernt; falls jemand etwas von den dunklen Dingen am Ende des Tales wissen mochte, sollte es der nächste Nachbar sein.

Die Tür wurde von einer jungen Frau geöffnet, die nicht besonders gepflegt wirkte. Das kurzgeschnittene Haar lag strähnig um den Kopf. Abweisend verschränkte sie die Arme vor der Brust.

»Ich mache Nachfragen wegen einer Sache, die in *Tan-y-graig* geschehen ist, nur ein Stück die Straße weiter.«

»Tut mir leid, ich wohne nicht hier«, entgegenete sie scharf. »Jedenfalls nicht richtig. Ich weiß nichts von *Tan-y-graig*. Leider.« Sie machte eine bedauernde Geste.

»Es ist das nächste Haus von hier. Sie müßten doch schon von ihm gehört...«

Sie schüttelte den Kopf. »Tut mir leid. Ich war nie dort.«

»Hören Sie – bitte. Ist sonst jemand da – jemand, der mir helfen könnte?« Fellowes versuchte vergeblich in ihrem verschlossenen Blick zu lesen. »Mr. Davies vielleicht?«

Sie lächelte fein. »Sie fragen ihn besser, wenn er von London herkommt.«

»Wie oft tut er das?«

Sie zuckte die Schultern. »Von Zeit zu Zeit. Ist das alles?« Ihre Stimme klang brüsk.

»Nein, einen Augenblick noch«, sagte Fellowes. »Dieser rote Wagen. Wem gehört er?«

Blitzte jetzt echte Wut in ihren Augen auf, oder täuschte er sich?

»Einem Geschäftsfreund.« Sie ließ mitschwingen, daß ihn das nichts anging. »Ist das alles?« wiederholte sie noch abweisender.

Es begann stärker zu regnen, doch die junge Frau machte keinerlei Anstalten, ihn hineinzubitten. Er spürte deutlich, daß er nicht willkommen war.

»Okay. Danke. Das war alles.« Mutlos machte er sich auf den Rückweg. Was war das Geheimnis von *Tan-y-graig*, daß alle sofort erstarrten, sobald er diesen Namen erwähnte? In diesem Augenblick begann er *Tan-y-graig* zu hassen.

15

Während der Fahrt machte sich Fellowes bedrückend klar, daß niemand ihm glaubte, am wenigsten Inspector Owens und Sergeant Parry. Warum sollten sie auch, wenn *Tan-y-graig* leergestanden hatte und er das Opfer eines Betrügers geworden war? Beharrte er auf seiner lächerlichen Geschichte, war er in den Augen der Polizisten verrückt oder kriminell. Es sei denn – und dieser Gedanke verursachte ihm Herzklopfen – die Polizei selbst war an den finsteren Dingen beteiligt.

Als er in *Tan-y-graig* ankam, bemerkte er überrascht, daß ein Polizeifahrzeug vor dem Eingang parkte. Peter Fellowes stellte sich daneben und stieg aus.

»Was hat das zu bedeuten?« fragte er den jungen Polizisten nach dem Grund seiner Anwesenheit.

Der tippte zur Begrüßung kurz an seine Mütze und antwortete: »Tut mir leid, Sir. Kein Zutritt. Meine Anweisungen.«

»Weshalb?« Fellowes spürte den kalten Wind im Gesicht. »Ich habe das Haus gemietet. Ich habe einen Schlüssel.«

»Ich weiß, Sir. Man sagte mir, Sie könnten zurückkommen. Aber ich darf niemanden durchlassen. Auch Sie nicht.«

»Warum nicht? Ich habe ein Recht, hineinzukommen. Ein gesetzliches Recht.« Vielleicht hatte er das, vielleicht auch nicht; noch etwas, was er nachzuprüfen hatte – aber das war im Moment ohne Belang, der Beamte blickte unbeugsam.

»Nein. Tut mir leid. Ich habe auch nur meine Anweisungen, Sir.«

»Und wenn ich sagen würde, ich wollte nur sichergehen, daß ich dort drinnen nichts zurückgelassen habe?«

Der Constable lehnte sich gegen den Wagen. »Polizeiliche Nachforschungen sind aufgenommen worden. Das Haus ist gesperrt im Zuge der Untersuchungen.«

»Gesperrt?«

»Jawohl, Sir.«

Wenigstens taten sie etwas. Mein Gott, er brauchte Hilfe. Allein schaffte er es nicht.

»Nun ja. Etwas dagegen, wenn ich hintenherum gehe?«

»Ja, Sir. Ich habe Order, den Zugang zu verhindern, bis die Burschen von der Kriminalpolizei kommen.«

Fellowes versuchte sich davon zu überzeugen, daß

dies ein gutes Zeichen war, die Polizei nahm ihn endlich ernst; doch seine Zweifel über Inspector Owens blieben, und mit jeder Stunde, die verging, starb ein Stück seiner Hoffnung, Sandie heil wiederzusehen.

»Sind Sie ein Beamter von hier?«

»In Llangollen geboren.«

Fellowes schlug den Kragen seines Mantels hoch. Er fror. »Eins ist sehr seltsam an diesem Haus. Alle behaupten fest, es wurde die letzten paar Jahre nicht bewohnt. Und doch, als ich am Freitag herkam – mit meiner Tochter zusammen – fanden wir Bettzeug und Möbel, und alles sprach dafür, daß jemand noch kürzlich hiergewesen ist. Was halten Sie davon?«

Der Cop trat kräftig auf und grinste, offensichtlich erfreut, mit jemandem reden zu können.

»Nun, also – natürlich waren die Steadmans hier von Zeit zu Zeit.«

Der Regen wurde jetzt noch stärker, bildete Rinnsale und Pfützen auf der Straße.

»Von Zeit zu Zeit? Wie kann das sein? Jeder hier versicherte mir, daß Steadman vor zwei Jahren starb.«

»O ja, das stimmt. Aber Mrs. Steadman kam gelegentlich hierher. Ich erinnere mich, daß ich erst vor ein paar Monaten Licht im Haus gesehen habe.«

Fellowes spürte eine Woge der Erregung. »Wo lebt sie denn jetzt?«

Der Constable zuckte die Schultern. »Kann ich nicht sagen. In irgendeinem Heim, glaube ich. Doch sie kommt raus ab und zu...«

Endlich – da war etwas, ein Anhaltspunkt. Wenn er Mrs. Steadman nachspürte, konnte er herausfinden, ob sie vermißt wurde. Und er hatte einen Zeugen, einen Polizisten, der beschwören konnte, daß jemand noch viel später im Haus gewesen war, als Sergeant Parry behauptete. Das brachte zwar Sandie auch nicht zurück, doch es konnte vielleicht helfen, seine Geschichte über die alte Frau zu bestätigen. Als er kurz darauf wegfuhr, hatte er wieder etwas Mut, und das klamme Gefühl in seiner Brust wurde etwas erträglicher.

16

»Sie sagen, sie kommt nicht zurück?« Inspector Owens schien ihn mit den Blicken seiner kleinen, stechenden Augen durchbohren zu wollen. »Warum glauben Sie das jetzt?«

Die Frage kam einer Anklage gegen Fellowes gleich. Er versuchte, dem Inspector seine Vermutung zu erklären: »Hören Sie, die Tote kann Mrs. Steadman gewesen sein. Jemand wollte sie aus dem Weg haben, und Sandie kam unglücklicherweise dazwischen.«

»Oh, ich verstehe.« Owens kaute auf seinem Kugelschreiber herum. »Nun, ich denke, das können wir nachprüfen.«

Bei Gott, wie konnte er sie endlich dazu bringen, daß sie ihm wirklich glaubten? Er erlebte, wie sie auf seine früheren Erklärungen zurückkamen und noch mehr Notizen machten, spürte, wie sie ihn im stillen für einen Verrückten hielten, wenn nicht sogar für einen Kriminellen. Sein Herz schlug rasend, feine Schweißperlen bedeckten seine Stirn, trotz seines verzweifelten Bemühens, ruhig zu bleiben. Eine Nacht war nun bereits vergangen, die er schlaflos im örtlichen Hotel verbracht hatte. Doch noch immer schien die Polizei Sandies Verschwinden nicht ernstzunehmen.

»Warum tun Sie nicht etwas...? Es ist Ihre verdammte Pflicht, endlich zu handeln! Worauf warten Sie eigentlich noch? Was muß noch passieren?«

Owens starrte ihn durchdringend an, sich seiner Autorität voll bewußt.

»Nun, wir haben bereits die Vermißtenstelle in Cardiff informiert, und von dort geht es zu Scotland Yard. Alles ist im Computer festgehalten«, sagte Owens nachdrücklich. »Jeder Stein wird umgedreht, darauf können Sie Gift nehmen.« Er erhob sich, ein deutliches Zeichen, daß das Gespräch für ihn beendet war. »Ich schlage vor, Sie gehen zurück und warten.«

»Wohin zurück?« wollte Fellowes verblüfft wissen.

»Nach Hause. Nach London, von dort kommen Sie doch, nicht wahr?«

Fellowes spürte ein Dröhnen in seinem Kopf. Owens Vorschlag war absolut unfaßbar. Absurd. Er sollte ohne Sandie diesen Ort verlassen? Nie, niemals!

»Ich gehe nirgendwohin zurück, ehe ich meine Tochter gefunden habe... oder herausgefunden, was mit ihr passiert ist. Da war eine Leiche, da war ein möbliertes Haus... und jetzt ist alles verschwunden, und Sie haben eine Wache aufgestellt. Was wird hier gespielt?«

Die Augen des Inspectors funkelten. »Wir haben stets daran zu denken, daß wir nur Ihr Wort für diese Dinge haben. Sie behaupten, jemand in Birmingham...«

»Sehen Sie!« Fellowes hieb den Brief von Steadman, inzwischen ziemlich zerknittert, auf den Tisch. »Überprüfen Sie den *Bristol Courier* der letzten sechs Wochen. Los!«

»Oh. Das werden wir tun, Sie können sicher sein. Ich zweifle nicht an Ihrem Wort, natürlich nicht! Doch es scheint, als hätte Sie jemand an der Nase herumgeführt, wenn ich es so ausdrücken darf.« Er lehnte sich zurück und strich sich mit der Hand durch seine Haare.

Fellowes registrierte jede Bewegung messerscharf. Sein Gehirn arbeitete fieberhaft. Welchen verdammten Grund hatten sie, ihn wie einen Lügner zu behandeln?

Dachten sie vielleicht, er wäre extra hergekommen, um sich seiner Tochter zu entledigen und eine wilde Geschichte zu erfinden?

»Fragen Sie Ihren jungen Beamten«, forderte er erhitzt. »Den, der gestern dort Dienst hatte. Er weiß, daß *Tan-y-graig* nicht verlassen war.«

Owens blickte auf Sergeant Parry, der lächelte, als fühlte er sich nach einem Migräneanfall besser. Der Regen draußen hatte endlich aufgehört, und sie hörten einen Vogel zwitschern.

»Schicken Sie PC Thomas herein.«

»Etwas zu rauchen?« Einladend hielt Owens Fellowes eine Packung mit kleinen Zigarren hin und rollte eine davon unter seiner Nase, seinen Schnurrbart kitzelnd.

»Danke, nein«, lehnte Fellowes ab.

»Dann trinken Sie Ihren Tee aus.« Die Tasse mit dem kräftigen Gebräu wurde ihm entgegengeschoben, und sie warteten mit Unbehagen, während der junge Police Constable gerufen wurde. Der Rauch von Owens' Zigarre kräuselte sich zur Decke. Endlich erschien der junge Beamte.

»Ah, Thomas!« Der Inspektor begrüßte ihn wie einen sehr guten Freund. »Unser Gast hier würde gern etwas von Ihnen hören.«

Fellowes beugte sich vor. »Sie erinnern sich an mich? Bei *Tan-y-graig* gestern?«

Einen schrecklichen Moment fürchtete er ein Leugnen, doch der junge Polizist nickte.

»Hm, natürlich.«

»Hören Sie, bitte!« Fellowes' Stimme klang beschwörend. »Wiederholen Sie einfach, was Sie da von dem Haus erzählten: daß jemand in ihm war vor ein paar Monaten.«

PC Thomas blickte nervös von Owens zu Parry: Fellowes hätte auf Komplizenschaft schwören können.

»O nein. Das habe ich nicht gesagt.«

»Was soll das heißen, nicht gesagt? Sie erzählten mir, Sie hätten Licht im Haus gesehen.«

Kopfschütteln. »Ich glaube nicht...«

»Sie *glauben* nicht? Sie sagten mir, jemand war dort, erst vor zwei oder drei Monaten.«

Der Polizist hob die Schultern, bedeutend, daß ihm die Erinnerung nichts offenbarte.

»Nein. Ich glaube nicht, daß ich jemals so etwas sagte.«

Stille, während der sie sich anstarrten. Die Hände des Constable waren unbewegt; er stand da zum Appell, um eine Aussage abzuspulen und zum Abtreten aufgefordert zu werden. Und da wußte Fellowes plötzlich, daß eine Verschwörung bestand, die das ganze Tal betraf und unter deren Decke die örtliche Polizei steckte.

»Sind Sie sicher? Hundertprozentig?«

Thomas nickte. »Ja, selbstverständlich.«

Fellowes versenkte seine Wut in einen einzigen langen Seufzer. Er hörte Owens langsam sagen: »Nun, ich denke, damit wäre das geklärt.«

»Okay. Ich begreife endlich.« Fellowes wandte sich ihnen zu. »Wenn Sie mir nicht helfen, werde ich mir selbst zu helfen wissen.«

Owens interpolierte scharf. »Ich würde Ihnen nicht raten, das Gesetz in Ihre eigenen Hände zu nehmen...«

War dies ein Rat oder eine Drohung? Aber das kümmerte ihn jetzt nicht mehr, verzehrt von Sorge und Mißtrauen.

»Sie würden mir nicht raten, Inspector? Sie wollen, daß ich nach Hause gehe und warte? Warte, daß ich irgendwann erfahre, ob meine eigene Tochter noch am Leben ist?« Er donnerte seinen Stuhl gegen die Wand. »Nun, da sind Sie an den Falschen geraten.«

17

Die breite Straße, die von der Polizeiwache hinunter in die Stadtmitte von Maesteg führte, mit dem »Angel Hotel« auf der einen und dem »Raven« auf der anderen Seite, war kaum befahren. Die Regenwolken hatten sich aufgelöst, frische Luft blieb zurück, und ein kühler Wind blies vom Wasser, als Fellowes die Hauptstraße hinunterrollte.

Er war jetzt fast besessen von der Absurdität seiner Situation. Das konnten sie nicht mit ihm machen! Wer immer sie auch waren, die Mächte, die sich gegen ihn verschworen hatten. Wenn er unsichtbare Feinde hatte, brauchte er jetzt wirkliche Freunde. Menschen, die helfen und raten konnten. Er konnte zu der *Police Complaints Authority* gehen und sich über die Polizei beschweren. Vielleicht würde ihm sogar ein örtlicher Verantwortlicher zuhören? Aber wer sollte sich ernsthaft mit einem Haufen Unsinn abgeben, der mit jedem Tag unsinniger erschien?

Und dann sah Fellowes den roten Audi wieder, der auch am Davies-Haus gestanden hatte. Eine blonde Frau wollte gerade einsteigen. Er trat auf die Bremse und kam neben ihr zum Stehen.

»Bitte?« fragte sie voller Ablehnung. »Was wollen Sie?«

Fellowes versuchte ihrem Blick zu begegnen, doch sie wich ihm aus. Sie wirkte sensibel und – fand er – vorsichtig. War es nur seine Einbildung, oder zitterte sie leicht?

»Ich hoffe, es stört Sie nicht... aber ich würde sehr gern mit Ihnen sprechen.« Fellowes war höflich, aber direkt. »Ich habe Ihren Wagen in der Nähe von *Tan-y-graig* gesehen.«

Zuckte sie zurück? War sie erschrocken? Sekundenlang schien es so, doch dann nickte sie langsam.

»Also gut...«, gab sie endlich zu. Und: »Warum trinken wir nicht einen Kaffee zusammen? Ich bin Laurel Ericson, aus New York.«

Sie ging entschlossen voraus zu einer Kaffeestube mit Konditorei, in der sie schon gewesen sein mußte, so, wie man sie begrüßte. Sie wählte einen Tisch etwas abseits in einer Nische, lächelte reserviert, aber nicht mehr ganz so ablehnend – und begann spontan zu erzählen. »Wie gesagt, ich komme aus New York und bin hier auf der Suche nach meiner Vergangenheit. Es gab da einen Großvater vor zwei Generationen, der hier in Wales gelebt hat.«

Ihre Erklärung enttäuschte ihn im gleichen Maße, wie ihn ihre Person faszinierte. Es war, als stünde ein Argwohn zwischen ihnen, der das Interesse überdeckte, das sie beide spürten.

Nun war er an der Reihe zu erzählen. Es war gar nicht so leicht, die aberwitzige Situation vor zwei Tagen in *Tan-y-graig* zu schildern.

Laurel Ericson hörte zu, die Hände auf dem Tisch gefaltet, die blauen Augen weit offen, fast, als hielte sie ihn für eine Art Märchenerzähler. Die Dinge, die er ihr berichtete, ließen ihn die Stimme senken. Es war nicht die Art von Geschichte, die man in Maesteg laut erzählte – daß jemand gestorben war und wie durch Zauberei verschwunden, gemeinsam mit einem jungen Mädchen.

Laurel atmete ruhig, doch sie sah vorsichtig von Tisch zu Tisch. Fürchtete sie, daß man sie beobachtete?

»Mein Gott – was soll ich dazu sagen? Es ist wie eine Art Horrorfilm.« Sie schwieg einen Moment und fügte dann hinzu: »Was, um alles in der Welt, werden Sie jetzt tun?«

Er seufzte und antwortete mit einer Gegenfrage: »Kennen Sie *Tan-y-graig*?« Sie schüttelte den Kopf und wich sichtlich ein Stück zurück. »Nein, ich bin nie dort gewesen.«

»Aber Sie waren doch beim Davies-Haus«, sagte Fellowes. »Ich habe Ihren Wagen dort parken sehen.«

»Ja, ich war gestern dort.« Der gleichmäßige Ton verriet nichts, deutete auf eine Privatsache hin.

»Man sagte mir, Mr. Davies, wer immer das ist, wäre nicht da. Offenbar lebt er in London.«

»Stimmt«, bestätigte sie. »Ein Mädchen war da. Vermutlich die Haushälterin.«

Das ungepflegte Mädchen, das ihm geöffnet hatte. »Sie müssen im Haus gewesen sein, als ich klingelte.«

Laurel zuckte mit den Schultern; Fellowes hatte den Eindruck, sie wollte das Thema wechseln. »Noch Kaffee?«

»Nein, danke. Interessiert Sie diese Eisenbahn-Sache? Die Notiz am Tor...?«

Laurel Ericson lachte erleichtert. »Keine Spur! Nein, mein Herr. Meine Gründe, hierzusein, sind rein persönlich; ich möchte etwas über ein paar Verwandte herausfinden, die vor einer Ewigkeit hier waren.« Mehr gab sie nicht preis. Etwas an dieser Landschaft, diesen Hügeln und den engen Straßen schien Heimlichkeiten regelrecht zu provozieren. Statt dessen wandte sie sich wieder seiner Sache zu. »Was wollen Sie tun?«

Fellowes zeigte sich entschlossen. »Herausfinden, was mit meiner Tochter ist. Und was, zum Teufel, in dem Haus passierte«, antwortete er. »Ich lasse mich nicht an der Nase herumführen.«

»Es muß hart für Sie sein«, meinte sie mitfühlend. »Ich wünschte bei Gott, ich könnte Ihnen helfen.«

Er hätte sie dafür umarmen können, doch er riß sich zusammen und erkundigte sich: »Wo wohnen Sie?«

»Llangogarth, direkt am See.«

Fellowes kannte den Namen: Es war eine Siedlung, ein paar Meilen nach der Straßengabelung, wo es nach *Tan-y-graig* ging.

»Dieser Bursche in Birmingham, dieser Steadman, der das Haus in der Zeitung anbot«, ließ er sie wissen, »ich werde ihn auseinandernehmen.«

Sie sah verständnisvoll zu ihm hoch und nickte. »Ich denke, das ist okay.«

Er bezahlte den Kaffee. »Was... ich meine, was machen Sie jetzt?«

Laurel zuckte mit den Schultern. »Oh, ich treibe mich weiter hier herum«, antwortete sie vage, und Fellowes entdeckte, daß er mehr wissen wollte – über ihren Hintergrund, ihren Job, ihre Neigungen und Abneigungen. Der Gedanke war irgendwie tröstend, daß er nicht der einzige Besucher dieser finsteren Hügel war.

Sie ging mit ihm zur Tür und streckte ihm die Hand entgegen. »Alles Gute...«

Er schüttelte sie mit einer Empfindung des Bedauerns, dem Gefühl, daß sie sich ihm entzog, daß auch sie nur halb verstand – und er hätte es sich anders gewünscht. Aber Llangogarth war sehr nahe dem Tal, in das er gekommen war. Er speicherte diesen Fakt in seinen Gedanken, als sie in dem roten Audi davonfuhr.

Jeder Tag, den Fellowes jetzt wartete, bestätigte seine Ängste nur noch, die kranke, nackte, hoffnungslose Furcht vor dem Unbekannten, die ihn verfolgte. Er begann zu glauben, daß das Tal ein großes, gräßliches Geheimnis barg. Und alles, was er tatsächlich mit Laurel Ericson gemeinsam hatte, war die Verbindung zwischen Fremden. Es gab Gefühle, Emotionen, die er nicht öffentlich zeigen konnte, und er war der Verzweiflung nahe.

Er kehrte ins Hotel zurück, um zu telefonieren.

Das Internat in Shrewsbury war einer dieser roten, krankenhausähnlichen Backsteinbauten hinter gewaltigen Gittern, wie er Architekten für eine geordnete Erziehung junger Damen notwendig erscheint. Dennoch hatte die Schule einen ausgezeichneten Ruf, und Sandie hatte nach dem Tod ihrer Mutter aus irgendeinem Grund gewünscht, dorthin zu gehen. St. Cyprian's kostete fast ein Vermögen, doch man kümmerte sich dort auch sehr um alles, und Fellowes wußte, daß man tief besorgt war, weil er Sandie nach diesem kurzen, gestörten Wochenende nicht zurückbrachte. Er hatte bereits vorgewarnt, doch er mußte sichergehen.

Er bat, mit der Direktorin verbunden zu werden, und fragte geradeheraus: »Haben Sie irgend etwas von Sandie gehört?«

Bedeutungsvolles Schweigen, dann: »Nun, nicht direkt...«

»Wie meinen Sie?«

»Haben Sie nicht veranlaßt...?«

»Was veranlaßt?« Fellowes spürte jetzt die Verwirrung am anderen Ende der Leitung, ein fast greifbares Unbehagen. Die Selbstsicherheit der Direktorin entschwand.

»Daß die Polizei...«

»Welche Polizei?«

Ein weiteres verstörtes Schweigen; dann überwand die Direktorin ihre Redehemmung. »Ein Inspector aus Nordwales kam gestern abend zu uns. Behauptete, er würde für Sie Nachforschungen anstellen. Und daß sie einige von Sandies Sachen brauchten.«

»Welche Sachen?« Fellowes schrie beinahe.

»Kleider. Ein paar persönliche Papiere. Er sagte, das würden Sie schon verstehen.«

»Verstehen! Bei Gott, sie suchen eine Leiche...« Aus seiner trockenen Kehle kam ein heiseres Krächzen.

»Oh, Mr. Fellowes, kommen Sie. Das ist etwas weit hergeholt.« Aber sie war ebenso besorgt.

Fellowes wurde etwas ruhiger. Auf merkwürdige Art machte es die Sache leichter, dieses letzte Fehlverhalten. Wenigstens geschah etwas. Und er konnte sich den Namen des Besuchers denken.

»Ich nehme an, es war ein Mann namens Owens. Stimmt's?«

»Ja, richtig«, sagte sie. »Woher wußten Sie...?«

18

Der nächste Schritt war klar: Er mußte Steadman aufspüren. Das bedeutete eine Fahrt in die Midlands.

Fellowes kam am späten Nachmittag an, nachdem er die Meilen auf eine Art gefressen hatte, die ein wenig von den quälenden Gedanken daran ablenkte, was dahinterstecken konnte, wenn die Polizei einiges von Sandies Kleidung wollte; doch die Tatsache, daß sie überhaupt etwas taten, nährte in ihm andererseits auch die Hoffnung, sie würden sie lebend finden.

Jetzt jagte er den Wagen über das Ende der Serpentinenstraße nach Birmingham; dort besorgte er sich eine Straßenkarte und hielt sich an die Vorortstraßen abseits der zentralen Coventry Road. Eine Sorge war, *JK Papers* – Nummer sechsunddreißig in der Ramada Street, die Adresse auf Steadmans Brief – würde bei seiner Ankunft geschlossen sein, doch da hätte er keine Angst zu haben brauchen. *JK Papers* hatte von acht Uhr morgens bis Mitternacht geöffnet; ein Potpourri bietend aus Zeitungen und Magazinen, Süßigkeiten, Schreib- und Tabakwaren.

Hinter der Ladentheke fand er eine Frau in einem Sari, dunkelhäutig und mit schlechtem Englisch. Bereitwillig rief sie ihren Mann, und Fellowes erkannte sofort die Stimme, die auf seine erste telefonische Anfrage von Owens' Büro aus reagiert hatte. Er öffnete den Brief mit der Mietvereinbarung und schob ihn hinüber.

»Wissen Sie, von wem das ist?«

Mr. Mukerjee schüttelte den Kopf. »Nein, nein, nicht hier! Ich habe gesagt, am Telefon.«

Doch Fellowes blieb hartnäckig. »Jemand hat diese Adresse verwendet. Ich schrieb hin und bekam Antwort.«

»Dies ist eine Holding-Adresse«, entgegnete der Zeitungshändler.

»Ah. Leute bezahlen Sie, damit Briefe hergeschickt werden können, zum Abholen?«

Funkelnde Goldzähne verrieten Peter Fellowes, daß er richtig lag. Der mysteriöse Steadman war kein Narr, der Spuren hinterließ. Die Sache war raffiniert eingefädelt.

Fellowes bedankte sich und verließ den Laden. Er stieg wieder in den Wagen, und ein paar Stunden später war er bei seinem Sohn in Bristol.

»James«, sagte er, »ich brauche Hilfe!«

James hatte sich gerade etwas zu essen aus einem Imbiß geholt – Kentucky-Hühnchen – und bot seinem Vater davon an, aber Peter Fellowes schüttelte den Kopf. Er sah erschöpft aus, wie er so auf einem Second-Hand-Sitz hockte und die Fakten von Sandies Verschwinden berichtete.

»Kannst du den Krach ausschalten?« unterbrach er sich plötzlich.

James nickte und wunderte sich in der plötzlichen Stille über die Verletzlichkeit seines Vaters. Peter war früher ganz schön hart, hatte ihn zu seinen Pflichten angetrieben, und sein Weggang von zu Hause war wie ein Atemholen gewesen. Jetzt bat sein Vater um Hilfe.

»Glaub mir, Dad«, sagte James. »Sandie macht keine solchen Scherze. Und sie ist nicht weggelaufen...«

»Woher weißt du das? Wie kann ich sicher sein?«

»Gott, Mann. Glaubst du nicht, sie würde es mir erzählen? Glaubst du denn, wir sind nicht in Kontakt?«

»Ich weiß nicht.«

»Nein. Du hast nie darauf geachtet.«

»Es tut mir leid.«

»Darum geht es nicht.« James sprach mit neuer Sicherheit. Das Verschwinden seiner Schwester hatte die Distanz zu seinem Vater überbrückt. »Natürlich glaube ich dir. Die unbekannte alte Frau stirbt. Plötzlich, unerwartet. Du rast los, um Hilfe zu holen, und jemand anders kommt ins Haus, der Sandie nicht dort will. Frag mich nicht, warum...«

»Wie?«

»Kein wie. Hör mir nur zu, Dad! Ich weiß nicht, warum, aber Sandie war irgend jemandem im Weg. Also mußte man sie entfernen...«

»Hältst du es für möglich, daß man sie... getötet hat?«

James wiegte den Kopf. »Möglich ist alles. Schleierhaft ist allerdings, warum die Cops Sandies Kleider und Papiere geholt haben. Hast du sie danach gefragt?«

Fellowes begann langsam zu verstehen. »Du meinst, wenn man sie irgendwohin gebracht hat, brauchen sie das Zeug...«

James nickte düster. »Und dann ist da dieser Kerl in Birmingham, der mysteriöse Steadman, der sich bedeckt hält. Wenn du mich fragst, geht da etwas vor sich, von dem diese Cops wissen müssen.«

»Aber warum...?« fragte Fellowes hilflos. »Mord oder Entführung oder irgendwie Terrorismus?«

Sie sahen sich starr an. »Das ist es, was wir herausfinden werden«, sagte James grimmig.

Peter Fellowes spürte eine Flut der Erleichterung, schierer Erleichterung, daß er endlich einen Verbündeten hatte.

»Hör zu, Dad. Wir werden diesen Steadman aufspüren. Du fährst zurück nach Maesteg, ja? Mach das mit den Cops ab. Ich denke nicht, daß das viel nützen wird, aber laß sie glauben, daß du ihnen traust. Ich kümmere mich um Steadman.« Das schuldete er seinem Vater; er hatte ihm schließlich die Anzeige geschickt.

»Steadman hatte einen Birminghamer Akzent, als wir damals am Telefon –«

»Okay. Ich denke nicht, daß er weit von Mr. Mukerjee lebt. Noch eins, Dad: Wie lange willst du in *Tan-y-graig* bleiben?«

»So lange, bis die Sache vorbei ist.« Er hatte zwar nur eine Woche Ferien, aber er würde dort bleiben, bis er Sandie gefunden hatte.

»Dann schlage ich vor, du kämmst die Makler durch und alle Läden der Gegend. Heutzutage kann man nicht einfach ein Haus zumachen und spurlos verschwinden. Was ist mit dem Telefon und der Kopfsteuer? Irgendwie packen sie dich, die Bastarde... Jemand weiß von dem alten Steadman, und wenn es nur die Leute sind, die ihn begraben haben.«

Das ist eine weitere Spur, dachte Fellowes. Er nickte James zu.

»Hey, Dad, wo willst du hin?«

Fellowes hatte nicht richtig darüber nachgedacht. Es war bereits zu spät, um jetzt noch zurück nach Wales zu fahren. Sein Zeitgefühl hatte sich verändert, seit Sandie verschwunden war. Die zwei Tage seither – er mußte zählen, um sicher zu sein – schienen länger als ein Leben.

»Ich weiß nicht. Ich suche mir ein Hotel...«

»Sei nicht albern, Dad. Du bleibst hier und hörst mir zu.«

Ja, auch James konnte hartnäckig sein. Typisch sein Sohn! Peter Fellowes lächelte unwillkürlich.

19

Es war spät am nächsten Morgen, als Fellowes wieder in Maesteg ankam: Die gleiche verschlafene Hauptstraße, auf der er Laurel Ericson getroffen hatte; aber jetzt war nichts von ihr zu sehen.

Fakten. Er mußte sich an die Fakten halten. Aber der Herbst war hereingebrochen, und das Ende seiner Hoffnungen schien nahe.

Fellowes fuhr wieder am See entlang, das Wasser schimmerte silbern und eiskalt. Dann passierte er die schmalspurige Eisenbahnstrecke, die für den Winter stillgelegt worden war. Die Schienen waren bereits rostig, was auf geringen Verkehr hindeutete; eine Fortführung nach *Tan-y-graig* war absurd. Er schauderte, als er an den Namen des Hauses dachte, an die Farm und den dunklen Berg, der sie zu bedrohen schien. Aber diesmal steuerte er nicht dorthin.

Statt dessen fand er die Kirche in Llangogarth, als er den See halb umrundet hatte, und den Friedhof daneben. Das Dorf bestand aus verstreuten Häusern, schiefergedeckt, und trotzigen Cottages, gruppiert um die kleine Kirche mit ihrem Turm wie ein Hexenhut.

Fellowes öffnete das Tor zum Friedhof. Schräge Grabplatten mit schwer entzifferbaren Inschriften, ein von Gras überwucherter Pfad, Kerbel und Ampfer. Gedenksteine mit verwelkten Blumen in schmutzigen Marmeladengläsern. Nur eine Handvoll Grabsteine, Gebilde aus lokalem Stein und Schiefer, und ein paar Marmorkreuze wirkten neuer.

Niemand war da, den er hätte fragen können. Also mußte er alleine suchen, systematisch, um nur ja nichts zu übersehen.

Der kalte, graue Tag umfing ihn. Er fror, während er den vernachlässigten Kirchhof absuchte. Drei Krähen zankten über einem Abfallhaufen in der hinteren Ecke und flogen davon wie aufgeschreckte Seelen. Aber dann fand er ihn schließlich, dort, halb verborgen von Nesseln unter einer Steinmauer, den Grabstein, den er suchte. Sorgsam entfernte er das Unkraut.

Er war länglich, von der Form eines Meilensteins, mit einem Regimentsabzeichen vom Königlich Britischen Pionierkorps und der schlichten Inschrift: »*Ivor Steadman, gestorben im Alter von neunundsiebzig Jahren.*« In den Stein gemeißelt waren außerdem ein Kreuz und ein Pfeil.

Fellowes wischte den Staub vom Stein und stand grübelnd davor. Steadman – oder wenigstens einer der Steadmans. Schönes Alter, aber nicht außergewöhnlich; früherer Soldat. Der Grabstein erinnerte ihn an etwas, und er erkannte, daß es ein Kriegsgrab war, mit einem dieser Steine wie auf den Militärfriedhöfen von zwei Weltkriegen. Er fand das merkwürdig – das einzige öffentliche Grab auf dem kleinen Friedhof der Kirche von Wales, und es war noch nicht lange hier. Als wäre Major Steadman neunundsiebzigjährig im aktiven Dienst gestorben und geradezu heimlich beerdigt worden, ohne Teilnahme der Kirche oder der Familie.

Aber Sandie, bei Gott, Sandie! Was bedeutete das für sie? Der Stein hier hatte ihm etwas zu sagen. Wenn er es doch nur verstehen konnte! Dieses Kreuz... wie ein Schwert... wo hatte er es schon gesehen? Und dann erinnerte er sich plötzlich. Dasselbe Kreuz hatte man in das Glas des blauen Fensters in *Tan-y-graig* geritzt. Die Pfeilspitze war ein Krähenfuß, es gab keinen Zweifel.

Steadman von *Tan-y-graig* war in einem öffentlichen Grab beerdigt worden, das war sicher. Und der junge Polizist hatte bestätigt, er hätte erst vor wenigen Monaten Licht im Haus gesehen. Und wenn Steadmans Witwe nun – wie in geheimer Pilgerschaft – zurückgekommen wäre? Nun, über sie müßte man etwas in Erfahrung bringen können... In der Gegend mußten noch Leute leben, die sie kannten.

Mit dem Gefühl, einen Schritt weitergekommen zu sein, verließ er eilig den Friedhof. Ein Jäger unter Gejagten, so kam er sich vor. Ein Spiel, in dem niemand wußte, wer Freund und wer Feind war.

Fellowes blieb eine Weile in Llangogarth, spazierte durch die Siedlung, ständig hoffend, Laurel Ericson zu begegnen oder ihr Auto zu entdecken. Er merkte, daß er sie unbedingt sehen wollte. Aber er hatte keine Adresse, wußte nur durch ihre beiläufige Bemerkung, daß sie in einer der Farmen untergebracht war. Sie hatte nicht gesagt, wie lange sie blieb, und konnte sehr wohl schon weggefahren sein; er spürte eine Art Enttäuschung.

Vielleicht war sie in Maesteg. Doch in Maesteg regte sich kaum Leben. Die Pest hätte durch die drei oder vier kleinen Straßen gegangen sein können, oder *er* war vielleicht mit ihr behaftet, so, wie die Leute starrten. Gruppen standen an Eingängen, tratschten, flüsterten. Es fiel ihm immer leichter, zu glauben, daß er in die Tiefe eines Geheimnisses gelangt war.

Er erinnerte sich an James' Auftrag, die Makler der Gegend zu überprüfen. Also weiter! Keine Pause! Ausruhen durfte er, wenn er Sandie gefunden hatte...

Es schmerzte ihn, die Fakten wildfremden Menschen nahezubringen. Niemand wollte die Steadmans von

Tan-y-graig kennen, und der Klang seiner fragenden Stimme verschloß die erstaunten Gesichter wie Türen. Es war, als verbargen sie die Vergangenheit nicht nur vor ihm, sondern auch vor sich selbst, doch ob mit Absicht oder aus Ignoranz, konnte Fellowes nicht sagen.

Erst bei der letzten Adresse stieß er auf eine andere Reaktion. Ein liebenswürdig wirkendes Mädchen blickte überrascht hoch, als er erklärte, daß er Informationen zu der Farm *Tan-y-graig* suchte, die zuletzt mit dem Namen Steadman verbunden war.

»Besitz oder gemietet?« fragte das Mädchen zunächst nach.

»Ich bin nicht sicher.«

Die Möglichkeit der Miete schien ein Signal. Flink sprang das hübsche Mädchen auf und stöberte in der Kartei eines Aktenschranks mit vier Schubladen.

»Steadman? Steadman? Wir machen gewöhnlich keine Vermietungen, wir verkaufen, wissen Sie, Grundstücksverkauf und Beratung«, erklärte sie stolz. »Aber ich erinnere mich, daß ein junger Mann herkam, so vor drei, vier Monaten, und fragte, ob wir etwas für ihn machen könnten. Lassen Sie mich sehen, lassen Sie mich...« Und sie suchte eifrig und befragte einen Mann im nächsten Raum.

Fellowes sank auf einen Stuhl und blickte auf die Fotos kleiner Farmen und Cottages, die zum Kauf angeboten wurden. Hügelfarmen und Häuser mit Kohleheizung, selbst eine ehemalige Schule.

Das muntere Mädchen kam mit einer gelben Karte zurück. »*Tan-y-graig*-Farm? Richtig?«

Fellowes nickte, fast zu mitgenommen, um Interesse zu zeigen.

»Also.« Sie las Bleistiftgekritzel, das nicht von ihr stammte. »Ein Mann kam vor drei Monaten hierher. Er stellte sich als Mr. Steadman vor und behauptete, den

Besitz geerbt zu haben. Bat uns, ihn zu vermieten.« Sie machte eine Pause, Fellowes wachsende Aufmerksamkeit spürend. »Aber wir mußten ablehnen.«

»Warum? Warum?« drängte er, atemlos vor Aufregung.

»Oh. Nun, als wir nach Einzelheiten fragten, stellte sich heraus, daß er die Farm nicht wirklich besaß – sein Onkel hat zwar dort gelebt, aber nicht als Eigentümer. Die Farm war wohl gepachtet, verstehen Sie?«

Fellowes spürte, wie sich seine Nerven spannten. »Von wem? Können Sie mir das sagen?« Er hielt den Atem an, während sie sich bemühte, die Notiz auf der Karte weiter zu entziffern.

»O ja. Offenbar eine Firma in London. Hier steht's: *Secure Investments limited.*« Sie lächelte. »Das ist alles, was wir haben, leider; wir haben Mr. Steadman nicht aufgenommen. Stimmt da etwas nicht?« fügte sie mit plötzlicher Vorsicht hinzu.

»Das würde ich meinen«, antwortete er dumpf.

Fellowes schleppte sich mühsam ins Hotel am anderen Ende der Stadt zurück, um James anzurufen. Er war sofort am Apparat, als hätte er schon gewartet.

»Wenn es eine eingetragene Firma ist, kannst du die Adresse von *Companies* bekommen«, sagte sein Sohn.

»Von wem?« Fellowes saß auf dem Bett, tief gerührt über die Solidarität seines Sohnes. Das Eis zwischen ihnen war gebrochen, die Sorge um Sandie hatte sie zusammengebracht.

»*Companies Registration Office, DTI*«, hörte er James geduldig sagen. »City Road, London. Soll ich mich erkundigen?«

Das räumte weitere Steine zwischen ihnen aus dem Weg.

20

Das unheimliche Tal spukte durch seinen Kopf – vorbei an der Farm mit den Schafen und *Pen-y-banc* und dem Davies-Haus, hinauf zu dem kleinen, weißen Farmhaus *Tan-y-graig*. Und wenn – wenn etwas Überirdisches an den Kräften dort oben war, etwas, was über seine Begriffe ging? Aber das was lächerlich. Zum Teufel, er glaubte nicht an Geister!

Versuchen, über die Berge zu blicken, hineinzublikken in die Köpfe derer, die ihn zu dieser Jagd gezwungen hatten – der Steadmans, Parrys und Owens', selbst Mukerjees, des Zeitungshändlers; und hinter die verschlossenen Gesichter auf den Farmen – argwöhnisch, ihre Geheimnisse hütend, alle.

Peter Fellowes wälzte sich in seinem Bett und dachte an Sandie, die irgendwo dort draußen in den Bergen war. Er fühlte sich schuldig, weil er sie hierhergebracht hatte, fürchtete die Folgen; der Film dieses verlorenen Wochenendes lief ununterbrochen in seinem Kopf. Sogar das Wetter hatte sich verändert, seit er mit ihr hergekommen war; die schwache Oktobersonne war hinter Wolkenvorhängen verschwunden, die tief über die Stadt herunterhingen und sich im See aufzulösen schienen.

Wieder quälte Fellowes das Gefühl, das alles wäre seine Schuld: Weshalb hatte er ohne weiteres auf die Anzeige reagiert, hatte er Sandie mit einer Leiche alleingelassen, hatte er nicht gleich für andere Zeugen sorgen können? Er hatte alles verdorben.

Sandie, süße, unschuldige siebzehn. Niemand, natürlich, hatte bisher den Verdacht geäußert, er hätte sie vorsätzlich getötet... und doch... Er wachte schwitzend auf.

Wieder ging er am nächsten Morgen in dieses heiße

kleine Polizeigebäude, um mit Inspector Owens zu sprechen und seine Klagen vorzubringen. Owens saß wieder in dem Vernehmungsraum hinter dem Holztisch, aber nicht Parry war diesmal bei ihm, sondern ein anderer, mit einem hageren, fast asiatischen Gesicht. Angenehm, reserviert, kühl.

»Ich darf vorstellen – Detective Chief Inspector Wishart, Kriminalpolizei. Er ist hier, weil jetzt einige sehr schwerwiegende Dinge in die Sache getragen werden. Und die Polizei wendet viel Zeit auf bei der Suche.«

Fellowes nickte. Doch bevor er Owens fragen konnte, weshalb er, zum Teufel, Sandies Kleider abgeholt hatte, kam der ihm zuvor. Wishart hatte einen Umschlag mit Notizen vor sich, die auf einer schwarzen Aktentasche lagen.

»Warum haben Sie uns nicht die Wahrheit über Ihre Tochter gesagt?« fuhr Owens ihn schroff an.

Fellowes war empört und stellte seine eigenen Fragen.

»Warum sagen Sie mir nicht erst, was Sie in St. Cyprian's machten?«

»*Ich* stelle die Fragen, Mr. Fellowes.« Owens' Stimme klang messerscharf. Er stand auf, wie um Körpergröße zu gewinnen.

Wishart forderte ihn auf: »Sagen Sie es ihm«, und Owens nickte.

»Gut. Wir wollten Material für Fingerabdrücke und DNA-Test. Und die Kleidung, falls wir Polizeihunde benötigen.«

»Hunde?« Panik packte Fellowes, eine blinde, wilde Angst.

Owens' Worte waren Trommelschläge. Sein Gesicht straffte sich. Er sagte finster: »Wir haben immer noch nur Ihre Version von dem, was passiert ist. Aus polizeilicher Sicht... sind Sie die letzte Person, die sie gesehen hat... lebend.«

»Lebend?« Fellowes' Kehle war trocken. »Lebend?« krächzte er mit versagender Stimme. »Was meinen Sie, um Gottes willen?«

Owens fixierte ihn. »Machen Sie hier kein Theater, Mr. Fellowes, oder wir könnten gegen Sie vorgehen...«

»Vorgehen? Weswegen?«

Aber Owens ignorierte ihn, mit der Faust auf den Tisch schlagend.

»Hören Sie mir zu, Mann. Sie haben uns nicht die volle Wahrheit über Ihre Tochter erzählt. Die arme kleine Unschuld, was?«

»Ich weiß nicht, wovon zum Teufel Sie reden.«

»Sie wissen, o doch.« Owens wandte sich um, lächelte Wishart zu. »Warum sagten Sie nicht, daß die Kleine einen Freund hat? Ein sexuelles Verhältnis?«

Fellowes spürte, daß sein Herz einen Schlag aussetzte. Warum? Wie konnte er sicher sein? War dies nicht eines der Geheimnisse, deren Preisgabe er erhofft hatte für dieses Wochenende, dieses ruinierte Wochenende? Wollte er nicht erfahren, wie ernst es Sandie mit diesem Burschen war?

Er war in die Defensive gedrängt. »Ich kenne meine Tochter nicht so gut.« Es war ein schreckliches Eingeständnis. »Das war einer der Gründe für unseren kleinen Trip hierher.«

Sie hatten ihn getroffen, und Owens bohrte in der Wunde, höhnte skeptisch.

»So, war es? Oh, ich verstehe. Und Sie kannten sie nie wirklich, wie?«

»Ich... leider... wir haben uns voneinander entfernt, seit meine Frau starb«, gab Fellowes kläglich von sich.

»So. Und dann bringen Sie sie plötzlich nach *Tan-y-*

graig. Ausgerechnet. Ist das nicht sehr sonderbar, Mr. Fellowes? Sehr merkwürdig...?«

»Es war in der Zeitung angeboten.«

»Von einem, der nicht existiert.«

»Einem, der meinen Scheck einlöste.«

»Wir wissen das, Mr. Fellowes.«

Schweißperlen standen auf Fellowes' Stirn; der starre Blick des Polizeibeamten wich nicht von ihm.

»Ich habe in gutem Glauben gehandelt«, stammelte er.

Aber der Inspector attackierte ihn mit scharfen Stichen weiter. »Das hoffe ich, Mr. Fellowes. Das hoffe ich für Sie.« Owens hielt inne, setzte sich wieder und fügte schnell hinzu: »Sehen wir die Sache einmal anders – Sie hatten Streit mit Ihrer Tochter, haben die Beherrschung verloren und sie unglücklich getroffen. Und jetzt erfinden Sie diese Geschichte, um die Sache zu vertuschen.«

»Das ist Unsinn, und Sie wissen das.« Fellowes Herz hämmerte. Der Raum war zu klein. Er hätte sie anschreien können.

»Oh, ist es das? Also glauben Sie nicht, daß Ihre Tochter ein unartiges Mädchen war, wie?«

Die Worte sollten verletzen, und sie trafen. Sandie hatte in stabilen Bedingungen gelebt, bis Stella gestorben war; dann war sie ins beste Internat gegangen. Nichts hatte auf Schwierigkeiten hingedeutet. Warum sollte da...?

»Nein«, antwortete er fest. »Ich glaube es nicht.«

Owens seufzte befriedigt und warf einen Seitenblick auf Wishart. »Nun. Wir führen besser den Beweis vor.«

Der Mann, den sie hereinholten, war jung und lässig, drei- oder vierundzwanzig und ausgesprochen gutaussehend. Er hatte kurze, hellbraune Haare und eine gesunde Bräune. Trotzdem regte sich in Fellowes Unbehagen. Er versuchte, gefaßt zu wirken, doch er wußte, daß seine Unruhe sichtbar war.

»Sagen Sie, wer Sie sind«, forderte Owens. »Stellen Sie sich vor.«

»Terence Blackburn.«

»Und wie nennt Sie Sandie Fellowes?«

»Nun, sie nennt mich Terry.« Sein Ton war munter, fast frech.

»Gut.« Inspector Owens wirkte zufrieden. »Und was genau tun Sie?«

»Ich arbeite im Flugwesen, Avionik, einem Zweig von British Aerospace. In Telfort. Telford New Town.«

»Und nun erzählen Sie, wie Sie Sandie kennenlernten...«

»Beim Klettern, Wenlock Edge«, berichtete er. »An einem Wochenende im Sommer.«

Owens lächelte und nickte. »Und dann, was geschah dann?«

»Wir begannen eine Beziehung.«

»Eine sexuelle Beziehung?«

Blackburn schien nicht befremdet. »Kann man so sagen. Ja.«

»Wann?«

»Am ersten Nachmittag.«

»Sie lügen!« Wie konnte Sandie allein dort gewesen sein? Wie konnte sie die Schule getäuscht haben? »Ich glaube es nicht!« rief Fellowes erregt.

Owens hob seine Hand. »Bitte...!«

Was erwarteten sie von ihm: daß er seinen Segen dazu gab, daß er überglücklich war? »Alles Lüge! Verleumdung!« Das war ein Komplott gegen ihn und gegen Sandie.

Er sah, wie sich Wisharts Brauen unwillig hoben.

»Kommen Sie, Mr. Fellowes.« Owens stimmte wieder seinen Singsang an, der wie ein Wiegenlied die Wogen glätten sollte. »Ich denke, Mr. Blackburn sollte uns genau mitteilen, wie oft es geschah.«

»Sandie ist in einem Internat«, sagte Blackburn langsam, »also war es nicht so einfach. Aber wenn sie samstags frei hatte, gingen wir gewöhnlich wohin – in ein Hotel in Shrewsbury.« Er grinste. »Ich mußte im voraus zahlen.«

Wishart schaltete sich ein. »Hat sie Ihnen gesagt, sie würde an diesem Wochenende mit ihrem Vater wegfahren?«

Blackburn nickte. »Sandie sagte, sie würde hierherkommen.«

»Das ist eine Lüge. Ich habe ihr nicht verraten, wohin ich sie bringen würde, ehe ich sie abholte. Ich wußte es ja selbst erst spät.«

Owens' Finger trommelten auf die Schreibtischplatte. »Jetzt reicht's, Fellowes! Ihre Behauptungen klingen immer unwahrscheinlicher. Ich werde Ihnen jetzt sagen, was ich denke: Sie hatten Streit mit Ihrer Tochter wegen ihres Benehmens, und dann passierte ein Unglück.« Seine Stimme klang drohender. »Deshalb brauchen wir die Hunde.«

Fellowes sackte in sich zusammen, unfähig, die Anschuldigungen zu widerlegen – alles, was er tat, schien nur ihre Verdächtigungen zu bestätigen. Er war der Hauptverdächtige, und er war nicht in der Lage, gegen sie zu bestehen.

21

Trotz aller Ängste, Unterstellungen, Verleumdungen hielt Fellowes an seiner Sache fest. Schließlich nahm er Kontakt zu seinem Anwalt, Austen Collard, auf.

»Also«, murmelte Collard durch die Leitung, »ich höre eine wilde Geschichte von einer verschwundenen Leiche, und Sandie macht sich ohne ein Wort davon und läßt Sie im Regen stehen. Okay, ich muß daran glauben, wenn's auch schwerfällt. Doch verschonen Sie mich mit weiteren lokalen Cops, die Dinge vertuschen.«

»Sie sind mein Berater«, sagte Fellowes trotzig. »Was, zum Teufel, soll ich tun?« Seine Stimme versackte in Verzweiflung.

Endlich mußte er einsehen, daß Collard keine große Hilfe sein würde; selbst sein Anwalt fand es unmöglich, ihm zu glauben, bei dieser gespenstischen Konstellation.

Einen Tip jedoch gab Collard ihm: Er sollte sich an die Medien wenden. »Gut, um Aufmerksamkeit zu erregen und die Sache in Bewegung zu bringen«, meinte er. »Es muß ein paar lokale Blättchen geben. Rufen Sie die Presse an. Sie könnten es auch bei BBC Wales versuchen.«

All das brauchte Zeit, das war nicht zu vermeiden, Zeit, die Sandies Leben kosten konnte, und immer wieder sah er sie vor sich in ihrem Blut. Aber er zwang sich, weiterzumachen, mit dem Hotel als seiner Basis, falls sie ihn brauchten, wie Sergeant Parry meinte, für weitere Hilfe bei den Nachforschungen. Die Zeit, die er verrinnen sah, war nicht auf Sandies Seite, wenn er durch Maesteg ging oder nach *Tan-y-graig* fuhr. Doch nichts änderte sich: Das Farmhaus blieb versperrt, man gewährte ihm keinen Zutritt. Vom Tor, jetzt abgeschlossen, sah er gerade mal die Front des Hauses.

Bei Gott, weshalb war er hierhergekommen? Würde es je ein Ende geben? Sandie war siebzehn, und sie war verschwunden.

Er fuhr den See entlang, Lake Maesteg, und hängte seine eigenen Poster auf, mit einem vergrößerten Foto von Sandie, das James ihm gegeben hatte. Eine Belohnung für jede verwertbare Information. Owens würde nicht begeistert sein, doch das kümmerte Fellowes nicht.

Er stürmte in die Lokalredaktionen von Zeitungen für Mittel- und Nordwales: *Clwyd News* und *Snowdonia Press*. Sie nahmen die Poster höflich entgegen und versprachen, sie würden sich mit ihm in Verbindung setzen. Damit wollten sie ihn abwimmeln.

»Himmel!« Fellowes schlug auf den Schalter. »Ich möchte mit einem Ihrer Reporter sprechen, mit jemandem...«

»Leider – sie sind alle weg. Eine große Sache in Ffestiniog.«

»Bitte, hören Sie mich an. Ich glaube, daß etwas Schreckliches passiert ist – etwas, in das meine Tochter hineingeriet...«

»O ja. Ich bin sicher, daß das interessiert. Am besten kommen Sie später noch einmal...«

Aber wenn er wiederkam – nichts. Jedesmal ausweichende Antworten. Fellowes verließ die Redaktionen mit dem Gefühl, er würde in ihren Augen dem Tourismus schaden.

»Es scheint uns wirklich nicht geraten«, erklärte einer der Redakteure, »eine Sache herauszustellen, die... nun, die unsere Leser erschrecken könnte.«

»Kein menschliches Schicksal?«

»Schicksal, sicher. Leichen in Truhen sogar, falls je eine auftaucht...« Er wandte sich Sandies Foto auf seinem

Tisch zu. »Aber dieses Mädchen, Ihre Tochter, sagen Sie, da ist nichts...«

»Was meinen Sie – nichts?« fuhr ihn Fellowes wild an.

Der Redakteur lächelte. »Nun, nichts Konkretes. Ich kann wirklich keine Story bringen, die finstere Mächte wirken läßt, Schwarze Magie, wenn Sie wollen. Nicht in einem Nationalpark.«

Fellowes wechselte den Tonfall, wurde sanfter. »Hören Sie. Alles, was ich will, sind Informationen. Jemand muß sie gesehen haben.«

»Sie können sicher sein, wir werden unser Bestes tun.«

Schließlich handelte man seine Sache ganz beiläufig ab, mit ein paar harmlosen Sätzen zwischen den Fotos von Schwimmfesten, Tanzveranstaltungen und den Prüfungsergebnissen für Schäferhunde.

»*Lehrer sagt, Tochter verschwand während Ferienwochenende.*« Kein Wort über die Leiche einer alten Frau oder die Veränderung von *Tan-y-graig*. Es war unglaublich!

Doch er war nicht der Mann, der so einfach aufgab. Und seine Hartnäckigkeit wurde schließlich belohnt, als BBC Wales anrief. Sie schickten eine Reporterin aus Cardiff, ein Mädchen mit einem Tonband, das ins Hotel kam und in der Lounge Position bezog.

»So, jetzt können Sie.« Sie zog ihre Jacke aus und stellte den schwarzen Kasten auf den Tisch. »Sagen Sie uns in Ihren Worten genau, was an diesem Wochenende geschah, wie Sie es erlebten.«

»Wird das in den Nachrichten kommen?«

»In einem Magazin«, antwortete sie.

»Es ist nicht so etwas wie ein Märchen. Ich suche Informationen über den Aufenthalt meiner verschwundenen Tochter...«

Das Mädchen nickte munter. »Kein Problem. Geben Sie mir nur die Fakten.«

Und so schüttete Peter Fellowes sein Herz aus, redete von *Tan-y-graig*, der Leiche, Sandies Verschwinden, der Kontaktadresse in Birmingham, der Haltung der Polizei; und er sah, wie sie mitging, als sie bemerkte, daß er die Wahrheit sagte. Sie spornte ihn an, nichts zu verschweigen.

Als es vorbei war, gratulierte ihm das Mädchen.

»Das wird sie alarmieren. Eine große Sache muß da vor sich gehen, unter der Oberfläche.« Ihr Gesicht zeigte Erregung.

»Wann wird es gesendet?« Fellowes spürte eine Last von seinen Schultern fallen.

»Ich gebe es morgen raus«, versprach sie, als sie das Band abschaltete und das Gerät über ihre Schulter warf wie eine Handtasche. »Jimmy Walker wird sich darauf stürzen.« Sie lächelte. »Das ist mein Produzent. Hören Sie morgen um Viertel nach sechs die Nachrichten aus Wales. Ich verspreche Ihnen, es wird die Nummer eins.« Sie klatschte in die Hände. »Es wird sie ganz schön durcheinanderrütteln in den Tälern.«

»Ich will niemanden durcheinanderrütteln. Ich will nur Sandie zurück«, erklärte Fellowes steif.

Am nächsten Morgen kamen zwei junge Polizisten zu ihm ins Hotel und forderten ihn auf, sie zu begleiten.

Einen kurzen Augenblick lang dachte Fellowes, sie hätten etwas Neues, eine hoffnungsvolle Spur, doch das längst vertraute andachtsvolle Gesicht Sergeant Parrys sagte ihm kurz darauf, daß sich nichts geändert hatte. Er mußte weiter warten, und er nahm an, sie würden ihn zu einer weiteren Befragung durch Owens und Wishart führen.

Owens war in der Tat anwesend, vor der großen Karte stehend, die mit Nadeln um den *Tan-y-graig-Berg* markiert war, doch die Stelle von Wishart nahm ein jüngerer Mann mit Hornbrille ein.

Owens war wütend und ließ sofort eine Reihe Vorwürfe vom Stapel.

»Sie verbreiten überall Unruhe.«

Fellowes wurde rot, beherrschte sich jedoch. »Das ist nicht wahr.«

»O doch. Sie haben mit der Presse gesprochen. Und jetzt haben Sie diese absurde« – er ließ das Wort wirken und wiederholte es – »absurde Geschichte BBC Wales erzählt.« Der Inspector hieb auf den Tisch. »Das geht nicht. Das geht nicht, verdammt!«

In der Schule hatte Fellowes öfters mit solchen Typen zu tun gehabt, Leuten, die sich so aufblähten.

»Es ist ein freies Land.«

»Nein, ist es verdammt nicht, wenn es dazu kommt, in der Öffentlichkeit zu lügen.«

»Ich lüge nicht, Inspector.«

»Oh, verschonen Sie mich damit!« Die Kadenzen sprudelten hervor, Owens' Gesicht glühte. »Sie wissen, wo Ihre Tochter ist, oder?«

»Sie beschuldigen mich, Inspector?«

Owens wich zurück. »Ich sage Ihnen, machen Sie sich nicht noch mehr Ärger. Sie verstehen das, ja?«

»Nein.« Fellowes wunderte sich über den Stimmungswechsel. Konnte es sein, daß Owens seine Instruktionen hatte?

Owens sprang auf. »Hören Sie. Sie kamen nicht zurecht mit Ihrer Tochter – Sie geben das zu, ja? – und Sie könnten sehr wohl mit ihrem Verschwinden zu tun haben. Diese Sache mit dem Haus macht eine recht nette Geschichte, wie?« Er wandte sich an den anderen Mann. »Ich denke, Sie verstehen das auch?«

Der Mann mit der Hornbrille stellte sich vor. »Mein Name ist Walker. Ich bin Produzent der News of Wales.

Sie machten ein Interview für mein Programm. Ich muß Ihnen sagen, daß es nicht gesendet wird.«

Die Karten wurden neu gemischt, und Fellowes konnte nichts dagegen tun.

»Warum nicht? Warum nicht, um Gottes willen?« Es war, als würde er gegen eine Mauer laufen.

»Es wäre nicht im öffentlichen Interesse«, erwiderte Walker lakonisch.

Owens beendete den Disput: »Das ist genug. Keine Rundfunkinterviews mehr, weil Sie unter Verdacht stehen und mit einer Anklage rechnen können. Es sei denn, Sie sind verrückt.«

Fellowes wußte, daß er nicht verrückt war, doch er hatte sehr wohl begriffen.

22

Mrs. D. E. Jones rief vom Treppenhaus. »Sind Sie noch da, Miss Ericson?«

Laurel öffnete die Tür und ging zum Treppenende der Farm und Pension in Llangogarth. Ihr Koffer war gepackt. Mrs. D. E. Jones wollte ihr Geld oder zumindest sicherstellen, daß sie es bekam.

Laurel lächelte sie an. »Zeit zum Weiterziehen.«

Mrs. D. E. Jones hörte auf, sich die Hände zu wischen.

»Ach ja, die Zeit, ein ewig fließender Strom...« Sie standen verlegen zusammen, blickten über die Felder, die Mrs. Jones jeden Tag ihres Lebens gesehen haben mußte.

Führt all ihre Söhne fort, dachte Laurel, den Kopf voller Gedanken an den Engländer, der ihr von seiner verschwundenen Tochter erzählt hatte. Sie wandte sich an Mrs. D. E. Jones.

»Hätten Sie etwas dagegen, wenn ich Ihr Telefon benutze? Ortsgespräch.«

Die Ältere stellte ihre Schüssel mit Hühnerfutter ab, und Laurel bemerkte das Interesse, das plötzlich ihr Gesicht belebte.

»O nein. Natürlich nicht.«

Laurel eilte in die Diele und rief das Angel Hotel an. Sie spürte Fellowes' Überraschung am anderen Ende der Leitung.

»Hallo. Woher wußten Sie, wo ich bin?«

»Kein Problem. Alle Welt spricht von dem Burschen, der behauptet, seine Tochter ist verschwunden. Läuft herum und hängt Poster auf. Die Cops haben ein Auge auf ihn.«

»Niemand sagt mir etwas. Sie sehen einfach weg, wenn ich komme.«

Er hörte sie leise lachen. »Ich denke, das kommt davon, wenn man ein Mordverdächtiger ist.«

»Mord?«

»Sicher. Warum reden wir nicht darüber?«

Es war eine beiläufige Einladung, doch sie vermittelte ihm den Eindruck, daß sie es wirklich meinte. Sie traf ihn im Hotel und sah die Freude auf seinem Gesicht.

»Ich dachte, vielleicht könnten Sie ein bißchen Hilfe brauchen.«

Er staunte und bewunderte sie, betrachtete ihre gepflegte Erscheinung in dem dunkelblauen, klassischen Kostüm und das dichte blonde Haar.

»Wie wär's, wenn wir zusammen etwas essen?« schlug sie vor.

Die Straße mit ihr hochzuschlendern war, wie wenn man eine neue Seite aufschlug; er sah die Dinge mit anderen Augen. Er war sich klar, daß die Leute gafften, Getuschel schien durch die Stadt zu huschen, und es störte ihn nicht mehr. Als sie eine Hand um seinen Arm gleiten ließ, war er gelinde überrascht, doch spürte er genau, wie sehr er das gewünscht hatte.

»Peter, hören Sie, Leute verschwinden hier in der Gegend. Andere machen den Mund nicht auf. Was halten Sie davon?«

Er brauchte einige Sekunden, um ihre Worte zu verdauen. »Was meinen Sie damit?«

»Ich meine, daß etwas Übles vorgeht, irgendwo da oben um *Tan-y-graig.*« Sie lehnte sich vertraulich gegen ihn. »Ich habe einfach das Gefühl, Ihre Sandie ist auf ein Geheimnis gestoßen, das seit langer Zeit dort vergraben war. Deshalb kam die alte Dame wieder. Und deshalb verschwanden sie anschließend beide.«

Das brachte seine Gedanken einen Schritt weiter; er brauchte eine Theorie, die zu den Fakten paßte, aber er blieb weiter vorsichtig.

»Sandie hat nicht nach Geheimnissen gesucht. Sie ist einfach ein lebhaftes junges Mädchen von siebzehn Jahren. Ein ganz normaler Teenager mit normalen Schwächen.«

»Ganz recht«, sagte Laurel. »Und Neugier kann einen den Kragen kosten.«

Bei diesem bösen Spruch blieb er abrupt stehen; er beobachtete sie, wie sie dastand, verloren in Gedanken an ihre eigenen Dinge, die sie nicht aussprechen wollte. Aber auch bei ihm klingelten die Glocken.

»Nicht im öffentlichen Interesse«, hatte der BBC-Mann Walker gesagt, Owens offenkundig zu weit voraus. Wer genau war Major Steadman, der in *Tan-y-graig* gelebt hatte und nahe des Bergs begraben worden war?

»Ich möchte Ihnen helfen«, sagte Laurel leise.

Er zögerte. »Machen Sie irgendwelche Nachforschungen, oder sind Sie Reporterin?«

»Fragen Sie das im Ernst? Ich fühle mich geschmeichelt.« Sie lachte. »Nehmen Sie es als persönliches Interesse. Ich will herausfinden, was dort passierte, und Sie wollen Sandie finden. Wir könnten ein echtes Team sein, Verschwörer...«

Fellowes wünschte, er könnte sich da so sicher sein. Doch dann nickte er. Eine andere Wahl hatte er ohnehin nicht.

»Ich muß diesen Burschen in Birmingham finden, der sich Steadman nennt...«

»Das werden Sie, Peter. Das werden Sie. Etwas anderes – Sie sollten sich an die alten Leute halten; manche von ihnen müßten etwas davon wissen, was in *Tan-y-graig* passierte...«

In seiner Entschlossenheit gestärkt, sagte er ihr, er würde so lange bleiben, wie es nötig war. Wer hatte die Rechnungen bezahlt, wer hatte Vorräte nach *Tan-y-graig* geliefert oder die Telefonverbindung gekappt... er würde alles überprüfen.

Laurel hob einen Kieselstein auf und ließ ihn über das Wasser des Sees hüpfen; er sprang fünf-, sechsmal hoch – wie seine gehetzten Gedanken.

»Sie sollten noch etwas tun. Sie sollten sich einen Detektiv nehmen, einen Privatdetektiv.«

Er zweifelte. »Aber ich weiß überhaupt nichts von Detektiven.«

»Ach, kommen Sie! Sie suchen sich einen im Telefonbuch. Lassen Sie von einem Detektiv diese Firma *Secure Investments* überprüfen, der *Tan-y-graig* tatsächlich gehört, und etwas den Hintergrund untersuchen.«

»Maesteg ist nicht gerade der Ort, in dem diese Dienste geboten werden...«

Sie warf ihren letzten Stein, der elegant über das Wasser tanzte.

»Fragen Sie James«, riet sie.

»Je mehr wir auf unserer Seite haben, desto besser. Wie wär's jetzt mit einem Lunch?«

23

Fellowes brauchte den Rest der Woche, um zu erkennen, daß er zu nichts kam, außer zu einer höheren Rechnung im Angel Hotel. Welche Zauberkraft Laurel besessen haben mochte, Türen der Erinnerung zu öffnen, sie schien völlig verblaßt, als er zu den alten Leuten Maestegs ging, um nach *Tan-y-graig* zu fragen. Keine Auskunft, nichts, fast, als hätten sie ihn nicht verstanden.

Er fuhr lange Strecken auf abgelegenen Straßen über das Tal hinaus, hoffte, daß ihm vielleicht die Berge etwas brachten, doch er sah nur abweisende Hügel, häufig hinter Regenschleiern, sah, wo die Bäume aufhörten und der Granit begann. Wenn er stoppte, um zurück über die Landschaft zu blicken, schimmerte der See sanft in der Ferne.

Der Herbst brach herein, mit eisiger Kälte und heftigem Fall der Blätter. Die Gipfel der Berge waren längst kahl, die wenigen Pflanzen hatten schwer zu kämpfen, und wer hier verlassen war, dachte er, hatte wenig Chancen.

Aber Sandie konnte nicht hier draußen sein. Jemand hatte sie entführt und hielt sie fest. Das mußte seine Hoffnung sein. Denn falls diese Hoffnung trog... Er blickte auf die kahlen Hänge und schauderte.

»Es ist nicht gut, hierher zurückzukommen«, sagte ihm Inspector Owens täglich. »Wir geben Ihnen Bescheid, sobald es etwas Neues gibt.« Seine eifrigen kleinen Augen schienen voll Argwohn. »Oder möchten Sie

Ihre Geschichte gern ergänzen, Mr. Fellowes? Vielleicht ist da etwas, was Sie vergessen haben?«

»Ja. Warum haben Sie *Tan-y-graig* gesperrt?«

Owens zog die Mundwinkel nach unten. »Verdammt, warum halten Sie sich nicht endlich aus den Ermittlungen?«

Fellowes sah ihn direkt an. »Weil ich wissen will, wo meine Tochter ist – deshalb!«

»Und Sie meinen, daß Sie das besser herausfinden können als wir, die Polizei?« Owens Stimme klang provozierend. Dann, von einer Sekunde zur anderen, lächelte er gewinnend, und Fellowes erwartete eine weitere Batterie von Fragen über sein Verhältnis zu Sandie. Statt dessen sagte Owens: »Hören Sie – nachdem Ihre Frau starb, sind Sie da viel... hm... herumgezogen?«

»Herumgezogen? Ich bin umgezogen, wenn Sie das meinen.«

»Nein, nein. Ich meine, hatten Sie... also, seit damals... Interesse an anderen Frauen?«

Er spürte steigende Abneigung gegen diesen selbstgefälligen Polizeibeamten, der außer einer Tasse Tee überhaupt nichts Erfreuliches zu bieten hatte und das Schlimmste zu denken schien.

»Nein.«

Der Inspector lehnte sich zurück. »Nun gut. Es ist nur – ich dachte an die amerikanische Dame. Also, etwa, ob Sie sie schon lange kennen?«

Fellowes unterdrückte eine wütende Reaktion.

»Ich habe sie erst diese Woche kennengelernt.« Natürlich, in dieser Kleinstadt fielen solche Dinge sofort auf, besonders, wenn eine Frau wie Laurel dabei war, attraktiv und wißbegierig.

»Ich verstehe.« Er war sicher, daß Owens zwinkerte; doch es hätte auch das nervöse Zucken eines Lids sein können.

»Hören Sie: Finden Sie heraus, was mit Sandie passiert ist, und dann erzähle ich Ihnen über meine Freundinnen.«

Owens grinste wieder. »Ich werde mein Bestes tun.«

Als Fellowes gegangen war, versicherte sich Owens, daß Wishart über die Anlage mitgehört hatte. Der Kriminalbeamte ging zu seinem Zimmer.

Owens fühlte sich matt. »Ich weiß einfach nicht, wie weit er die Wahrheit sagt.«

»Worüber?«

»Über sein Verhältnis zu seiner Tochter. Immerhin, über eins war er nicht informiert. Wußte nichts über den Freund, sagte er jedenfalls.« Owens strich sich über seinen Schnurrbart. »Denkt nicht gern, daß sie vielleicht nicht in jeder Hinsicht perfekt ist. Ich meine, wir sollten uns den jungen Terry Blackburn holen und ihn richtig bearbeiten.«

»Hören Sie.« Wishart sah ihn ausdruckslos an. Nichts verriet, was er gerade dachte. »Blackburn könnte eine Ratte sein. Die Art von Bursche, die man sich nicht für seine Tochter wünscht. Ich habe ihn mir gründlich vorgenommen, doch er hat ein bombensicheres Alibi, hat an diesem Wochenende in Telford gearbeitet. Vier Leute bezeugen das. Ich möchte nicht, daß er etwas abbekommt. Alles, was man bei ihm herausbekommen kann, ist ein ›vielleicht‹.«

»Vielleicht?«

»Vielleicht ist sie abgehauen.«

»Allein oder mit einem anderen Kerl?«

Wishart fixierte ihn starr. »Das finden Sie heraus. Aber werden Sie nicht grob mit ihm. Er ist genau die Sorte Schweinehund, die heulend zu den Medien rennt. Ein hochnäsiger Glan, der beweisen kann, daß er weit vom Schuß war. Versuchen Sie nicht, ihn fertigzumachen.«

Owens akzeptierte den Befehl.

»Machen Sie besser weiter mit Ihren Ermittlungen«, fügte Wishart noch streng hinzu.

Als Peter Fellowes Blackburn ans Telefon bekam, weigerte sich der junge Mann, seine Fragen zu beantworten.

»Hören Sie: Gut, wenn sie Ihre Tochter ist... aber was wir zusammen machten, ist vorbei. Und was immer jetzt passiert ist, hat nichts mit mir zu tun. Selbst die Bullen mußten das zugeben, also hören Sie auf damit, ja?«

Die Ereignisse trieben Fellowes wieder zu Laurel, der einzigen Vertrauten, die für ihn erreichbar war. Sie hatte ihm gesagt, wo sie untergebracht war, und jetzt verabredete er sich mit ihr zum Dinner; Laurel brachte ihn wenigstens zum Lachen mit ihrem munteren Geplapper, das Unerträgliches leichter machte.

»Peter«, beschwor sie ihn. »Geben Sie nicht auf. Sie brauchen Vertrauen auf Ihre Kinder.«

Nun, er war in Kontakt mit James, er war in Kontakt mit Owens und der Presse, und niemand von ihnen hatte Sandie gefunden.

»Aber glauben Sie nicht alles, was man Ihnen sagt.«

»Es ist nicht meine Art, das zu tun.«

»Natürlich. Suchen Sie einfach weiter. Haben Sie irgend etwas erfahren über diese *Secure-Investments*-Sache?«

»James hat einen Mann in Bristol gefunden, der Wirtschaftssachen macht, geschäftliche Ermittlungen. Wir setzen ihn auch auf Steadman an. Ein Bursche namens Steve Hopkins.«

»Großartig. Ich würde gerne Ihren James treffen.«

Er nickte und freute sich über diesen Wunsch.

Maesteg schien an diesem Abend trotz allem ein friedlicher Ort, einfach weil Laurel da war. Sie wanderten gemächlich die lange Hauptstraße hinauf auf die beiden Hotels zu. Der Himmel zeigte goldene Ruhe. Ein paar Autos parkten am Bordstein, eine Gruppe Jugendlicher raste mit Mountain Bikes über den Gehsteig, um die Zeit totzuschlagen, einige Schafe blökten in einem Viehtransporter. Die Hügel ragten über die Stadt.

»Es ist alles so ruhig«, meinte sie. »Man sollte nicht glauben, daß hier Dinge passieren können... enorme Dinge, die einen schrecklich aufregen.«

»Ja, stimmt.«

Sie gingen schweigend weiter; dann, nach einer Weile, blieb er stehen.

»Laurel?«

Sie wandte sich ihm ganz zu.

»Ja, Peter?«

Er war nicht mehr sicher, was er gewollt hatte, und er fand die Worte nicht. Doch die Spannung zwischen ihnen war spürbar. Die Luft prickelte, knisterte. »Nichts«, sagte er rasch. »Ich denke, ich sage besser gute Nacht.«

»Gute Nacht, Peter«, sagte sie und lächelte.

24

Die Landschaft deprimierte ihn ungemein, da sich die fallenden Blätter höher türmten und wie Haufen weggeworfener Verpackung auf ihn wirkten. Stella hatte den Herbst nie gemocht. »Er erinnert mich an Kompost«, hatte sie immer gesagt. Das freundliche Wetter der vergangenen Wochenenden hatte falsche Erwartungen geweckt, etwas versprochen, was sich danach nicht erfüllte.

Als James an diesem Freitag anrief und ihn bat, wieder nach Bristol zu kommen, war es deshalb fast eine Erleichterung, die ruhige kleine Landstadt zu verlassen, den kalten See und das geheimnisvolle Tal.

Fellowes teilte Laurel mit, daß er fahren würde, während sie am Wasser entlanggingen, seine Hände in den Taschen seines Regenmantels, ihr Kragen hochgeklappt gegen den Wind.

»Ich habe überlegt, ob du noch da bist, wenn ich zurückkomme«, sagte er zaghaft. »Natürlich kann ich nicht erwarten...«

Sie legte ihre Hand über seinen Arm. Er spürte schwach den Duft eines Parfüms, das er nicht kannte.

»Wenn du willst, daß ich dableibe – ich kann.«

Er schluckte, unsicher in seinen Emotionen. »Ich möchte nicht deine Pläne durcheinanderbringen...«

»Ach, Peter, sei doch nicht so umständlich. Wir sind beide keine Kinder. Ich weiß, was ich mache. Ein paar Tage länger hier machen nichts aus. Wenn du es wirklich willst, heißt das...«

Ihre Art, so direkt und doch mit Gefühl, becircte ihn aufs Neue.

»Wenn du nicht glaubst, daß ich durchdrehe.«

»Du?« Sie lächelte weich. »Nein, du nicht.«

Nach einer Weile hatte er sie geküßt.

Am folgenden Morgen verkündete Fellowes im Hotel, er würde abreisen. Er stand mit seiner Tasche an der Treppe, bereit, nach Bristol zu fahren und alles zu erfahren, was James herausgefunden hatte, als er eine Autohupe hörte. Sein Herz klopfte schneller, als er den roten Audi sah.

»Peter! Peter!« Er erschrak über den neuen, eindringlichen Ton in Laurels Stimme. Atemlos sank sie in seine Arme. Ihr Gesicht war kreidebleich und von Angst gezeichnet.

»Ganz ruhig«, sprach er auf sie ein. »Was ist passiert?«

»Peter, Gott sei Dank treffe ich dich noch. Ich hatte solche Angst, du wärst schon weg.«

»Warum? Ich komme sofort zurück, wenn ich James gesehen habe.«

»Ich konnte dich telefonisch nicht erreichen...«

»Ich muß unten gewesen sein. Beim Frühstück oder so...« Er war tatsächlich spät vom Frühstück aufgestanden, und es war jetzt bereits nach zehn.

»Was ist los, Laurel?«

»*Tan-y-graig*«, stieß sie hervor. »Komm und sieh selbst. Dann kannst *du* es mir sagen.«

Laurel wirkte zutiefst erschüttert während der Fahrt nach *Tan-y-graig*, doch sie weigerte sich hartnäckig, ihm zu sagen, was er finden würde.

»Warte nur«, meinte sie und schwieg mit zusammengepreßten Lippen.

Sie brachte ihn ans Ende des Tals und bog ab zu der Farm, die so bittere Erinnerungen auslöste.

Dann sah er den Stacheldraht. Eine Barriere war da, vielleicht fünfzig Meter den Weg hinunter, vor dem alten Tor. Verschlossen. Dahinter stand ein uniformierter Mann, dessen Kopf sich beim Geräusch des Fahrzeugs sofort umwandte. Gleich zwei Wagen, dunkelgrüne, offiziell wirkende Rover, parkten etwas weiter hinten.

Peter und Laurel stiegen aus und liefen zum Tor. Die Straße nach *Tan-y-graig* war gesperrt durch neu errichtete Drahtzäune mit Betonpfosten. Die silbernen Maschen setzten sich fort, so weit sie sehen konnten, umfaßten sogar die benachbarten Hügel.

»Was sagst du dazu?« keuchte Laurel.

»Es paßt alles zusammen«, knurrte Fellowes und rief den Wachposten an, eine streng amtlich wirkende Gestalt in blauer Uniform, die mit herrischen Armbewegungen antwortete.

»Bleiben Sie weg! Bleiben Sie weg von hier!«

Der Posten wollte sie ignorieren, doch als er erkannte, daß sie sich nicht verscheuchen ließen, kam er widerwillig näher. Der neue Drahtzaun war eine zweite Verteidigungslinie bei *Tan-y-graig* geworden; der Mann in dem dunkelblauen Serge war eine andere Art Polizist, und an dem Ledergürtel um seine Taille hing ein Walkie-talkie. Er starrte herüber. Auf seinem Schulterstreifen stand *Secure Investments*.

»Tut mir leid, Leute. Kein Zutritt«, sagte er, weniger barsch, als sie sich gegenüberstanden.

»Seit wann?« fragte Fellowes knapp.

»Seit jetzt, ganz genau.«

»Wie weit geht dieser Zaun?«

»Ganz herum um die andere Seite.« Die Stimme hatte jetzt den Ton verhaltener Drohung, doch Fellowes ließ sich nicht einschüchtern. Dazu hatte er in den letzten Tagen zuviel erlebt.

»Etwas plötzlich, oder? All das um ein leeres Haus? Ich mietete es erst letzte Woche...«

Fellowes' Gegenüber mühte sich, eine unwahrscheinliche Tatsache zu registrieren.

»Sagen Sie das nochmal.«

»Ich sagte, ich habe dieses Haus erst letzte Woche gemietet.«

Der Posten lachte gezwungen. »Sagen Sie nicht, Sie sind der, der dieses Problem mit seiner Tochter hat... dem Mädchen, das verschwunden ist?«

Fellowes stand unbeeindruckt da und blickte über die Schulter des anderen Mannes zu dem Haus hin. Dem schrecklichen Haus.

»Ja, genau der bin ich. Verschwunden sind meine Tochter und eine alte Frau.«

»Yeah. Ich habe davon gehört.« Die Augen blickten argwöhnisch. »Nun, wir haben Befehl, den Kasten abzuriegeln.«

»Von wem?« Fellowes spürte, wie der Posten Laurel fixierte und wiederholte seine Frage. »Von wem?«

Der Mann deutete als Antwort auf seinen Schulterstreifen.

»Was ist das für eine Firma?« Fellowes war nicht bereit, sich so abspeisen zu lassen.

Der Posten lehnte sich über den Zaun, um seinen Worten Nachdruck zu verleihen. Er fummelte an seinem Sprechgerät, als wäre er entschlossen, Unterstützung zu rufen.

»Fragen Sie besser das Verteidigungsministerium«, sagte er. »Die Leute dort haben uns hergeschickt.«

Der Zaun war eine absolute Grenze, soweit es sie betraf, und das einst harmlose Haus schien jetzt eine Falle. Laurel zog an seinem Arm.

»Los«, flüsterte sie, »gehen wir. Bitte...«

»Los!«

Es war der Ruf von Dutzenden uniformierter Männer, die sich hoffnungsvoll an ihr Werk gemacht und walisische Dörfer durchkämmt hatten. Owens saß steif da, sah seine Männer Überstunden machen, während Wishart hinten am Korridor einen provisorischen Arbeitsraum eingerichtet hatte und einen neuen Computer installierte.

»Diese verdammten Zettel, die Fellowes verteilt, Sie wissen doch?« klagte Owens. »Gerade, als würde er uns nicht trauen.«

Wishart zeigte sich ungerührt. »Ich glaube kaum, daß er uns traut.«

»Aber er tyrannisiert meine Leute. Jedesmal, wenn etwas ist, muß jemand hin. Und diese Befragungen von

Haus zu Haus... denken Sie an die zusätzlichen Kosten! Die halbe Polizei von Nordwales sucht jetzt nach einer Frau, die vielleicht überhaupt nie dort war.« Wishart zuckte die Schultern. »Trotzdem muß man das tun.«

25

Fellowes fuhr allein weiter nach Bristol, später, als er beabsichtigt hatte, durchdrungen von Unsicherheit. Es war fast, als agierte er in einem surrealistischen Drama, von immer neuen Impressionen überschwemmt – sein Versuch, sich mit Sandie auszusprechen, später ihr Verschwinden, vorher die Entdeckung der Leiche, Owens' mißtrauische Blicke und jetzt noch die Barriere um *Tan-y-graig*. Es war ein Spiel, in dem er die Regeln nicht kannte.

Es war nach fünf an diesem Nachmittag, als er endlich in Bristol eintraf. James war schockiert von seinem Äußeren.

»Gott, Dad, bist du okay?« Sein Sohn stand in der Tür eines viktorianischen Hauses. Die alten Bäume im parkähnlichen Garten murmelten vom Winter.

Fellowes trat ein und sah, daß noch ein anderer Mann anwesend war; er saß auf dem Stuhl mit dem hohen Rücken, den James in diesem Wohltätigkeits-Shop erworben hatte.

»Dad, das ist Mr. Hopkins.«

»Nennen Sie mich Steve«, bot der Mann an, wobei er einen Becher Tee abstellte und aufstand. »Der Helfer aus den Gelben Seiten.« Er grinste fröhlich und schien von wachem Verstand. Ein sensibles, recht listiges Gesicht, passend zu den ingeniösen Falten seiner Kordsamthose, einer, der spontan Vertrauen weckte.

»War früher bei der Polizei, Betrugsdezernat«, erzählte er freimütig. »Und es sieht aus, als hätten Sie es mit einem Betrug zu tun.«

James platzte heraus: »Wir haben Steadman gefunden, Dad.«

Hopkins rieb sich die Hände. »Kein Problem. Ich machte einen kleinen Privatbesuch bei *JK Papers*. Mr. Mukerjee war sehr hilfreich...«

Fellowes begann zu erkennen, wie sehr er wirklich die Hilfe anderer brauchte: Mukerjee hatte seine Lippen versiegelt, als er ihn aufgesucht hatte. »Nicht, als *ich* ihn befragte«, sagte er.

»Branchentricks.« Hopkins war erfreut über das Resultat seiner Bemühungen, und er säuberte seine Brille umständlich mit einem Taschentuch. »Mußte ihn ein bißchen einschüchtern, Sie wissen... Aber er war wirklich kein Problem.«

»Einschüchtern?«

»Nun, ihm erzählen, er könnte in Schwierigkeiten kommen. Wissen Sie, was ich meine? Er reagierte wie auf Pfiff.« Hopkins pfiff zur Demonstration.

Fellowes fragte: »Was passierte?«

»Freund Mukerjee hatte nichts dagegen, mir Steadmans Adresse zu geben. Wahrscheinlich meinte er, ich wäre noch so ein Cop.«

»Aus Nordwales?«

»Richtig. Sie waren zuvor dort gewesen, checkten wegen dieses Steadman, und Mukerjee kam ungeschoren davon.« Die Brillengläser mußten längst sauber sein, doch er hörte nicht auf, sie mit wahrer Hingabe zu putzen. »Hören Sie, ich sage Ihnen noch etwas. Als Steadman diese Anzeige in die Zeitung gab, war er nur daran interessiert, schnell ein bißchen Geld zu machen.«

Fellowes blickte auf James, beruhigt, daß er seinen Sohn an seiner Seite hatte. James nickte ihnen beiden zu.

»Reden Sie weiter...«

»Also, ich machte mich auf den Weg zu dem Burschen.« Hopkins war vergnügt, nippte Tee, rührte Zukker ein. »Wieder kein Problem.«

»Sie fanden ihn also?« Fellowes konnte es kaum glauben, nachdem so viel falsch gelaufen oder im Dunkeln verschwunden war. Doch der Privatdetektiv kannte das alles, und nichts in der menschlichen Natur konnte ihn noch überraschen.

»Es ist meine Spezialität, dem Gedächtnis der Leute einen Schubs zu geben.«

James blickte auf seinen Vater und dachte, wieviel er zu lernen hatte.

»Du bist wirklich okay, Dad?« Er wollte eine Pause vorschlagen, vielleicht konnten sie etwas trinken, etwas essen und dabei in Ruhe reden. Aber sein Vater winkte ab.

»Dieser Steadman? Ich sprach nur am Telefon mit ihm. Wer ist das?«

»Oh. Ein heruntergekommener Vertreter. Wohnt in West Bromwich. Mußte ihm nicht mal den Arm verdrehen. Die Polizei war auch bei ihm gewesen.«

Fellowes schlug die Hände vors Gesicht. »Sandie... Warum wir... Warum du?«

»Komische Wohnung«, fuhr Hopkins unbeirrt fort. »Eine dieser Etagenwohnungen über einem Laden, ein großer Pub daneben. Samstagabends muß dort ein ziemlicher Krach gewesen sein. Zwei Schlafzimmer, Wohnzimmer, Küche voller Flaschen, aller möglicher Kram. Kleiner Scharlatan, das ist er, ja. Seine Lage wurde schwierig, offenbar, als sein letzter Job passé war. Hatte nur einmal ein bißchen Glück im Leben, als die alte Mrs. Steadman drüben in Wales in diesem *Tan-y-graig* zu ihm sagte, er würde es erben.«

Die alte Mrs. Steadman...

»Erben? Die Steadmans waren Pächter.«

Hopkins konsultierte einen Notizblock, den er aus seiner Tasche gezogen hatte.

»Nun... ich wiederhole Ihnen, was er mir sagte.«

»Was für ein Mensch ist er?« unterbrach James ihn.

Hopkins' Augen funkelten. »Also – beginnende Glatze, recht passabel im Pullover, kleiner Frauenheld, würde ich sagen, hat aber das Verfallsdatum erreicht. Mittlere Größe, vielleicht einsfünfundsiebzig, setzt allmählich Fett an. Großes Mundwerk und so weiter.«

Fellowes sagte: »Ich denke, jetzt nehme ich einen Drink«, und Hopkins meinte, er würde ebenfalls nicht nein sagen. Dann saßen sie mit drei Whiskeys da, und das Licht wurde schwächer.

»Tatsache ist«, erklärte Hopkins, »diese Tante von ihm wurde langsam senil, wie der junge Steadman sagte, aber als er sie besuchte, nachdem der alte Herr vor ein paar Jahren gestorben war, gab sie ihm einen Schlüssel, behauptete, er könnte in das Haus rein und es auslüften. Offenbar lebte die alte Frau in einem Heim, aber Sie wissen, wie das ist, sie sehnte sich nach *Tan-y-graig* zurück – hatte dort über vierzig Jahre gelebt – und deshalb wollte sie das Haus auch nicht verkaufen. Sicher«, er blätterte wieder durch die Seiten, »dieser Kerl, dieser Steadman, könnte gelogen haben, aber ich glaube das eigentlich nicht. Wenn man ihn festnagelt, zappelt er nicht.«

Die erregende Entdeckung wirkte wie ein Adrenalinstoß.

»Also, jedenfalls, es kam so, daß der junge Steadman Besuche im Haus machte. Er staffierte es ein bißchen aus, für seinen Bedarf, als eine Art Wochenendhaus; war zuletzt da vor etwa drei Monaten.«

Drei Monate, dachte Fellowes, das war, als der junge Polizist das Licht sah.

»Aber jetzt kommt erst das Interessante...« Hopkins machte eine bedeutungsvolle Pause. »Plötzlich bekommt Steadman einen Brief von den wirklichen Besitzern, in dem steht, daß sie ihr Eigentum für sich beanspruchen und er nicht mehr dorthin darf.«

»Dad, hast du gehört? Weißt du...?«

»Ich bin nicht blöd«, schnitt Fellowes ihm das Wort ab.

»Okay. Sie wollen wissen, wer die Besitzer sind?«

»Ich weiß es schon«, knurrte Fellowes.

»Richtig.« Hopkins nickte. »*Secure Investments.* Und sie sagen unserem Mr. Steadman, er soll das Haus vergessen, und sie haben ihre Gründe. Aber Steadman ist knapp bei Kasse und hat plötzlich diese Idee mit der Vermietung. Immerhin, er hat einen Schlüssel, und einiges von dem Zeug im Haus gehört ihm. Warum also nicht schnell ein paar Piepen verdienen und den Kasten vermieten, denkt er sich und gibt eine Anzeige auf. Unglücklicherweise stößt Ihr Sohn darauf.«

»Aber warum die Deckadresse in Birmingham?« fragte Fellowes.

Hopkins senkte die Stimme, fast wie ein Verschwörer. »Wegen der Leute, die ihm geschrieben hatten, deshalb.«

»Sie meinen *Secure Investments*?«

»Ich meine das *MoD*.«

»*Ministry of Defence*?«

Das *Verteidigungsministerium*... Es war das zweite Mal, daß dieses Regierungsorgan erwähnt wurde.

»Richtig.« Hopkins holte Atem.

»*Tan-y-graig* gehört dem *MoD*, das hinter *Secure Investments* steht.«

Fellowes war verstört von den Nachrichten des kleinen Ex-Polizisten. Er könnte sie geahnt haben, ja, selbst darauf gestoßen sein, aber diese Art Geheimaktivität lag weit jenseits seiner Erfahrung. Jetzt war er durch Zäune ausgesperrt, und irgendwo drinnen hatte er Sandie verloren.

Hopkins sah auf seine Uhr, und James drehte die Gasheizung gegen die Kälte des Abends an.

»Ich weiß nicht alles, was hier vor sich geht«, sagte der Detektiv, »aber ich sag' Ihnen noch eines für Ihr Geld. Ich hab' durch die Unterlagen geschnüffelt, in London und Cardiff. Diese *Secure Investments* wurden 1945 registriert, gleich nach dem Krieg. Sie haben weiteres Eigentum in England, alte Flugplätze, Depots und so was, aber nur *ein* Gelände in Wales.«

Fellowes spürte, wie sich seine Muskeln spannten. »Ein geheimes Lager?«

Hopkins war auf den Beinen, in einer Zeit-ist-Geld-Pose. »Etwas in der Art. Und darüber hinaus gibt es einige sehr interessante Fußnoten zu den offiziellen Geschichten über die Kosten eines Tunnels, der während des Kriegs zur Lagerung von Sachen aus dem Britischen Museum verwendet wurde. Sie haben verstanden. Natürlich wird nicht genau angegeben, wo. Aber es war irgendwo in der Gegend von Snowdonia: Sie erwähnen den Transport von Schätzen von London nach Wales, große Statuen und so, und den Bau einer Eisenbahnstrecke. Später wurde das ganze Ding von *Secure Investments* übernommen.«

»Mit Major Steadman als Pächter?«

»Wahrscheinlich, aber ich kann mich bei dem Ding nicht festlegen«, sagte Hopkins.

In einem Sinn war das alles recht plausibel, aber es erklärte kaum, was mit Sandie passiert war. Und auch nicht das Verschwinden der alten Frau.

Hopkins blickte ihn fast ängstlich an. »Ist das alles irgendwie hilfreich für Sie?«

»Genug, um damit weiterzumachen.«

Hopkins verkündete, er müßte los, und sie gingen zusammen die Treppe hinunter zum Wagen des früheren Polizisten.

»Oh, ich vergaß beinahe... Ihr altes Weib in dem Farmhaus. Die Leiche, die verschwand.« Er kramte in seiner Brieftasche und brachte ein Schwarz-Weiß-Foto zum Vorschein. »Ich habe es ihm abgekauft«, fügte er hinzu.

Für Fellowes gab es keinen Zweifel. Das Foto war zwar vor vielen Jahren aufgenommen, als sie in ihren Dreißigern war. Doch er erkannte die Frau wieder, deren Leiche er in *Tan-y-graig* gefunden hatte.

Seine Fingerspitzen wurden kalt.

Hopkins drehte sich. »Behalten Sie es, wenn Sie wollen«, bot er an.

Fellowes schob es sorgfältig in seine Tasche.

»Wenn ich noch mehr für Sie tun kann...?«

Fellowes schüttelte den Kopf. »Sie haben bereits viel getan.«

Als er wieder die Treppe hochkam, bezog James das zweite Bett. »Kein Aber«, beschied er, »du bleibst. Stellen wir das klar: Aus irgendeinem Grund stieß Sandie auf ein *MoD*-Nest. Sie müssen es bemerkt haben, und sie riegelten das Ding ab.« Er blickte lange und ernst auf seinen Vater, mit funkelnden Augen. »Die Frage ist, wozu?«

Peter Fellowes ballte die Hände zu Fäusten. »Ich bleibe dort, bis ich es weiß.«

26

»Junge Mädchen verschwinden dauernd.« Einer der Reporter hier war endlich Fellowes' Hinweisen gefolgt und hatte ihn im Hotel aufgesucht. »Nicht gut, wenn nicht ein bißchen Pfeffer dabei ist. Wir wollen Sensationen, kapiert?«

Fellowes besorgte ihm einen Drink an der Bar.

»Was ist mit einer Leiche, die verschwindet, ehe der Arzt kommt?«

Das weckte einen Funken Interesse. Zynisches, geschäftliches Interesse – er konnte es im Gesicht des Mannes lesen. »Ja, ja. Das ist schon besser. Wirklich! Aber wir haben nur Ihr Wort. Die Cops sagen, das ist alles Quatsch.«

»Was ist mit dem Haus, in dem es passierte? *Tan-y-graig*«, gab Fellowes zu bedenken und wartete, bis der Reporter den Namen notiert hatte. »Warum ist es unter einer Art Embargo? Warum haben sie es abgeriegelt?«

»Und was glauben Sie, was dort vorgeht?« Der Journalist kniff leicht die Augen zusammen und beugte sich näher zu ihm.

Fellowes trank noch ein Bier mit ihm. »Ich weiß nicht, aber es riecht gewaltig nach einer faulen Sache. Zum Beispiel werden Sie feststellen, daß der Besitzer eine Firma namens *Secure Investments* ist, hinter der das *MoD* steckt. Hat seit Jahren keine Zahlen vorgelegt.«

Der Reporter zog scharf die Luft ein. »Vielleicht schnüffle ich ein bißchen herum. Rede mit einigen der Cops. Sind genug davon da.«

Fellowes nickte, aber er wußte gleichzeitig, er konnte es ihm nicht überlassen, diesem Reporter hier. Für den Mann war es eine Geschichte von vielen, mehr nicht. Nein, er blieb auf sich selbst gestellt! Wie ein Streichholz in der Schachtel wartete er darauf, irgendwann zu explodieren.

Später an diesem Abend rief Laurel ihn an. »Die Antwort muß irgendwie dort oben sein. Hinter all diesem Stacheldraht. Peter, ich habe beschlossen, zu bleiben und dir zu helfen... solange es dauert.«

Er freute sich, und er war gleichzeitig besorgt.

»Hör zu, Laurel, ich kann nicht erwarten...« Er neigte zum Rückzug, eine Verpflichtung fürchtend, doch sie machte Druck. Sie hatte ein kleines Cottage gefunden und es für zwei Wochen gemietet. Am See, zwischen Maesteg und Llangogarth, spottbillig im Oktober. Und es hatte zwei Schlafzimmer.

Seine Hand am Telefonhörer war feucht. Mein Gott, dachte er, andere Leute machen das die ganze Zeit. Sandie würde vielleicht nicht zögern, oder auch James... Laurel bedeutete etwas für ihn, vielleicht mehr, als er zugeben wollte.

»Ich denk' darüber nach«, versprach er.

»Sicher, Liebling.« Er konnte sie fast lächeln sehen. »Noch eine Sache, Peter. Ich war wieder in *Tan-y-graig* Sie haben den Zaun verstärkt und neue Schilder aufgestellt. Darauf steht: ›*MoD, Zutritt verboten*‹. Und einer dieser offiziellen Wagen fuhr hinüber zum Davies-Haus.«

Das *Davies-Haus*!

Eine elektrisierende Nachricht; ihm war, als hätte sie ein Licht entzündet. Eine Geographie der Hölle zeichnete sich ab.

Am nächsten Nachmittag fuhr Fellowes selbst hin. Das Davies-Haus lag ungefähr zwei Meilen von *Tan-y-graig* entfernt. Als er zuletzt dort gewesen war, hatte er nur das Mädchen in grau gesehen, und Laurels roten Wagen davor.

Heute parkte ein neuer grüner Rover vor der Haustür, fast sicher einer der Wagen, die er durch das Tor von *Tan-y-graig* gesehen hatte.

Diesmal kam das Mädchen, das ihm durch sein ungepflegtes Äußeres aufgefallen war, nicht. Er wurde von einem solide wirkenden jungen Mann mit kurzen Haaren in einen hell erleuchteten Vorraum geführt, und als Fellowes nach Mr. Davies fragte, verschwand er nach oben zur Meldung.

Fellowes sah sich um, während er wartete. Das Haus schien nobel und groß, hatte wertvolle Teppiche, eine Reihe viktorianischer Porträts, und ein Feuer brannte im Marmorkamin.

Der Mann kam mit der Nachricht wieder, Mr. Davies würde ihn empfangen. »Bitte folgen Sie mir.«

Oben, nach der Treppe mit den aufwendigen Schnitzereien, kam ein Korridor mit cremefarbenen Wänden, unterbrochen durch hellbraune Türen. Davies lebte also in einem gewissen Stil, doch der Raum, in den man Fellowes führte, war seelenlos wie ein Wartezimmer in einem Krankenhaus: ein Bücherschrank mit zwei Fronten, ein paar abgeschlissene Sessel, orangefarbene grobe Vorhänge und am Fenster ein schlichter Schreibtisch.

Mr. Davies kam ihm entgegen, um ihn zu begrüßen, ein beleibter Fünfziger. Er schüttelte ihm mit lebhafter Freundlichkeit die Hand, doch er hatte etwas Ängstliches an sich, etwas, was nicht paßte, trotz des guten Anzugs und der kalkulierten Bonhomie. Es waren die Augen, entschied Fellowes, Augen, die eher zu stark leuchteten in dem übertrieben blühenden Gesicht, wie die Glasaugen von Kinderpuppen. Draußen beugten sich die Bäume im Wind, und einige Zweige kratzten an den Scheiben, fast, als wollten sie zuhören; und sie verdunkelten den Raum so sehr, daß Mr. Davies das Schreibtischlicht anschaltete.

»Setzen Sie sich doch, Mr. Fellowes.« Er lächelte routiniert. »Kaffee?« Eine Kanne und zwei Tassen standen vor ihm.

Fellowes schüttelte den Kopf. Er hatte von Kaffee und hastigen Mahlzeiten gelebt und schien jeden Appetit verloren zu haben. Sein Magen hatte sich zusammengezogen, als er sich auf seine Worte konzentrierte.

»Hören Sie. Ich hätte gerne eine Auskunft darüber, was genau bei *Tan-y-graig* passiert. Ich habe die Wachposten draußen gesehen. Sie haben Zäune errichtet und Warnschilder aufgestellt. Was soll das alles? Wozu der Aufwand?«

Mr. Davies lächelte; die leichte Senkung seines Kopfes deutete höflich an, daß Fellowes ein Idiot war.

»*Tan-y-graig*«, begann er langsam und verschränkte die Arme vor dem Bauch, »ist ein vertracktes Territorium. Tut mir leid, daß Sie davon betroffen wurden.«

Fellowes setzte sich aufrecht. »Was heißt das, betroffen?«

Davies schüttelte bedauernd den Kopf. »Ich fürchte, das kann ich Ihnen nicht sagen. Leider.«

Fellowes rief schmerzerfüllt: »Mein Gott, ich habe meine Tochter verloren.« Und jeder Tag, der verging, hieß, daß die Zeit gegen ihn arbeitete. »Hören Sie: *Tan-y-graig* gehört dem *MoD*. Welche Rolle spielen Sie, zum Teufel?«

Mr. Davies stellte klirrend die Kaffeetasse ab. »Ich bin nur der Bezirksdirektor einer Grundstücksverwaltung, *PSA. Property Service Agency* in Nordwales. Dies ist ein regionales Büro.« Er deutete auf den gerippten Teppich, die groben Vorhänge, die Sessel. »Nichts zu tun mit *Tan-y-graig*.«

Fellowes starrte ihn an. »Sagen Sie mir nicht, Sie wissen nicht, weshalb dort plötzlich Sperren errichtet wurden. *Secure Investments* stellen Wachen auf. Aus irgendeinem Grund haben wir eine Panik ausgelöst, und jetzt ist dort überall der Teufel los. Sobald ich an diesem Morgen weg war, hat jemand das Haus ausgeräumt. Das muß in der Gegend organisiert worden sein. Man kann nicht einfach in ein paar Stunden ein Haus leerräumen, wenn man nicht in der Nähe gewartet hat. Wer immer das tat, griff Sandie auf. Und dies ist das nächste Haus...«

Mr. Davies' Kopf bewegte sich im Schatten. »Reden Sie keinen Unsinn. Natürlich weiß ich nichts.«

»Wie? Sie wollen behaupten, es gehört nicht zu Ihrem Grundstück? Es ist nicht Ihr Stacheldraht?«

Der mächtige Mann lachte schallend. »Nicht mein Bier, wie man sagt. Ich befasse mich nicht mit Stacheldraht. Das ist eine andere Sache. Militärisch.«

»Militärisch? Wie Major Steadman?«

Davies füllte seine Tasse wieder. »Hören Sie, ich weiß wirklich nicht, was Sie meinen. Tatsache ist, ich komme nicht sehr oft hierher. Wir haben Grundstücke überall in der Gegend, und hier ist nur ein geeigneter Ort für Seminare und so etwas.«

Fellowes spürte, daß er log. »Also haben Sie mit *Tan-y-graig* nichts zu tun?«

»Tut mir leid. Und wenn man von hier geplant hätte, es auszuräumen – bitte, Sie könnten das Haus durchsuchen...«

Fellowes hätte das gerne getan, sah aber keine echte Möglichkeit dazu.

Mr. Davies blickte aus dem Fenster. »Tatsache ist, ich glaube, Sie verschwenden Ihre Zeit. Was wollen Sie von mir?«

Peter Fellowes reagierte diplomatisch. »Geben Sie mir einen Rat«, bat er und saß dann abwartend da.

»Es tut mir schrecklich leid, aber es ist mir nicht möglich, Ihnen zu raten.« Mr. Davies hatte eindeutig entschieden, daß sie genug Worte gewechselt hatten, und streckte seine Hand aus. »Sie müssen mich jetzt entschuldigen. Ich habe einige Arbeiten zu erledigen...« Er deutete auf einen Ordner auf dem Schreibtisch.

Fellowes gefiel der Ton nicht. Jetzt, da sie sich gegenüberstanden, roch er die penetrante Karbolsauberkeit des anderen.

»Sie können mich nicht täuschen, und ich glaube nicht an Geister. Es ist mir egal, was Sie verstecken, ich bin hier nur aus einem Grund – ich will wissen, was mit Sandie ist.« Er starrte in das glatte Gesicht des anderen. »Helfen Sie mir, meine Tochter zurückzubekommen! Helfen Sie mir, das ist alles, was ich will.«

Mr. Davies machte eine wegwerfende Handbewegung. »Reden Sie nicht so daher. Wie könnte ich? Ich weiß längst, was Sie alles sagten und den Medien verhökern wollten. Die Gerüchte in der Presse. Aber so geht es nicht. Es wird nicht klappen, begreifen Sie?«

Fellowes wankte nicht. »Hören Sie, ich will nichts wissen von diesem Mist über Bezirksbüros und Seminare – und ›keine Ahnung, was los ist‹.«

Mr. Davies schloß noch einmal die Tür, als wollte er ihn einschließen oder Ohrenzeugen verhindern. Fellowes durchlief das Gefühl, in einem dunklen Wald verlassen zu sein... oder in einem Haus voller Schatten.

Mr. Davies lächelte wieder. »Hören Sie, bitte. Ich fürchte, Sie stehen unter Druck, beträchtlichem Druck. Aber Sie sollten nicht meine Zeit oder die Zeit von irgend jemandem sonst stehlen, indem Sie absurde Geschichten über Ihre Tochter aus dem Hut ziehen, die von einer Art geheimer Regierungsstelle entführt worden sein soll. Die Polizei glaubt das nicht, oder? Auch die Presse glaubt das nicht, sonst würde sie die Sache groß rausbringen, stimmt's?«

Die Stimme war gleichzeitig süß und sachlich, doch schien der Sprecher keine Unterbrechung dulden zu wollen. »Mein Gott, lassen Sie die Sachen ruhen, Mr. Fellowes, kommen Sie selbst zur Ruhe. Wenn Sie nur begreifen würden – aber das können die Leute meistens nicht – Sie sind besessen von einer Theorie und blind gegen andere Möglichkeiten. Ich bin lange genug im Geschäft, hatte mit genug Grundstücken zu tun, um wirklich einigen begegnet zu sein, die wie Sie besessen waren von irgendeiner Sache, die irgendwie schlimm sein sollte. Menschen mit einer Psychose, Mr. Fellowes, oder Träumer wie Sie, wenn ich so sagen darf.« Er lächelte mild. »Ich denke, Sie sind besser vorsichtig mit Beschuldigungen...«

Fellowes wartete, bis Davies fertig war, und dann entgegnete er kalt und klar: »Okay. Aber ich habe auch Hausaufgaben gemacht... über die Zahlen von *Secure Investments*, seit den Tagen, als sie anfingen.« Er sah, wie Davies' Augen sich verengten.

»Es scheint eine Art Tunnel in *Tan-y-graig* zu geben, als Lager genutzt während des Krieges; nur der Herr weiß, was irgend jemand heute damit will. Das ist nicht mein Problem, doch aus irgendeinem Grund steht das Haus *Tan-y-graig* an der Stelle. Und dann kamen wir dorthin, und der Tod der alten Frau – jawohl, sie starb wirklich – dieser Tod alarmierte aus irgendeinem Grund Ihre Sicherheitsleute.«

»Nein!«

»O doch. Ich werde Sie unter die Lupe nehmen, Davies, von oben bis unten. Während ich am nächsten Morgen den Todesfall der Polizei meldete, fand Sandie etwas heraus...« Seine Stimme hob sich. »Haben Sie das gehört? Deshalb ist meine Tochter verschwunden. Wurde vielleicht getötet. Bei Gott, wieviel wissen Sie von dem, was dort vor sich geht?«

»Einen Moment...«

»Bei Gott, das schwöre ich Ihnen... wenn Sandie irgend etwas zugestoßen ist, etwas, mit dem Sie zu tun haben, lasse ich Sie nie aus dem Visier. Hören Sie: nie! Sie und jeden sonst, der daran beteiligt ist.«

Davies wartete, bis er ausgeredet hatte. »Ich weiß wohl, Sie stehen unter Druck, verständlicherweise, nach einem Streit mit Ihrer Tochter...«

»Wollen Sie damit andeuten, ich hätte Sandie was getan?«

»Nein, das habe ich nicht gesagt. Ich denke nur, sie lief einfach weg.«

»Lief weg?«

»Aus eigenem Entschluß, mit Ihrem Wissen oder ohne Ihr Wissen.«

»Oh, bei Gott! Sie sind ja wahnsinnig!«

»Hören Sie zu Ende, bitte. Ich will helfen, wenn ich kann. Ich stelle fest, diese Sache geschah auf einem Grundstück der Regierung. Ich schlage vor, Sie überlassen die Dinge uns.«

»Was soll ich Ihnen überlassen? Die Suche nach Sandie?«

»Niemand hat von Suche gesprochen, Mr. Fellowes. Das ist allein die Aufgabe der Polizei.« Er ging hinüber zu dem ziemlich leeren Schreibtisch und drückte einen Summer. »Ich muß leider darum bitten, daß man Sie hinausbegleitet. Sie sind offensichtlich ziemlich aufgeregt, und ich kann das verstehen. Aber ich glaube nicht, daß Sie die Welt auf Ihren Schultern tragen können; Sie laufen bald auf Grund. Sie sehen angegriffen aus, Mr. Fellowes... angegriffen.« Seine Augen bekamen einen lauernden Ausdruck, wie ein Raubtier, das gleich sein Opfer tötet und verschlingt.

»Gott, alles, was ich will, ist die Wahrheit.« Doch selbst dieses Wort hatte einen hohlen Klang, wenn es auf Davies' glatte Oberfläche traf, wenn es gegen die Mauer seiner kalkulierten bürokratischen Obstruktion prallte.

»Die Wahrheit hängt davon ab, was man sehen will, Mr. Fellowes.«

Fellowes hätte ihn schlagen können. »Was, zum Teufel, heißt das?« Sein Schrei hallte durch den Raum und den Korridor hinunter, und er fürchtete schon, der jüngere Mann würde herbeigerannt kommen.

Davies stand einen Augenblick stumm, die Hände in den Taschen. Dann erwiderte er langsam: »Das Regierungsinteresse ist zu schützen, verstehen Sie mich? Es gibt gewisse sensible Dinge hier, die Sie unabsichtlich berührt haben.«

»Versuchen Sie es mit mir nicht auf diese Tour!« Doch er erinnerte sich an ähnliche Vorhaltungen durch Walker, den BBC-Burschen, und gab Davies zurück: »Was bedeutet das genau?«

Davies' Gesicht war starr; er ignorierte Fellowes fast.

»Ich sehe mich nicht in der Lage, mehr als das zu sagen, doch ich kann Ihnen versichern, daß wir alles in unseren Kräften stehende tun werden, um zu helfen.«

Fellowes hakte bei diesem versteckten Eingeständnis ein. »Heißt das, Sie wissen etwas davon, was mit Sandie geschehen sein könnte?«

Davies schüttelte den Kopf. »Keineswegs, tut mir leid. Ich weiß nur, daß wir unseren Besitz sehr sorgfältig kontrollieren werden.«

Fellowes stöhnte schwer auf. »Bei Gott, verstehen Sie nicht, was ich fühle?«

Davies reagierte nicht. Er hatte wieder auf glatte, kompromißlose Abwehr geschaltet.

»Kommen Sie mir nicht so. Ich schlage vor, Sie fahren nach London zurück und hören auf, Unruhe zu stiften.«

»Ist das eine Art Warnung?«

»Sie haben nach einem Rat gefragt. Das ist einer.«

Fellowes stand mit dem Rücken zur Tür, als wollte er nicht weichen, und versuchte es ein letztes Mal. »Was hat das alles zu bedeuten? Bitte, hören Sie mit diesem Versteckspiel auf! Wenn Sie etwas wissen, sagen Sie es mir…«

Fellowes schien es fast, als würde Davies einen kurzen Moment zögern: Vielleicht suchte er nach einer Möglichkeit, ihn zuversichtlicher zu entlassen; doch er endete mit einer leeren Geste, geradezu händeringend.

»Tut mir leid, aber ich habe nichts hinzuzufügen. Und wenn Ihnen mein Rat etwas bedeutet, dann hören Sie auf, sich hier herumzutreiben.«

Fellowes konnte kaum glauben, daß er mit so völlig leeren Händen gehen mußte. Verdammt nochmal!

»Sie haben nicht das letzte Mal von mir gehört«, versprach er grimmig. »Ich bringe die Sache nach oben, bis ins Parlament.«

Davies lächelte unbeeindruckt. »Sie können es versuchen.«

27

Laurel wartete schon auf ihn, als er nach Maesteg zurückkam. »Laß dir dieses Haus zeigen, das ich gefunden habe.«

Das Cottage, das sie gemietet hatte, war eines von zwei alten Farmgebäuden, oberflächlich modernisierten Steinhäusern, zum See hinaus. Sie küßte ihn rasch – wieder einmal übernahm sie die Initiative. Dann standen sie draußen und blickten auf das Wasser, anthrazit-silbern.

»Wird kälter«, bemerkte Fellowes fröstelnd. Der See

war verlassen, die Hügel erinnerten ihn an die hinter dem *Tan-y-graig*-Tal. Das trübe Grau ließ ihn frieren.

»Wirst du bei mir bleiben?« fragte Laurel ängstlich. »Du hast dir noch nichts anderes genommen? Es sind zwei Schlafzimmer hier.«

Er hatte seine Sachen im Hotel gepackt und holte sie aus dem Wagen.

»Wenn du mich wirklich willst.«

»Oh, Peter... Aber es geht um dich«, flüsterte sie. »Sandie kommt zuerst.«

Er machte keine Anstalten, sie zu berühren – er hielt sich eher von ihr fern, sah sich statt dessen das Cottage an – das zweite Haus stand leer. Es gab nicht mehr als einen Raum im Erdgeschoß, eine gemütliche Wohnküche. Oben befanden sich die beiden Schlafzimmer und ein kleines Duschbad. Laurel sagte nichts zu der Frage des Schlafens, doch als er sah, daß sie bereits ein Zimmer belegt hatte, trug er seine Sachen in das andere.

»Neuigkeiten?« fragte er, überzeugt, sein Bericht über Mr. Davies würde das Hauptgesprächsthema.

Laurel war in der Küche beschäftigt; sie begann, etwas zu essen zu machen.

»Du hättest *Tan-y-graig* noch einmal sehen sollen«, rief sie hoch. »Die Bulldozer sind gekommen.«

Er schaltete beide Heizstäbe an: Mit schwindendem Tageslicht würde das Cottage kalt und dunkel. »Was?«

Sie bot ihm einen Whiskey an. »Trink das, es ist gut gegen den Schock. Bulldozer sind am alten Haus. Zwei große gelbe Monster. Ich sah sie hochrollen.« Sie wandte sich zu ihm. »Wie gefällt dir das?«

Es gefiel ihm gar nicht, und die Neuigkeit weckte in ihm böse Ahnungen. Wenn sie solche Maschinen zum Ende des Tales hinaufbrachten, ging noch Weiteres vor sich, und Schlimmeres, fürchtete er; etwas konnte zerstört werden.

»Sie wollen irgendwo graben«, fügte sie hinzu. »Das ist sicher.«

»Keine bewaffneten Wachen? Keine Soldaten?«

»Soweit ich sehen konnte, nicht.«

»Morgen«, kündigte er an, »werde ich selbst nachsehen. Irgendwie werde ich zurück in dieses verdammte Haus müssen.«

»Komm«, bat sie. »Morgen ist nicht heute. Die Steaks sind fertig, und der Wein muß nur entkorkt werden.«

Fellowes bemerkte, daß ihn Laurel während des Essens sehr genau musterte, mit ernstem Gesicht. Stella war jetzt drei Jahre tot, doch es war immer noch zu früh, viel zu früh, guten Gewissens bei einer Verführungsszene mitzuspielen. Und das war es doch gewiß, eine simple kleine Urlaubsaffäre für beide Seiten, durch die Umstände gefördert.

Laurels Haar glänzte im Kerzenlicht, und ihr Gesicht wirkte erheblich weicher, als sie Fragen in seine Vergangenheit richtete. Er fühlte sich leicht betrunken von ihrer Verlockung.

Sie wollte immer mehr von Sandie wissen. »Es kommt mir fast so vor, als ob ich ihr schon begegnet wäre.«

»Es gibt nicht viel mehr, was ich erzählen kann. Nur, daß sie ein wunderbares Mädchen ist.« Ist oder war, fragte er sich; man bemerkte seine Fehler zu spät.

»Weißt du was, Peter? Diese Sache, diese schreckliche Sache bringt vielleicht auch etwas für uns beide.«

Er spürte, wie Verlangen ihn durchzuckte. Und sie hatte verdammt recht. Aber was sah sie in ihm? Nur den Mann für eine kurze Affäre, oder wollte sie gar mitspielen in einer unglaublichen Geschichte ohne Ende? Er wollte sie fragen, doch sie tauchte weg und redete wieder über Sandie.

»Es macht keinen Sinn, daß sie von allein weggegangen sein soll.«

»Es gibt eine Verschwörung…«

»Sandie fiel irgendwo hinein, und wir werden sie herausziehen. Das meine ich ernst.«

Er nickte, und sie fühlten sich eins, als sie auf ihre weiteren Schritte anstießen und sich küßten. Erst sanft und vorsichtig, dann immer leidenschaftlicher. Und doch konnten sie sich beide nicht ganz fallenlassen in diese Welle der Zärtlichkeit – zuviel war ungeklärt.

Laurel löste sich von ihm und streichelte über seine Wange. »Laß uns schlafen gehen. Es war ein langer Tag, und wir haben noch soviel Zeit, wenn erst alles vorbei ist.«

Er nahm ihre Hand und küßte jeden einzelnen Finger. »Glaubst du, daß es irgendwann vorbei sein wird?«

Sie lächelte. »Ich glaube es nicht – ich weiß es, Liebster. Und nun gute Nacht.« Damit lief sie nach oben.

O Gott, dachte Fellowes, wenn ich nur Sandie finden würde! Erst dann kann ich an ein neues Glück mit Laurel glauben.

Die Gedanken, Wünsche und Sehnsüchte rasten durch seinen Kopf. Konzentriere dich, ermahnte er sich. Konzentriere dich darauf, Sandie zu finden. Überwinde die Zäune von Davies und Owens, komm ans Ziel! Vielleicht ist sie nicht tot, vielleicht hält man sie irgendwo fest. Aber warum, warum?

Und eine andere Stimme sagte: Bilde dir nichts ein, du machst dir nur etwas vor. Sandie wird nie wieder kommen, weil irgendein Fehler passiert ist, den sie mit allen Mitteln vertuschen müssen.

28

Irgendwann in der Nacht setzten die Geräusche ein. Laurel war sich erst nicht sicher, daß sie wirklich etwas hörte; doch sie schlief unruhig, mit einer Last auf ihrem Gewissen. Wenn die Beziehung zu Peter ernst werden würde, dann – das wußte sie – mußte sie sich ihm anvertrauen, und doch hatte ihr bisher ihre Erfahrung gelehrt, sich niemandem zu offenbaren. Sie wachte auf, ihre Sinne setzten ein.

Ein Geräusch, als würde jemand laufen. Draußen, nicht drinnen. Das Haus war dunkel und still, während sie angespannt lauschte.

Schritte, eindeutig Schritte!

Ein Tuch um sich schlingend, setzte sie sich aufrecht, dankbar, daß Peter im nächsten Zimmer war.

Da – wieder! Jemand lief draußen in den Büschen, wo die beiden Wagen standen, vor den Cottages.

Sie glitt aus dem Bett und bewegte vorsichtig den Vorhang. Es war eine dunkle Nacht, das letzte Viertel des Mondes wolkenverdüstert, doch es war eben hell genug, um einen, wenn nicht zwei Schatten auszumachen, ehe sie in die Büsche tauchten. Dann schien einer vor dem Gebäude entlangzuschleichen, unterhalb ihres Blickfeldes.

Laurel fürchtete sich jetzt. Ein Einbruch oder Schlimmeres... Ihr Herz jagte. Sie bewegte sich auf Zehenspitzen durch das Schlafzimmer und lauschte an Peters Tür. Sie konnte seinen gleichmäßigen Atem hören; sie sah ihn kaum, tastete nach ihm, schüttelte ihn.

»Peter.« Er schreckte aus dem Schlaf. »Peter. Schsch... Draußen. Ich glaube, jemand versucht, einzubrechen.«

Er war jetzt hellwach, lauschte.

Zusammen traten sie ans Fenster, sahen aber nur die

Konturen der Autos und das Wogen der Büsche im Hintergrund.

Fellowes machte Licht, und sie blinzelten sich an in seinem grellen Schein. Er ging hinunter.

Die Türen vorn und hinten waren fest verschlossen. Niemand war eingedrungen. Kein Fenster war zerschlagen. Wer immer dagewesen sein mochte, war verschwunden, vielleicht vom Licht vertrieben.

»Bist du sicher?« fragte er.

»Ja, ganz sicher. Zwei Burschen, schwarz vermummt.«

Es war exakt zwei Uhr achtzehn, und er sah, daß Laurel nur dünn bekleidet war. Ihre Haut fühlte sich kalt an.

»Laurel, du wirst dich erkälten. Geh ins Bett zurück!«

»Liebling, ich habe Angst. Schreckliche Angst. Da waren zwei Männer. Was suchten sie an einem Haus wie diesem? Woher wußten sie, daß ich hier bin?«

Woher wußten sie, daß Laurel hier war? Warum fragte sie das? Er versuchte, sie zu beruhigen. »Sie sind doch nicht hinter *dir* her. Mach dir keine Sorgen.«

Sie saßen zusammen in der Wohnküche und tranken Tee, doch ihre Angst verschwand nicht.

»Es macht mich krank«, murmelte sie. »Sie sind hinter einem von uns her – oder hinter uns beiden.«

Er holte ihren weißen Mantel, den sie über das Nachthemd und das Tuch zog. »Was meinst du?«

»Hör zu, Peter. Wir sollten etwas tun. Zum Beispiel die Polizei anrufen.«

Er war voller Zweifel. »Du kennst meine Meinung über Owens und Co.«

Aber Laurel war erschüttert. »Schon. Aber solche Anschläge sind etwas anderes. Sie könnten noch etwas versuchen. Wir sollten wirklich die Polizei informieren.«

Es gab ein Telefon im Cottage; das war ein Argument für sie gewesen, es zu mieten. Doch als Fellowes versuchte, zu wählen, bemerkte er, daß die Leitung tot war. Jemand hatte draußen den Draht gekappt.

Sie starrten sich gegenseitig an.

»Ich denke, wir sind sicher hier drin«, sagte er. »Niemand ist eingedrungen, und sie kommen sicher nicht zurück. Warum gehst du nicht wieder ins Bett?«

Aber Laurel hielt sich an ihm fest wie ein kleines Mädchen. Diese ganze romantische Idee, ein Cottage zu mieten und es mit ihm zu teilen... und jetzt dies.

»Ich könnte nicht schlafen. Nicht nach dem.«

Er fragte sich, ob dies ein Vorwand war, sie in sein Bett einzuladen; aber er sah, wie die Angst sie fast lähmte. Nach dem Ende der Treppe oben legte er seinen Arm um sie und öffnete die Tür zu seinem Zimmer.

Sie zog den Mantel aus und glitt unter die Decke, noch immer zitternd. Als wäre ihr etwas genommen worden, wie Sandie ihm genommen worden war.

Er schaltete das Licht aus, und sie lag wach an seiner Seite, erzählte nach und nach, was sie gesehen hatte, von seiner Gegenwart getröstet; dann dachte sie zurück an die Warnungen, die sie bekommen hatte, ehe sie zu dieser Jagd nach Wales gekommen war. Doch sie hatte sie allesamt in den Wind geschlagen. Jetzt bekam sie die Rechnung präsentiert, und der Preis war verdammt hoch...

Als sie am nächsten Morgen erwachte, war die andere Seite des Bettes leer, und sie streckte die Hand aus mit dem Gefühl eines Verlusts. Doch dann roch sie von unten frischen Kaffee und Toast. Sie zog sich rasch an und lief nach unten.

Fellowes blickte ihr ungewohnt ernst entgegen. »Bist du okay...?«

»O ja«, sagte sie und setzte sich zu ihm an den Ofen.

Er goß ihr Kaffee ein. »Keine Spuren von einem Einbruchsversuch, doch du hattest recht mit unseren Freunden in der Nacht...«

Wieder spürte sie die Kälte in sich. »Woher – ?«

»Sieh dir die Wagen an.«

Sie lief zur Tür. Die beiden Wagen parkten draußen, und im ersten Moment fiel ihr nichts auf; dann bemerkte sie die zerstochenen Reifen.

Fellowes war hinter sie getreten. »Ich hatte Glück: Deinen kann ich nicht mal aufmachen.«

Sie ging hinaus, um sich zu informieren. Es war kühl und neblig, das erste Anzeichen kommender Fröste. Alle vier Reifen ihres Wagens waren systematisch aufgeschlitzt. Als sie die Türen bewegen wollte, dachte sie, sie wären zugefroren.

»Verklebt«, sagte er. »Die Schlösser. Wir müssen sie erschreckt haben, ehe sie ihren Job beenden konnten. Meine sind unberührt.«

Ein schmaler Streifen weißer Klebmasse war aus jedem Schloß gesickert und tröpfelte über den roten Lack. Es gab nichts, was sie tun konnte.

»Komm zum Frühstück«, sagte er und nahm ihre Hand. »Dann informieren wir die Werkstatt.«

Ein sonderbares Gefühl der Erleichterung, fast der Befriedigung stieg in Laurel hoch. Sie wußte jetzt, daß sie es mit den gleichen Teufeln zu tun hatten – daß sie recht hatte und in neuer Gewißheit Pläne machen konnte. Sie war von ihrer eigenen Sache ebenso besessen wie er von seiner Sache mit *Tan-y-graig*.

»Sie machen mir immer noch Angst«, flüsterte sie.

»Wer? Dinge, die in der Nacht Geräusche machen?«

»Nein. Es ist diese ganze verdammte Geschichte«, sagte sie. »Als würden wir Geister wecken.«

29

Es dauerte den größten Teil des Tages, ehe Fellowes nach Maesteg ins Polizeipräsidium kam – erst mußte er ein Telefon finden, dann kam das Warten auf ein Mietfahrzeug.

Inspector Owens war nicht zu erreichen, doch Sergeant Parry, mit gewohnt ernster Miene, führte ihn nach hinten ins Vernehmungszimmer und hörte ihn an, als wäre Fellowes nun wirklich verrückt geworden.

»Sabotage?«

»Genau das... ein gezielter Anschlag auf zwei Wagen.«

»Unsinn. Vielleicht junge Burschen, die über die Stränge schlagen.«

»Mit einem speziellen Klebstoff, und alle Reifen mit dem Messer aufgeschlitzt, um zwei Uhr morgens?«

»Nun... ich muß sagen...« – er blickte unbewegt – »Sie müssen mit gewissen aggressiven Aktionen rechnen, bei all diesen Geschichten über Ihre Tochter.«

»Wollen Sie damit sagen, ich stehe am Pranger?«

»Ich will gar nichts sagen.« Wieder dieses verschlossene Gesicht, als ginge ihn nichts etwas an. Sergeant Parry zuckte die Schultern. »Könnten Walisische Nationalisten gewesen sein.«

»Sind die aktiv in der Gegend?«

Wieder zuckte der Polizist die Schultern.

Fellowes ging zurück zu Laurel, die in der kleinen Kaffeestube wartete und bereits zu ihrem eigenen Entschluß gekommen war.

Später an diesem Nachmittag verkündete sie ihm, sie würde nach Frankreich gehen. Es war wie eine Wasserscheide, auch nach den Ereignissen der Nacht, aber es traf ihn wie eine Bombe. Schlimmer noch, sie wollte nicht erklären, was ihren neuen Entschluß bewirkt hatte.

»Großer Gott, Laurel. Du hast eben erst das Cottage gemietet.« Er redete wie ein Ertrinkender auf sie ein.

»Das spielt keine Rolle. Ich will gehen. Und ich glaube, ich sollte dir aus dem Gehege gehen. Ich kann den Wagen sowieso zwei oder drei Tage nicht haben. Länger werde ich nicht brauchen. Du kannst hierbleiben.«

»Aber das ist verrückt, Laurel. Ich dachte, wir hätten abgemacht, uns gegenseitig zu helfen...«

Sie lächelte. »Dies könnte ein Teil unserer Abmachung sein. Es ist etwas, was ich tun muß. Etwas, was ich nachprüfen muß. Und ich werde – ich werde mich sicherer fühlen, weg von hier, nach der letzten Nacht.«

»Laurel, geh nicht. Ich brauche dich.«

»Ich muß. Es ist wichtig, Peter.«

»Wichtig?« fragte er. »Wofür?«

Doch sie wollte oder konnte ihm nichts sagen. »Es ist eine Sache, über die ich Klarheit haben muß. Schreib es meiner Neugier zu! Und einer inneren Unruhe.«

»Laurel, komm«, sagte er. »Hab keine Angst wegen dieser Burschen letzte Nacht. Sie kommen nicht zurück. Die Polizei wird aufpassen.«

Sie sah es anders. »Es gibt gewisse Leute hier – Inspector Owens zum einen und vielleicht die Horde von der Presse – die gerne ein bißchen Dreck schleudern würden, und wenn wir zusammen sind, geht das leichter. ›Lehrer zieht es zu Blondine, nachdem Tochter verschwunden.‹« Sie lachte gequält.

»Macht mir nichts aus.«

»Sollte es aber. Letztlich kann das sicherer sein für uns beide.« Doch weiter wollte sie nichts dazu sagen.

Er verstand in einem Sinn. Einerseits wollte er sie in seiner Nähe haben; andererseits brauchte er Zeit, um sich über seine eigenen Gefühle klarzuwerden. Er wollte keine flüchtige Affäre.

»Du mußt tun, was du für richtig hältst. Und was du wirklich willst.«

Laurel nahm sein Gesicht in ihre Hände, stellte sich auf die Zehenspitzen und küßte ihn.

»Verzeih mir«, flüsterte sie, »aber da ist noch ein Ort, den ich besuchen will...«

»Großer Gott, wo?« Was war diese Sache, die sie umtrieb, der sie nachjagte? »Wo?«

Sie zögerte. »Irgendwo in der Normandie. Vertraue mir. Nur ein paar Tage. Dann komme ich zurück, und vielleicht können wir dann das mit *Tan-y-graig* zu Ende bringen.«

Er wußte, daß sie nicht für einen Urlaub hergekommen war. Sie hatte andere Gründe; und die Menschen mußten ihren Instinkten und Leidenschaften folgen. Er legte einen Arm um sie. »Wenn du gehen willst, kann ich dich nicht aufhalten.«

»Peter, du bedeutest mir sehr viel...«

»Ich werde hier sein«, versprach er, »und warten.«

30

Am folgenden Abend, nach dem Abschied von Laurel in Bristol, kehrte Fellowes in das Cottage zurück und versuchte, Licht zu machen.

Nichts.

Es wurde bereits dunkel. Er fand schließlich eine Taschenlampe und prüfte die Sicherungen. Alle in Ordnung.

Er ging hinaus und sah nach dem Hauptkabel, das von der Hauptstraße oben an Stangen hing, eins für jedes

Cottage. Das Kabel zu dem vermieteten Cottage hing schlaff vom letzten Träger; das andere Kabel war unberührt.

Er fluchte leise.

Das Telefon war bereits tot, und jetzt war er auch ohne Strom. Die geheimen Kräfte, die sich gegen ihn verschworen hatten – wer immer die waren – versuchten, ihn zu Boden zu zwingen. Ein Gefühl der Genugtuung durchzuckte ihn; es war, als fürchteten sie ihn. Durch nichts würden sie ihn von hier vertreiben.

Später setzte er sich zu einem langen Brief an James, in dem er über das Bisherige berichtete; er schrieb bei Kerzen- und Taschenlampenlicht. Es war überraschend behaglich in der Wohnküche; die Kerzen warfen ein Licht an die Wände, das ihn an seine Kindheit erinnerte. Er schrieb:

Ich bin von Rätseln umgeben. Als ich Sandie hierherbrachte, schien sie mit einem sechsten Sinn zu erkennen, daß etwas nicht stimmte. Ich glaubte ihr damals nicht, und der unheimliche Tod der alten Frau in Tan-y-graig *erschien mir zunächst als ein einmaliges Ereignis. Aber seit Sandie verschwand, nachdem sie dort hatte warten wollen, weiß ich, daß eine Teufelei im Gange ist. Sie ist nicht einfach davongelaufen. Niemand will mir glauben, aber ich weiß es einfach, und das plötzliche Verschwinden von Möbeln und unseren eigenen Sachen bestätigen mich. Wir sind zufällig in etwas Mysteriöses geraten, etwas, das die offiziellen Stellen – die Polizei und die Regierung, das heißt das* MoD *– mit allen Mitteln geheimhalten wollen. Frag mich nicht, wie oder wozu, aber ich werde es herausfinden, James. Du warst mir eine unschätzbare Hilfe,* *und das war auch Laurel – ich weiß nicht, was ich sonst getan hätte, ohne euch beide. Wir wissen jetzt, wer Steadman war – Major Steadman – und daß die Tote in* Tan-y-graig *seine Frau war. Ein Dank an deinen Freund Hopkins. Wir haben den jüngeren Steadman in West Bromwich aufgespürt, wo ich mich ein wenig mit ihm unterhalten werde. Ich schreibe das für dich nieder, weil man es eindeutig auf mich abgesehen hat und ich niemandem hier traue. Dieses Tal ist ein Alptraum. Sie haben das Grundstück abgeriegelt, weil etwas im Haus verborgen ist, etwas, das Sandie entdeckt hat. Ich bin fest entschlossen, die Wahrheit zu finden, James, und wenn es das letzte ist, was ich tun kann. Und sollte mir irgend etwas geschehen, dann sieh zu, daß dies veröffentlicht wird.*

Dad

Er schrieb bis spät in die Nacht, mehrere Versionen, adressiert an die örtliche Presse, einige überregionale Organe in London und die Nachrichtenredaktion von BBC. Außerdem schickte er ein Exemplar an seinen Anwalt, den smarten Austen Collard in Barnes.

Als er fertig war, legte Fellowes die Briefe an sein Bett – er wollte keinesfalls riskieren, daß sein Material bei einem »Einbruch« zerstört werden könnte. Doch er fürchtete sich längst nicht mehr so stark, da sich jetzt die Hinweise mehrten, daß jemand sich vor ihm fürchtete. Am Morgen schickte er sie ab.

Sie kamen in dieser Nacht nicht wieder, die nächtlichen Attentäter, und fast war er etwas enttäuscht. Fellowes wünschte insgeheim, sie würden etwas unternehmen, damit er Kontakt zu ihnen suchen konnte, doch es gab keine weiteren Anschläge.

Täglich erkundigte er sich auf der Polizeiwache von Maesteg nach dem Fortgang der Nachforschungen; er beantwortete und stellte Fragen und bekam stets dieselben zynischen Kommentare von Owens oder Parry, während die Suche in den Bergen angeblich fortgesetzt wurde.

»Sie wollen uns vorschreiben, was wir zu tun haben, wie?«

»Hören Sie doch. Ich habe meine einzige Tochter verloren. Dies könnte ein Mordfall sein – und was, um alles in der Welt, tun Sie?«

»Mord? Wie kommen Sie darauf?«

Und er saß still vor ihnen, störrisch wie ein Maultier.

»Was, zum Teufel, geht in *Tan-y-graig* vor sich?«

»*Tan-y-graig*? Nichts, soweit wir wissen.«

»Und was ist damit: Stacheldraht? Wachen? Bulldozer?«

Er fuhr jeden Tag das Tal hoch, stellte sich hin und zählte die Trucks, bis ihn die Wachen verscheuchten. Sie hatten die Erde zu Schlamm zerwühlt und die zerfurchte Zufahrtsstraße in groteske Rinnsale verwandelt.

Inspector Owens lachte schwächlich. »Oh, das meinen Sie! Ich kann Ihnen keine Auskunft geben. *Tan-y-graig* ist nun mal *MoD*-Eigentum. Es kann dort machen, was es will. Geht Leute wie Sie und mich nichts an.«

»Es kann mit mir nicht machen, was es will.« Fellowes fragte sich plötzlich, welches Leben Owens führte: ob er eine Frau und Kinder hatte, ob sie von seinen Verschleierungsaktivitäten wußten; doch Owens' spitzes Gesicht wies solche Spekulationen ab.

»Hören Sie, Mr. Fellowes. Eine große Suche nach Ihrer Tochter ist im Gange, aber wie Sie wissen, ist sie nicht aufgetaucht.« Er rieb seine Hände gegeneinander und blickte auf den zweiten Polizisten, der immer als

Zeuge dabeisaß. »Sie hat sich nirgendwo gezeigt, wo wir es hätten erwarten können – weder in London noch in Shrewsbury, noch bei diesem Burschen, mit dem sie ein Verhältnis hat.«

»Dieser Kerl war ein Lügner«, fauchte Fellowes. »So treibt es Sandie nicht. Jemand bezahlt ihn dafür, daß er lügt.«

Die Stirn hob sich fragend über den kleinen, mißtrauischen Augen des Inspectors.

»Ich muß Sie noch einmal fragen: Wie gut kennen Sie Ihre Tochter? Was haben Sie von ihrer Entwicklung in den letzten paar Jahren mitbekommen? Was konnte sie von einem Entschluß abhalten, wegzulaufen? Falls Sie das nicht verhinderten?«

Fellowes verbiß sich die wütenden Proteste, die in ihm hochstiegen. »Das ist grotesk. Sie beschuldigen mich, Sandie getötet zu haben.«

»Nicht in diesem Stadium«, wehrte Owens ab. »Aber vielleicht wissen Sie einige Antworten.«

»Aha. Dann leugnen Sie wohl, daß diese Bulldozer verwendet werden könnten, um eine Leiche zu suchen?«

»Zwei Leichen, Ihnen zufolge.«

»Großer Gott, ich will mehr Action. Durchsuchungen, ein Haus nach dem anderen. Belohnungen.«

Owens konterte stets mit derselben beleidigenden Stimme. »Ich denke, Sie stellen besser sicher, daß man Ihre Tochter wirklich als vermißt betrachten kann.«

Das Warten war das Schlimmste: das und die Bedrohung durch das Unbekannte.

Fellowes vermißte Laurel jetzt enorm; er sehnte sich nach ihr und wartete darauf, daß sie anrief.

Er sprach mit James in Bristol und teilte ihm mit, daß es immer noch nichts Neues gäbe, doch er sollte sich nicht beunruhigen.

»Beunruhigen?« James stöhnte auf. »Dad, mein Gott, *du* beunruhigst mich. Was ist los? Wo ist Sandie?«

Wieder mußte Fellowes zugeben, daß er es einfach nicht wußte. Sandie war verschwunden, als hätte sie nie existiert. Der goldene Herbst kam wieder und ließ das Gras auf den Wiesen, die reifenden Beeren und die Steinbrücken über den Bächen zum letzten Mal leuchten; und er fühlte sich der Verzweiflung nahe.

31

Die Vertreter des Gesetzes taten nichts, und Fellowes fluchte vor sich hin, Tag für Tag. Nichts. Niemand verstand, niemand schien an dem Fall interessiert. Ein kleiner Zeitungsartikel, »Lehrer sucht Tochter«, bedeutete für niemanden etwas, der Sandie nie getroffen hatte. Der sie nie in den Armen gewiegt hatte, sie nicht hatte aufwachsen sehen, nicht mit ihr Teil einer Familie gewesen war.

Von ihm nicht zu steuern, stand etwas Größeres als ein Leben auf dem Spiel: Es war die ganze komplexe Beziehung zwischen ihm und Sandie und James. Es machte ihn krank, daran zu denken, sich mit der Polizei und mit den Medien herumzuschlagen; und niemand wollte etwas von ihm wissen.

Vielleicht hatte Inspector Owens recht gehabt: Die Antworten würden allein für ihn sein. War *Tan-y-graig* ein Berg, würde er ihn besteigen müssen. Er fuhr jeden Tag zu der Sperre hoch und blickte auf den Gipfel, der dort ragte, als wäre er eine persönliche Herausforderung. Abgeschirmt.

Er hatte immer noch seine Informationsquellen, und sie

spendeten ihm beträchtlichen Trost: Hopkins, der Privatdetektiv, der jetzt in Cardiff forschte, James in Bristol, die Direktorin von St. Cyprian's, die bei Sandies Schulfreundinnen nachfragte, nur für den Fall... doch letztlich blieb alles bei ihm, und das Wissen darum gab ihm neue Kraft.

Owens reagierte auf sein ständiges Erscheinen mit gemischten Gefühlen – der Nachteil war, diesen Übergeschnappten anhören zu müssen, der täglich über die Schwelle kam und Neues hören wollte; der Vorteil bestand darin, daß der Hauptverdächtige nahe dem Schauplatz des Verbrechens blieb. Deshalb wurde er toleriert, doch blieb er unter Beobachtung, wenn er in der Stadt am See einkaufen ging, verfolgt von neugierigen Blicken der Leute, die ihre Kinder vor ihm warnten.

Und mit jedem Tag, der so verging, hatte Fellowes stärker das Gefühl, daß Sandies Chancen schwanden.

Sein erster Gedanke war, K. Steadman in West Bromwich – Hopkins' Kontaktadresse – anzurufen, doch die Nummer, die man ihm gegeben hatte, brachte ihn nie ans Ziel. Er wartete auch darauf, von Laurel zu hören. Warum rief sie nicht wenigstens einmal an?

Fellowes versuchte, sich zu konzentrieren und das Geschehene rational zu ordnen. Er versuchte, Fakten in Theorien zu fügen. Er versuchte, zu lesen.

Mittags wärmte er sich Nudelreste auf und ging anschließend am See auf und ab, der sich wie graue Seide unter dem Herbsthimmel kräuselte. Ununterbrochen bemühte er sich, Sandies Tod nicht schon als Tatsache zu sehen. Doch er fand auch nicht zu einer Vorstellung, daß sie noch lebte. Statt dessen gab es nur die Realität der Berge, die den See umschlossen, die Realität der Schafe, weiße Tupfen in der Ferne, der Seeschwalben und Möwen auf dem Wasser, des kalten grünlich-grauen Lichts der ummauerten Felder.

Er kannte auch noch einen anderen Grund für sein

Warten. Häufig seit Stellas Tod hatte er sich seine Selbständigkeit eingeredet. Die Kinder waren aus dem Haus, er schien ein freier Mann, und er hielt es nicht für geraten, für eine andere Frau besondere Emotionen zu entwickeln. Doch er hatte sich geirrt. Jetzt wartete er sehnsüchtig auf Laurel.

Am dritten Abend nach ihrer Abreise klingelte endlich das mittlerweile reparierte Telefon. Er hob ab und hörte sich zum ersten Mal lachen, seit sie nicht mehr da war, und das Cottage schien ihm freundlicher.

»Hallo, Peter?«

»Laurel!« Er wollte so viel sagen, doch sie kam ihm zuvor.

»Peter, hör zu! Vielleicht stimmt bei mir nicht mehr alles, aber ich habe etwas Unglaubliches herausgefunden. Ein echter Hammer.«

»Laurel, um Himmels willen...«

»Hör genau zu, Peter...« Er registrierte den dringlichen, geheimen Ton in ihrer Stimme. »Ich fliege gleich morgen früh zurück. Paris-Bristol, AF 124, landet neun nach zwölf Ortszeit. Peter, kannst du mich abholen?«

Es gab für ihn keine Frage. Der Flughafen lag nördlich der Stadt, nahe der Schnellstraße. Er wünschte so sehr, sie zu sehen. Laurel war in einem Fieber, und die Erregung war ansteckend.

»Laurel, Liebling, ich werde da sein«, rief er. »Und, übrigens, ich liebe dich.«

Er hörte sie lachen. »Ich liebe dich auch. Bis morgen!« Dann war die Leitung unterbrochen.

32

Die Flughafenhalle war nicht sehr voll. Fellowes' Herz klopfte in freudiger Erwartung. Gleich würde er Laurel in seine Arme schließen, sie riechen, küssen, schmecken. Die Minuten, bis die Maschine endlich landete, zogen sich scheinbar endlos.

Dann war es soweit. Die Anzeigetafel verkündete die Ankunft der AF 124 aus Paris.

Nach und nach tauchten die Passagiere auf: Geschäftsleute in zerknitterten Anzügen, ältere Urlauberpaare, Duty-Free-Tüten umklammernd, zwei Mütter mit Töchtern, ein paar alleinreisende Frauen, der eine oder andere ältere Mann, dann die uniformierten Hostessen und zuletzt die Flugzeugbesatzung.

Ende.

Fellowes erkannte, daß Laurel nicht gekommen war.

Seine Gefühle jagten gegen eine Wand der Enttäuschung: Laurel war nicht im Flugzeug gewesen. Etwas in ihm kämpfte gegen die Tatsache an, und er bat am Air-France-Schalter, die Passagierliste zu überprüfen. Ein Mädchen mit einem Trikolore-Tuch reihte Namen auf einem Bildschirm und überzeugte ihn, daß keine Miss Ericson dabei war.

»Gibt es vielleicht ein anderes Flugzeug?« Fellowes wollte noch nicht aufgeben.

Eine BA-Maschine sollte am Abend eintreffen, der Business Shuttle. Oder war Laurel etwa nach London geflogen?

Fellowes rief James an und informierte ihn; er zählte die Stunden in Bristol, verzweifelt, mit wachsender Angst.

James versuchte seinen Vater zu beruhigen. »Vielleicht hat sie einfach das Flugzeug verpaßt. Vielleicht kommt sie später.« Und um ihn abzulenken, schlug er vor: »Hör zu, warum treffen wir uns nicht zum Essen?«

»Danke – aber ich kann nichts essen«, lehnte Fellowes ab. »Ich warte weiter.«

Schließlich gingen sie beide zu Hopkins, neben einem Wettbüro nahe der Fishponds Road. Nach einer abgetretenen Treppe fanden sie den Privatdetektiv in einem kleinen, überhitzten Raum, noch immer in seinem Kordsamtanzug.

»*Secure Investments* sind ein Schwindel«, sagte er, getippte Notizen von sich werfend. »Nichts als ein verfluchtes Tarnunternehmen. Offenbar setzen sie diese Burschen anstatt regulärer *MoD*-Polizei ein, weil das weniger auffällt. Man findet sie in Porton Down und einigen der Lager mit nuklearem Abfall.«

»Haben wir sowas hier?«

Hopkins schüttelte den Kopf, eine Geste, mit der er an einen pickenden Spatz erinnerte.

»Glaub' ich nicht. Nichts bekannt von schweren Ladungen, die ins Tal oder aus ihm kommen. Jedenfalls hätten die Leute hier etwas gemerkt und Theater gemacht.« Er warf eine Karte hin. »Hier ist registriert, daß der *Tan-y-graig*-Berg nach dem Emergency Powers Act 1939 direkt ins Eigentum des damaligen Heeresministeriums überging. Dieses nette kleine Ding, nie revidiert, gab *HMG* das Recht, verdammt alles zu tun, soweit ich sehe.«

Sie blickten auf einen handkolorierten Plan, sechs Inches für eine Meile, der das *Tan-y-graig*-Gelände in einer Nische am Ende des Tales zeigte und den ganzen Berg dahinter; die Farm selbst war mit einer festen roten Linie umrandet.

»Der Umfang beträgt fast fünf Meilen«, sagte Hopkins. »Fakt eins, dem *MoD* gehört der gesamte verdammte Hügel. Fakt zwei, sie wollten das geheimhalten, natürlich. Fakt drei, die Steadmans waren eine Art Verwalter, bis der alte Knabe starb und seine Frau in ein Heim kam. Fakt vier, jemand aus der Regierungshierarchie von Whitehall muß die Sache vergessen haben, seit die Steadmans dahin waren, und wurde erst alarmiert, als der junge Keith Steadman in Birmingham seinen Taschenspielertrick inszenierte und Ihnen ein paar Pounds aus der Tasche zog.« Jetzt grinste er Peter Fellowes an. »Fakt fünf, dann muß etwas passiert sein, weswegen sie Schiß bekamen, also holten sie verdammt schnell diese *Secure-Investments*-Burschen.«

»Und dann die Bulldozer«, ergänzte Fellowes dumpf.

»Richtig.« Hopkins war nachdenklich. »Wollen Sie meine Theorie wissen? Nun, zwei Dinge passierten in sehr kurzer Zeit: Mrs. Steadman starb, höchst bedauernswert für alle, nachdem sie ins Haus zurückspaziert war; und Sandie fand etwas heraus, als jemand kam, um die Tote zu holen.«

»Ich weiß. Aber was?«

Hopkins kratzte sich. »Soweit bin ich noch nicht.«

»Warum wollten sie ihn haben – den Berg, meine ich? Gibt es irgendeinen Hinweis auf eine Mine?«

Der kleine Detektiv schüttelte den Kopf und zog eine Schublade auf, um ein Bein darauf zu legen.

»Nein. Zumindest auf den Karten ist nichts markiert. Allerdings... die sind aus der Zeit vor dem Krieg. Tatsache ist aber, jemand grub einen Tunnel, einen verdammt langen Tunnel unter dem Hügel, in einem frühen Stadium der Dinge – so 1940 oder 1941.« Er triumphierte. »Ich fuhr nach London und sah nach im Britischen Museum, zusammen mit einem Mädchen, das dort die Unterlagen führt. Die Kleine schien zu glauben, ich wollte was von ihr persönlich, aber es hat sich jedenfalls gelohnt. Sie sagte mir, sie hätten all ihre guten Sachen irgendwohin ins Herz von Wales gebracht, um sie vor Bombardierungen zu retten. ›Wohin?‹ fragte ich, aber sie zuckte die

Schultern. ›Machen Sie weiter‹, forderte ich sie auf, ›ich schreibe eine Doktorarbeit.‹ Sie lieben es, wenn man irgendwas Wissenschaftliches behauptet, wissen Sie, also zog sie los und stöberte in einer Menge alter Aktenschränke, und schließlich kam sie mit einem Namen zurück. ›Ich weiß nicht, wie man es ausspricht‹, meinte sie, aber ich konnte es ihr gleich richtig sagen.« Hopkins strahlte. »Es war *Tan-y-graig*.«

Sie starrten sich schweigend an. Die Sensation war perfekt und verfehlte ihre Wirkung nicht.

»Wo – wo etwa ist der Eingang?« Fellowes fand als erster die Sprache wieder.

»Offenbar war dort vor Jahren ein kleiner Schieferbruch, irgendwo unter dem Hügel. Die Farm muß um ihn herum gebaut worden sein. Wären Sie ein bißchen länger geblieben, hätten Sie ihn vermutlich gefunden...«

Das war's! Ein heißer Strahl durchfuhr Fellowes. Sandie hatte das Versteck gefunden! Gleich als sie angekommen waren, hatte sie ja schon die Geräusche unter der Erde gehört.

»Die Eisenbahn«, stieß Fellowes hervor. »Diese Eisenbahn halb den Hügel hoch. Damals muß sie gebaut worden sein, während des Krieges.«

»Kann sein«, sagte Hopkins entschuldigend. »Nun, soweit bin ich eben gekommen.«

»Machen Sie weiter«, drängte Fellowes.

James begleitete ihn zum Flughafen, und sie warteten gemeinsam auf die nächste Maschine aus Paris. Dieselbe lange Antiklimax der Pausen im langsam tröpfelnden Rinnsal der Passagiere, die durch die Türen kamen, dieselbe Hoffnung, ebenso versickernd.

James blickte seinen Vater an.

»Es kann ein Dutzend Gründe geben. Vielleicht hat Laurel beschlossen, einen Tag länger zu bleiben, vielleicht will sie sich weiter informieren, vielleicht fühlt sie sich nicht wohl. Ich bin sicher, sie gibt dir Bescheid.«

Es war lange her, seit James diesen Blick bei seinem Vater gesehen hatte, einen Blick, den er als Ausdruck von Verzweiflung wertete. Er hätte recht haben können, natürlich, aber Peter Fellowes wußte, daß es nicht Verzweiflung war: Es war Entschlossenheit.

»Komm mit zurück und trink was, Dad«, schlug James endlich vor.

Als Fellowes wieder in Maesteg war, fuhr er direkt zur Polizeiwache, um zu versuchen, die Fakten aneinanderzufügen. Diesmal saß Wishart, der zynische, dunkelhaarige Kriminalbeamte, wieder an der Seite von Owens. Es zeigte sich bald, daß Owens den Kontakt auf eine andere Ebene verlagerte. Die bescheidenen Andeutungen entspannter Atmosphäre, der Tee und der Toast, entfielen zugunsten einer harscheren Befragung.

»Habe ich Sie richtig verstanden, Mr. Fellowes? Sie wollen tatsächlich das Verschwinden einer weiteren Frau melden? Der Amerikanerin? Miss Ericson?«

Der karge Tisch in dem Vernehmungszimmer wirkte plötzlich finsterer durch die Art, in der Owens dasaß: stocksteif und mit zusammengekniffenen Augen.

»Sie kündigte mir an, mir etwas Wichtiges mitteilen zu müssen, und das betraf sicher die Dinge hier. Dann erreichte sie nicht das Flugzeug in Paris.«

Argwohn schlich über Owens' Gesicht. Zu viele Frauen wurden vermißt.

»Sie überraschen mich.«

»Ich wäre für eine Überprüfung aller Tickets, für Flüge nach Bristol und der Hotels in der Normandie, in denen Laurel sich aufgehalten haben könnte.«

Owens zog scharf die Luft ein. »Sie wären für...« Eine Büroklammer verformte sich in seinen Fingern, bis sie einem Speer glich. »Sie wären für... Ich will Ihnen mal etwas sagen: Zu versuchen, die Polizei anzutreiben, ist nicht die beste Art, sich zu verteidigen.« Der Rücken seines Stuhls stieß gegen die Wand; die Kerben wurden von mal zu Mal größer. Entweder war Fellowes jemand, der die Tatsache nicht akzeptieren wollte, daß keine dieser Frauen seine Nähe wünschte, oder er wußte weit mehr über ihr Verschwinden, als er bereit war, zuzugeben. »Wie lange waren Sie eigentlich verheiratet?«

»Was hat das damit zu tun?«

»Beantworten Sie die Frage, bitte.«

Fellowes sah, wie der walisische Constable die Worte auf dem kleinen Block fixierte.

»Zwanzig Jahre – fast.«

»Und Ihre Frau starb vor drei Jahren? Bei einem Unfall?«

»Die Fakten sind alle registriert.«

»Ich hätte gerne, daß Sie es mir sagen. Bitte.« Er verwandelte die Unterredung in ein Verhör.

»Ja. Bei einem Verkehrsunfall, an dem ich nicht beteiligt war. Hören Sie, ich bin hergekommen, weil ich meine Tochter vermisse.«

»Ja, Sandie. Welche Gefühle hatten Sie für das Mädchen? Fanden Sie es attraktiv?«

»Ich weise diese Frage zurück«, erklärte Fellowes. Er war nahe daran, seine Beherrschung zu verlieren.

Owens ließ sich nicht beirren. »Seit Sie nach Wales gekommen sind, haben Sie das Verschwinden von drei Frauen gemeldet. Erscheint Ihnen das nicht merkwürdig?«

»Seit ich nach *Tan-y-graig* kam«, gab Fellowes zurück. »Erscheint Ihnen das nicht seltsam?«

»Okay«, schaltete sich Wishart zum ersten Mal ein. »Das dürfte genug sein.«

»Genug?« Owens' Mundwinkel zogen sich enttäuscht nach unten.

»Für den Augenblick, meine ich. Bis wir etwas Genaueres…«

Fellowes bemerkte den Ton des Unbehagens in der Stimme des höheren Beamten. Es schien fast, als wäre er bestürzt oder als wüßte er mehr, als er zugeben wollte.

33

Im schwindenden Licht des nächsten Nachmittags fuhr Peter Fellowes erneut los, um Steadman zu finden. Es wehte ein eisiger Wind, und die Sonne schaffte es nicht, sich durch die Wolken zu kämpfen. Ganz bestimmt würde es heute noch regnen.

Fellowes' Stimmung war auf dem Tiefpunkt angelangt. Er spürte das Verlangen, jemanden in West Bromwich umzubringen, mit seinen bloßen Händen.

Er fand Steadmans Straße ohne Schwierigkeiten – Hopkins' Wegbeschreibung war präzise – und lief eine Außentreppe hoch zu einer Wohnung im ersten Stock. Einladend wirkte die Umgebung nicht gerade, sondern von Armut und Resignation geprägt. Aber all das konnte ihm herzlich egal sein. Er wollte Informationen – sonst nichts.

»Steadman?« fragte er. »Ich würde gern mit Mr. Steadman sprechen.« Fellowes war hundertprozentig sicher, daß er richtig war; Hopkins hatte ihn zu der Adresse dirigiert. Doch statt dessen stand er jetzt einer indisch aussehenden Frau gegenüber, die ein Baby an sich preßte, ein dreijähriges Kind versteckte sich hinter ihren Beinen.

Sie nickte. »Ich bin Mrs. Steadman.«

Die Kinder und die Frau entwaffneten ihn, brachten ihn völlig aus dem Konzept. Fellowes war gekommen,

um seiner Empörung freien Lauf zu lassen, aber das ging nun nicht.

»Mein Mann ist in einer Stunde wieder da«, gab Mrs. Steadman Auskunft. »Er ist nur in seinen Club gegangen.« Auf ihrem dunklen anglo-indischen Gesicht erschien ein weiches Lächeln.

»Sind Sie sicher?« Vielleicht war dies eine erneute Finte, und Steadman verbarg sich im Haus.

»O ja. Ich bin ganz sicher.«

Fellowes entschied sich, zu warten, und damit ihm die Zeit nicht so lang wurde, ging er ins Kino. Er sah irgendeinen amerikanischen Weltraumfilm, dessen Titel er sofort vergaß. Danach klingelte er erneut an Steadmans Tür. Als die Frau wieder zur Tür kam, hielt sie immer noch das Baby, aber diesmal bat sie ihn herein.

Dort saß Steadman vor dem Fernsehapparat, das andere Kind auf dem Schoß, einen dreijährigen Jungen in schmutzigem Kattun. Er wandte den Kopf und grinste.

»Sie entschuldigen, wenn ich nicht aufstehe?«

Er entsprach weitgehend der Beschreibung von Hopkins: ein Mann Mitte Dreißig mit schütterem blondem Haar, Bauch und bereitwilligem Geplapper, bekleidet mit einem verwaschenen T-Shirt und zu engen Hosen. Seine Füße steckten in weichen Slippern.

»Ich möchte lieber nicht hier drin mit Ihnen reden«, begann Fellowes. »Ich habe einige recht persönliche Fragen.«

Keith Steadman grinste wieder und zuckte die Schultern. »Das geht in Ordnung. Sie haben meine Frau ja schon kennengelernt. Sie können sagen, was Sie möchten.«

Fellowes registrierte die schäbige Einrichtung, die beiden durchgesessenen Sofas, einen krambedeckten Tisch, den Schrank aus Eichenimitation und eine Hammond-

Orgel. Es war das Wohnzimmer einer Familie, die sich ständig bemüht und es doch nie ganz schafft.

»Sie haben ein Farmhaus annonciert«, sagte Fellowes geradeheraus, »ich habe geantwortet und einen Scheck über hundert Pfund geschickt.«

»Oh, ja.« Steadman verlagerte jetzt das Kind, das halsbrecherisch auf seinem Knie balancierte, und spähte erneut auf den Brief mit seinen Direktiven, als wäre er nicht ganz sicher, daß er ihn verschickt hatte. »Das ist richtig. *Tan-y-graig*.«

Fellowes versuchte, Steadmans Blick zu binden, aber der sah zur Seite. »Nichts als Ärger«, fügte er hinzu. »Nichts als Ärger mit dem Ding.«

»Was meinen Sie damit?«

»Also, erst die Cops, dann dieser kleine Privatdetektiv, und jetzt Sie.«

Mrs. Steadman machte sich in der Küche zu schaffen und servierte dann schwachen Tee, den sie mit Ingwerkeksen anbot.

»Hören Sie«, hakte Fellowes nach. »Wer kam von der Polizei hierher?«

Steadman kratzte sich mit seiner freien Hand oben am Kopf, das Kind noch immer mit der anderen festhaltend. Die Nase des kleinen Jungen lief.

»Bedaure, an den Namen kann ich mich nicht erinnern. Ein schmieriger Inspector. Ein kleiner Arsch aus Wales.«

Owens. Es mußte Owens sein! »Und er sagte Ihnen das mit der Toten?«

»Nein. Der Cop stellte fest, Sie hätten das Verschwinden Ihrer Tochter gemeldet, die mit Ihnen dorthin fuhr.«

»Und was ist mit dem Tod... dem Tod der alten Mrs. Steadman?« Fellowes holte das Schwarz-Weiß-Foto aus seiner Tasche und reichte es hinüber.

Steadman putzte seinem Jungen endlich die Nase mit einem Papiertuch ab, dann studierte er die Aufnahme.

»Tante Maud! Ich habe diesem kleinen Privatdetektiv dieses Foto hier gegeben, nachdem er mich geradezu gedrängt hatte, es ihm zu überlassen. Na ja, jedenfalls hat der Detektiv mir irgendwas davon erzählt, daß Tante Maud in *Tan-y-graig* gestorben wäre, aber ich sagte, kann gar nicht sein, weil sie ja in dem Pflegeheim war.«

»In welchem Pflegeheim?«

»Padgate Lodge in Llangollen«, antwortete Steadman.

»Und woher wußten Sie von ihr?«

»Woher? Ich bekam einen Brief von der Leiterin dort, in dem stand, Tante Maud sei im Schlaf gestorben.«

Fellowes ruckte hoch. »Haben Sie ihn noch?«

»Hier? Was hat das...?« Steadman wand sich unsicher. »Natürlich habe ich ihn. Lydia – hol mal diesen Brief!«

Sie fand ihn in einer Schublade und reichte ihn Fellowes. Es war eine getippte knappe Beileidsbekundung, dazu ein Formular mit Empfehlungen zur Bestattung. Padgate Lodge hatte alles im Griff.

»Haben Sie die Verstorbene gesehen?«

Steadman schüttelte den Kopf. »Es hieß, sie hätte einen Schlag gehabt und wäre kein besonders hübscher Anblick, die arme alte Maud, so regelte ich nur die letzten Dinge. Wir gingen zu einem Gottesdienst für sie, in Llangollen, Lydia und ich, vor ein paar Tagen.«

Fellowes fühlte sich hereingelegt. Während er durch die Gegend von Maesteg gezogen war, Owens auf die Nerven gegangen war und Laurel kennengelernt hatte, hatte jemand seelenruhig die Leiche beseitigt und dazu alles mit dem Heim geregelt.

»Was ist mit dem Totenschein?«

Steadman blickte verwirrt. »Kein Problem. Da war ein Arzt, der in das Heim kam.«

»Wurde sie beerdigt?«

»Eingeäschert.«

Fellowes überlegte. Wenigstens gab es eine Art Beweis, daß die alte Frau gestorben war, wenn auch am falschen Ort.

»Sie war in *Tan-y-graig*, die erste Nacht, in der ich mit meiner Tochter dort war.«

»So habe ich's gehört.« Das glatte Gesicht schien ungerührt. »Das hat mir der andere Kerl erzählt. Ich glaube es nicht.«

»Hopkins? Meinen Sie den?«

Steadman nickte.

»Hören Sie, ich war dort, ich weiß es. Ich sah Ihre Tante tot auf dem Boden, als wir zum Frühstück herunterkamen. Später war dann die Leiche verschwunden – und meine Tochter ebenfalls. Ich schwöre bei Gott, es war, wie ich sage. Können Sie mir das jetzt glauben?«

»Es ist nicht das, was die Cops behauptet haben. Dieser Kerl, dieser walisische Inspector. Er sagte vielmehr, sie würden Sie verdächtigen, eine Geschichte erfunden zu haben, um das Verschwinden Ihrer Tochter zu erklären.«

Fellowes stöhnte auf. Aber er hatte noch einen Trumpf. Den mußte er jetzt spielen. »Was ist mit den Sachen aus *Tan-y-graig*? Hat man Sie nicht nach der Habe Ihrer Tante gefragt?«

»Die Cops kamen nur, um mir mitzuteilen, daß meine Tante in Llangollen gestorben war.«

»Wann war das?«

»Also, ich habe jetzt genug von diesen Fragen.« Trotzdem setzte er das Kind ab, das am Daumen lutschte, und sah auf einen Kalender an der Wand. Vor zwölf Tagen, als Fellowes' Bekanntschaft mit Laurel begonnen hatte, vor zwölf Tagen war Owens bei Steadman gewesen und hatte ihm von seiner Tante erzählt, und fünf Tage später war sie still und leise eingeäschert worden. Die Asche, sagte Steadman, war anschließend über dem Grab in Llangogarth verstreut worden, und er würde eine Ergänzung auf dem Grabstein veranlassen.

Und doch war Owens nahe daran, Fellowes für zwei Leichen verantwortlich zu machen, die der alten Mrs. Steadman und der Sandies! Owens, der die ganze Zeit gewußt hatte, daß Mrs. Steadman tot war, und der deshalb auch gewußt haben mußte, daß man ihre Leiche zurück ins Heim gebracht hatte. Owens, der die Presse gezügelt und die Geschichte aus den Medien gehalten hatte. In Fellowes' Gedanken erschien der kleine Inspector in der Gestalt eines schlauen, doppelzüngigen Schurken. Aber – verdammt! – mit welchem Ziel?

»Also gut. Dann nur noch eins: Seit meine Tochter verschwand, ist das Haus vom *MoD* abgesperrt. Es war mir nicht möglich, dort zu bleiben.«

Das Kind kletterte auf Steadmans Knie zurück. »Ich weiß. Der Cop sagte es mir.« Er grinste wieder. »Gab mir das Geld und alles.«

»Was meinen Sie damit?«

»Gab mir hundert Pfund«, antwortete er. »Sagte, falls ich irgendwelche Probleme hätte, sollte ich Ihnen Ihr Geld zurückzahlen. Sonst könnte ich es behalten.« Wieder wischte er dem Kind die Nase. »Denke, Sie wollen Ihr Geld zurück?«

Fellowes blickte auf Lydia Steadman, ärmlich gekleidet, mit dem zweiten Kind, und auf das mitgenommene Mobiliar. Sie hatten drei Zimmer und eine Küche, kaum einen Palast, und er war weit entfernt davon, Geld zurückzufordern.

»Behalten Sie es«, meinte er. »Sagen Sie mir nur, weshalb Sie das verdammte Ding anboten.«

Dankgemurmel kam von beiden Seiten. Dann begann Steadman unerwartet ehrlich mit seinem Eingeständnis, daß er sich schwer tat, seinen Unterhalt zu sichern, legte seine Probleme dar. Maud Steadman, so erklärte er, war die Witwe eines Majors der Armee, der bei Kriegsende mit einer Invaliditätspension in die Farm am Hügel gezogen war. Dort lebten die beiden also lange, und dadurch, so der Neffe, war der Major ein wenig wirr im Kopf geworden, und so kreierte er das Glasfenster für die Opfer des Krieges. Er behauptete immer, man würde ihm seine Pension nehmen, wenn er das Haus verlassen würde.

Nachdem der Major gestorben war, hatte man Tante Maud vor gut zwei Jahren überzeugt, besser in das Heim zu gehen. Keith Steadman hatte sie zwar nicht gut gekannt, doch er war ihr einziger naher Verwandter, und ihm zufolge hatte sie festgelegt, daß er den Besitz nach ihrem Tod bekommen sollte.

»Aber«, und dabei grinste er, »man weiß ja, wie alte Leute sind, ein bißchen komisch gegen Ende. Ich hätte jedenfalls nie gedacht, daß sie es schaffen könnte, noch einmal nach *Tan-y-graig* zurückzukommen, und deshalb habe ich sie um den Schlüssel gebeten, damit ich manchmal nach dem Rechten sehen konnte. Doch Tatsache war, daß meine Tante sehr wohl kräftig genug war, um bei günstigen Bedingungen von Zeit zu Zeit zurückzukehren, und das Heim half ihr sogar dabei, ließ sie im Taxi hin- und zurückfahren. Ein Anruf genügte.«

»Wann geschah dies zum letzten Mal?« fragte Fellowes.

»Oh, vor drei – vier Monaten ungefähr, im Sommer.«

Als Constable Thomas die Lichter gesehen hatte, erinnerte Fellowes sich.

»Und was ist mit der Annonce, die Sie aufgegeben haben?«

»Nun, wenn Tante Maud nicht dort war, benutzte ich das Haus von Zeit zu Zeit. Lydia und ich, wir mochten es selbst nicht besonders. Bißchen dunkel und finster dort, wenn Sie mich fragen. Die alten Leute haben zu lange darin gehockt.«

»Verstehe«, murmelte Fellowes langsam. »Also beschlossen Sie, es an andere zu vermieten, obwohl es Ihnen nicht gehörte?«

Steadman rutschte unbehaglich über seinen Sitz. »Nun, nicht ganz. Ich wurde dazu verleitet, könnte man sagen.«

»Verleitet?«

»Ja. Das letzte Mal, als ich meine Tante sah, war sie mächtig mitgenommen. Sie hatte gerade diesen Brief von den Besitzern bekommen, wissen Sie?«

»*Secure Investments*?«

Steadman nickte. »Genau. Und darin stand, daß sie mit drei Monaten Frist kündigen würden und vorhätten, das Haus wieder selbst in Besitz zu nehmen. Tante Maud war schrecklich durcheinander, und ich war auch ein bißchen enttäuscht, ehrlich gesagt, weil ich gedacht hatte, ihrem Gerede nach, daß ich... na ja, hier erben würde.«

»Haben Sie den Brief?«

Steadman schüttelte den Kopf. »Er muß bei dem Kram von Tante Maud sein, immer noch dort unten in Llangollen. Jedenfalls dachte ich, hol's der Teufel, aber als ich letzten Monat dorthin zurückfuhr, kam es mir plötzlich, es würde noch ein paar Pfund abwerfen, es ein bißchen zu vermieten. Und dann, zum Kuckuck, kaum in der Zeitung – ich hatte ein paar Wochen in Bristol zu tun, also inserierte ich dort – und Sie melden sich.«

Er war auch einer von denen, erkannte Fellowes, dem es nie gefiel, wenn die Dinge zu glatt verliefen, als ob das Leben und das Überleben immer wieder Winkelzüge erforderten.

»Warum nahmen Sie dann als Kontaktadresse einen Birminghamer Zeitungsladen und gaben nicht Ihre Wohnung an?«

Steadman grinste naiv. »Es ist Lydias Zuhause«, sagte er. »Ich dachte, es wäre sicherer, nur für den Fall, daß... nun ja, etwas krummgehen sollte.«

»Krumm? Bei einer ganz korrekten Vermietung?«

Steadman setzte endlich das quengelnde Kind ab. »Da, jetzt lauf und such deine Mami.« Er schaltete das Hintergrundgeflacker des Fernsehers ab, die Bilder versanken in Dunkelheit. »Also, sie waren nicht gerade scharf darauf, als ich die Sache durch ein Büro in Maesteg arrangieren wollte. Und, na ja, ich hatte auch Besuch, ein paar Wochen vorher, von *Secure-Investments*-Leuten. Ein Mann und eine junge Frau. Sie sagten, sie hätten meinen Namen durch Tante Maud erfahren, und sie wüßten, daß ich das Haus vermieten will.« Er machte eine Pause. »Das paßt ein bißchen zu dem, was Sie vorhin erzählt haben, daß das Haus ausgeräumt wurde. Sie kündigten mir an, sie wollten es bei der ersten Gelegenheit leermachen, sobald sie Tante Maud soweit hätten, daß sie alles verkaufen würde. Ich dürfte nicht wieder hin, sagten sie, und niemand sonst dürfe rein. Nun, zum Teufel, dachte ich, es war verdammt noch nicht ihr Eigentum, und deshalb konnten sie mich auch nicht davon abhalten, das eine oder andere Pfund zu verdienen, solange ich die Chance hatte, und ich hatte es nötig. Also gab ich die Anzeige auf.« Er zögerte. »Tut mir leid, daß es Sie getroffen hat.«

»Ja«, murmelte Fellowes dumpf. »Mir auch.«

34

Padgate Lodge war ein großes viktorianisches Gebäude am Rand von Llangollen, mit schwarzem Dach und weißer Front, mit Türmchen wie Hexenhüte. Es sah nach dem aus, was es war, das Schloß eines Geschäftsmanns aus dem neunzehnten Jahrhundert, das durch schlechte Zeiten gegangen war und als Pflegeheim geendet hatte.

Fellowes parkte bei den Büschen und betrat die mit Mahagoni ausgetäfelte Eingangshalle. Es roch nach unbestimmten Kochergebnissen, Desinfektionsmitteln und den Resultaten von Inkontinenz.

Die Leiterin war klein, zierlich und schrecklich nervös. Sie führte ihn in ihr Büro und sprach beiläufig ihr Beileid aus.

»Wo ist sie gestorben?« kam Fellowes gleich zur Sache.

Die blassen Hände ruhten schlaff in ihrem Schoß.

»Arme Mrs. Steadman.« Ihr Kopf senkte sich für einen Moment zu einer Geste stummen Gedenkens. »Sie hatte diesen Drang zum Wandern. Manche von ihnen haben ihn, kann ich sagen. Sie haben keine Ruhe, als wollten sie irgendwie zurück in das Leben, das sie gekannt haben...«

Er nickte. »Was ist geschehen?«

Die Leiterin zögerte. Mit ihrem weißen Haar hatte sie etwas Mütterliches, doch ihr Kinn war aggressiv. »Die Polizei hat sie gefunden... irgendwo auf der anderen Seite der Stadt. Man glaubte, daß sie versucht hat, in ihr altes Zuhause zurückzukehren.«

Über dreißig Meilen entfernt, dachte Fellowes, Leute verschwanden, wenn sie in Kontakt zu *Tan-y-graig* kamen. Amtlicherseits abserviert? Der bloße Gedanke war absurd... und doch... und doch.

»Hat man Ihnen gesagt, wo genau?«

Die Leiterin schüttelte den Kopf. »Nein... nicht sehr weit von hier. Die alten Leute kommen nicht sehr weit, Sie verstehen?« Sie beugte den Kopf nach vorn und flüsterte verschwörerisch: »Und sie war bereits tot. Tot, als man sie fand, die arme alte Dame. Es war offenkundig zu viel für sie gewesen, und sie war auf der Straße zusammengebrochen und gestorben. So etwas kann uns in Mißkredit bringen. Wir schätzen solche Dinge selbstverständlich nicht, deshalb haben wir das nicht den Verwandten mitgeteilt. Es hätte zuviel Unruhe gebracht.«

»Also brachte die Polizei Mrs. Steadman zurück?«

Die Leiterin nickte. »Auf einer Bahre. Es war schrecklich. Wir mußten sie hinten hereinbringen, damit die anderen...«

»Um welche Zeit des Tages war das?«

»Zeit? Oh, ich erinnere mich nicht. Recht spät, nehme ich an. Spät am Morgen.«

»Und dann riefen Sie den Arzt?«

»Natürlich. Wegen des Totenscheins.«

»Welche Art Polizei?« fragte er.

»Welche Art? Ich verstehe nicht.«

»Waren sie in Uniform?«

Sie stieß ihr Kinn unwillig vor. »Nun... nein. Sie waren in Zivil. Aber sie sagten, wer sie waren.«

»Hatten sie ein Polizeifahrzeug?«

Sie schien jetzt verwirrt. »Ich habe das Fahrzeug nicht gesehen. War zu sehr damit beschäftigt, die Sache zu arrangieren.«

»Verstehe.« Fellowes nickte. Eine steile Falte bildete sich über seiner Nasenwurzel. »Eine letzte Frage noch: Wissen Sie ganz sicher, daß Maud Steadman in der Nacht zuvor hier war?«

Fellowes sah Röte in die Wangen der Leiterin steigen, als sie verwirrt-indigniert antwortete: »Natürlich. Wir überprüfen alle unsere Patienten regelmäßig.«

Und in diesem Augenblick wußte er: Sie log. In diesem Punkt log sie. Niemand hier hatte Maud Steadmans Verschwinden bemerkt.

Er dankte der Leiterin und bat darum, das Zimmer der Verstorbenen sehen zu dürfen. Wieder blickte sie verwirrt.

»Oh, tut mir leid, aber das ist schon wieder belegt. Es besteht derart dringender Bedarf, wie Sie sicher verstehen können, nach Unterbringung in Einrichtungen wie dieser.« Sie lächelte vorsichtig und erhob sich, um ihn hinauszubegleiten.

»Was ist mit ihrer persönlichen Habe?« Er erklärte, daß er bei Keith Steadman gewesen sei, der ihm gesagt habe, daß manche Sachen immer noch hier wären, unter anderem der Brief von *Secure Investments* über die Zukunft von *Tan-y-graig*.

Sie schüttelte den Kopf. »Die Polizei meinte, sie würde alles mitnehmen und Mr. Steadman zukommen lassen. Um uns die Mühe zu sparen.«

Und mir, dachte Fellowes bitter. Es war wirklich unglaublich, aber alle Figuren, die in dieser Geschichte eine Rolle spielten, schienen Teil irgendeiner geheimen Verschwörung zu sein. Und die Opfer dieser Verschwörung waren Sandie und er.

Die Leiterin ging mit ihm zurück durch den langen Linoleum-Korridor, der gekerbt war mit Rollstuhl- und Karrenspuren.

»Gab es hier irgendwelche Leute, mit denen Mrs. Steadman befreundet war? Leute aus dem gleichen Tal? Aus der Nähe von *Tan-y-graig*?« Fellowes wollte noch nicht aufgeben.

Die Leiterin schürzte die Lippen. »Sie wissen, wie das ist, wenn die Leute in dieses Stadium...«

Er sah die traurigen Fälle in den Tagesräumen, als sie an den offenen Türen vorübergingen. Füße in Pantoffeln, Schlafröcke.

»Überhaupt niemanden?« Fellowes blieb hartnäkkig.

»Da war nur der alte Mr. Connor, denke ich.«

»Connor? Erzählen Sie mir von dem Mann, bitte.«

»Nun, er kam von einer Farm bei Crickhowell, aber ich glaube, er kannte Maesteg ziemlich gut. Ich hörte die beiden einmal darüber reden.«

Fellowes blieb stehen. »Würden Sie erlauben, daß ich mit ihm spreche?«

Die Leiterin zuckte die Schultern. Jemand rief um Beistand. »Sie werden sehen, er kann Ihnen nicht sehr... nun, Sie wissen ja.«

»Ich weiß. Trotzdem...«

Sie führte ihn zurück zum ersten Tagesraum und deutete auf eine Gruppe von vier alten Leuten, zwei Männern, zwei Frauen, die scheinbar konzentriert eine Sendung im Fernsehen verfolgten. Die Lautstärke war voll aufgedreht.

»Mr. Connor«, sagte die Leiterin und berührte ihn am Arm. »Dieser Gentleman hier möchte gern mit Ihnen sprechen.«

Der alte Connor wandte sich mühsam um. Er mußte einmal sehr viel kräftiger gewesen sein, denn die Kleidung schlotterte ihm um den Körper, sah aus wie aus zweiter Hand, obwohl sie vor Zeiten teuer gewesen sein mußte.

Fellowes hockte sich neben ihn und richtete seine Fragen an den alten Mann. Die anderen starrten mit offenem Mund, ehe sie sich wieder dem Fernsehapparat zuwandten.

»Ich glaube, Sie kannten Mrs. Steadman?«

»Wie?« Connor hielt die Hand an sein Ohr. »Sie müssen lauter sprechen, junger Mann.«

»Ich glaube... Sie kannten... Maud Steadman.«

Ein Schimmer des Verstehens huschte über Connors Gesicht. Er nickte, sagte aber nichts weiter.

»Kennen Sie *Tan-y-graig*?« wagte sich Fellowes vor.

Keine erkennbare Reaktion.

»*Tan-y-graig*...?« Fellowes hatte die Lautstärke gesteigert.

»Oh. Sagen Sie mir nicht...« Die Worte kamen krächzend, wie aus einem uralten Grammophon.

»Was nicht?« Fellowes bemerkte, daß er fast schrie, ohne Rücksicht auf die verwirrten Gesichter der anderen, die die Störung sichtlich mißbilligten. »Was soll ich Ihnen nicht sagen?«

Connor war wieder in Schweigen versunken. Fellowes mußte eine andere Taktik finden, um an ihn heranzukommen.

»Sie waren eine große Hilfe«, meinte er, »bei Maud Steadman.«

»Wer? Was?«

»Maud Steadman.«

»Oh, ja. Ich kenne sie.« Connor nickte

»Sie war da viele Jahre?«

»Wer?«

»Mrs. Steadman. In *Tan-y-graig.*«

»Oh, ja. Richtig.«

Fellowes zählte: »Fünfundvierzig Jahre mindestens. Ob sie wohl auch während des Krieges dort wohnte?«

Das Wort »Krieg« schien einen Knopf in Connors reaktionsgehemmtem Inneren zu drücken, denn er richtete sich kerzengerade auf und blickte seinen Besucher zum ersten Mal aufmerksam an. Die Leiterin war zurückgekehrt und lauerte mißtrauisch am Eingang.

»Nein. Nicht im Krieg. *Ich* wohnte dort im Krieg.« Ein Zittern ging über sein altes, ausgetrocknetes Gesicht.

Fellowes beugte sich vor, fragte hartnäckig weiter: »Wo? Wo waren Sie während des Krieges? Worüber hat Maud Steadman – Mrs. Steadman – mit Ihnen gesprochen? Über Dinge von *Tan-y-graig*?«

»Wie? Lauter! Sie müssen lauter reden!«

Geduldig wiederholte Fellowes seine Frage, und dann erinnerte sich Connor.

»Über die Wagen«, antwortete er.

»Welche Wagen?« Fellowes' Nerven begannen zu beben.

»Die Wagen. Im Krieg.« Das Wort quälte sich aus seinem Mund, als wäre er immer noch tief erschüttert.

»Was war mit *Ihnen*? Wo waren *Sie*?«

Aber Connor schüttelte nur den Kopf, als wäre er nicht willens, darüber zu reden. Statt dessen sagte er: »Crickhowell. Ich ging nach Crickhowell.«

»Wann? Von wo, Mr. Connor?«

»Von *Pen-y-banc*.«

Pen-y-banc. Fellowes erinnerte sich an die leere Farm, wo er zuerst gewesen war an diesem Morgen, nachdem er Sandie verlassen hatte, um nach Hilfe zu telefonieren. *Pen-y-banc* mit seinem zerstörten Drahtzaun und den unkrautbedeckten, verbarrikadierten Türen. Die verlassene Farm zwei Meilen die Straße hinunter.

»Was war mit *Pen-y-banc*, Mr. Connor?« fragte er eindringlich. »Gab es da etwas Besonderes?«

»Wie bitte?«

Die Leiterin kam herüber und mahnte: »Bitte, ich denke, Sie sollten es lassen. Es wird zuviel für Mr. Connor.«

Doch Fellowes machte weiter. »Was war mit den Wagen? Welche Wagen, im Krieg?«

Ein Schauder schien durch den alten Mann zu gehen, dann vergrub er den Kopf zwischen den Händen. »Die Wagen fuhren in den Berg…« Er brach in größter Verwirrung ab, konnte nicht mehr sprechen.

»Ich denke, Sie sollten wirklich aufhören«, sagte die Leiterin, und diesmal war ihrer Stimme anzuhören, daß sie keinen Widerspruch duldete.

35

Peter Fellowes wußte jetzt, daß es etwas Großes war. Als er aus Llangollen fuhr, der kleinen Schwarz-Weiß-Stadt für Touristen, waren seine Gedanken bei Wagenkonvois, die in den Berg fuhren. Staatsangelegenheiten, nicht im öffentlichen Interesse, gravierend genug, um Sandies Verschwinden zu verursachen. Aber was war mit dem Fernbleiben Laurels?

Feiner Schweiß legte sich über seine Stirn. Sandie schien gewisse Geräusche gehört zu haben, als hätten sich das Natürliche und das Übernatürliche zu unseliger Allianz verbunden. Es war lächerlich, doch die Angst, die Fellowes plötzlich ergriffen hatte, ließ nicht nach. Sein Herz hämmerte in seiner Brust wie Füße auf einem Gitterboden. Das Ganze ließ ihn zusammenkrampfen, und in der Tiefe formte sich ein heimlicher Schrecken, eine Furcht, daß er gegen etwas Böses kämpfen müßte, das nach ihnen allen gegriffen hatte.

Das Cottage am See stand leer, als Fellowes zurückkam. Doch Telefon und Elektrizität waren in Ordnung, also schienen die feindlichen Kräfte wohl zu schlau, um die gleichen Attacken zu wiederholen. Er schloß auf und ging hinein, mit dem Vorsatz, keinen obskuren Ängsten nachzugeben.

Nichts. Nichts von Laurel oder Sandie, nur zwei Briefe, von London nachgeschickt. Einer davon war versiegelt und offiziell, mit dem Vermerk *›Im Dienst Ihrer Majestät‹*.

Erst dachte Fellowes, es wäre die Einkommensteuer, eine Veränderung bei den Tabellen, und er warf den Brief achtlos zur Seite; zwang sich, Tee zu kochen und Bohnen aus der Dose warm zu machen, mit dem Gedanken, daß er etwas zu sich nehmen mußte. Erst als er jetzt auf die Rückseite des offiziellen Briefes blickte, bemerkte er, daß er vom Ministerium für Erziehung und Wissenschaft stammte. Er riß ihn auf und las:

Sir,
die Aufmerksamkeit des Ministeriums wurde auf eine Reihe von kürzlich eingegangenen Darstellungen und Ereignissen gelenkt, die mit Ihrer Person verbunden waren, und nach unserer Kenntnis werden weiterhin polizeiliche Ermittlungen durchgeführt. Demzufolge hat man in Zweifel gezogen, ob Sie noch als geeignet für eine verantwortungsvolle Lehrtätigkeit anzusehen sind. Ich wurde deshalb angewiesen, Sie zu ersuchen, innerhalb der nächsten zwei Wochen persönlich bei dieser Stelle vorzusprechen, damit eine umfassende psychiatrische Untersuchung anberaumt werden kann. Bis eine solche Untersuchung zufriedenstellend abgeschlossen ist, legt der Minister Ihrer Schule nahe, Sie von Ihren Diensten bei fortlaufenden Bezügen zu entheben.
Mit dem Ausdruck vorzüglicher Hochachtung

Fellowes spürte, daß die Kälte zurückgekehrt war und sich in seine Knochen fraß. Er hätte empört sein sollen, das wußte er, ein kalkuliertes Komplott vor Augen, sorgfältig geschmiedet, um ihm zu schaden... Doch was, wenn sie wirklich recht hatten? Was, wenn er wirklich einen Berg aus einem Maulwurfshügel machte? Psychiatrische Tests... Ein weiteres Wittern unbekannter Mächte, die Feinde gegen ihn formierten.

Es wurde dunkel draußen, doch noch dunkler in seinem Gemüt.

In dieser depressiven Stimmung öffnete Fellowes den zweiten Umschlag und fand eine Postkarte aus Tunis darin. Jemand hatte sie umadressiert, wohl wissend, was sie tatsächlich oder angeblich zu bedeuten hatte. Seine Hände zitterten so stark, daß er sie kaum lesen konnte, trotz der kühnen, klaren Schrift.

»Lieber Gott«, hauchte er, »es kann nicht sein...« Und doch...!

Mach dir keine Sorgen, Dad. Tut mir leid, daß ich plötzlich weg mußte, aber jemand kam. Es war ein Angebot, wie man es höchstens einmal im Leben bekommt, und ich konnte nicht ablehnen. Alles gut, bin bald zurück.
Liebe Grüße,
Sandie

Die Kraft war aus seinen Beinen gewichen, und er tastete nach einem Stuhl. Verzweifelt suchte er einen Sinn in dieser vagen Botschaft. Das Blut pochte durch seinen Kopf. Rational sehen. *Denken*. Es schien einfach nicht möglich, daß Sandie nach Afrika geflogen sein sollte – hatte sie überhaupt ihren Paß dabeigehabt? Unmöglich, so absurd wie seine Ängste vor den Mächten der Dunkelheit, die in menschliche Dinge eingreifen konnten – und doch stachen die Zweifel wie winzige Nadeln.

Die Handschrift war geprägt von großen, kühnen Buchstaben, noch eine Spur kindlich, sehr ähnlich dem, woran er sich erinnerte. Doch ganz sicher war er sich nicht. Die Unterschrift – war das wirklich ihre? Schrieb sie »Sandie« so, mit dem großen »S« und dem gewundenen »d«?

Erneut hielt Fellowes sich vor, wie wenig er seine Tochter wirklich kannte, wie wenig von ihrer Schrift er in diesen letzten Jahren gesehen hatte. O ja, er schrieb ihr, einmal in der Woche, wenn er in der Schule arbeitete, doch sie hatte selten geantwortet, und er hatte kaum mit Antworten gerechnet. Teenager schrieben nicht, sie erledigten ihre Dinge telefonisch. Aber jetzt holten ihn die Sünden der Versäumnisse erneut ein...

In seiner Erregung begann er Whiskey zu trinken, doch der Alkohol umhüllte sein Gehirn wie eine schwarze Wolke und machte seine Gefühle dumpf. James fiel ihm ein. Ja, er mußte James die Karte zeigen und seine Meinung hören. Und wenn er zurück nach London ging, wie der Ministeriumsvertreter hoffte, oder gar zu Sandies Schule in Shrewsbury, würde er Proben ihrer Schrift sehen können. Und dann würde er wissen, ob er einem Schwindel aufgesessen war.

In dieser Nacht hatte Peter Fellowes einen Alptraum. Irgendwo hockte ein gelber, wächsern wirkender Torso und beschimpfte ihn, doch der Schädel hatte das Gesicht von Sandie, gefurcht und weiß, grinsend, dann schmerzverzerrt und mit den Zügen Laurels.

Er mühte sich, eine Teekanne zu erreichen, und die Kanne wurde eine Katze in einem Hexenhut und – schwupp! – ergoß sich etwas Dunkles auf den Boden. Dunkel und warm, wie altes Motorenöl, doch er wußte, es war Blut...

Schwitzend wachte er auf und tappte zum Fenster des oberen Schlafzimmers. Der Mond schien sanft, doch die Nacht schien voller unsichtbarer Katzen, kratzend und kreischend, ihn bedrohend. Zeigte sich so der Wahnsinn? Und war es das, was sie wollten?

Ohne Feuer war das alte Steingebäude feucht, erinnerte es ihn an ein Gefängnis, jedes Zimmer eine Zelle. Das brachte ihn zurück zu dem Alptraum von Sandie, tot oder gefangen irgendwo, und zurück zu den Schattenmächten, die versuchten, ihn zu täuschen. Die Postkarte von Sandie war gefälscht, Fellowes war jetzt sicher. Aber warum hatten sie sich die Mühe gemacht, den Poststempel von Tunis zu verschaffen? Und eben diese Kräfte, gegen ihn formiert und in der Dunkelheit lauernd – warum kamen sie jetzt nicht herein und packten ihn?

Fürchteten sie ihn vielleicht? Dieser Gedanke gab ihm einigen Trost.

Am Morgen fuhr Peter Fellowes nach Maesteg zurück. Eine fahle späte Oktobersonne schien über die Straßenfläche und die Berge. In der Ferne erkannte er schwach den hohen braunen Zuckerhut von *Tan-y-graig*, wo Sandie von Beginn an dunkle Mächte vermutet hatte.

Er kaufte ein paar Utensilien in einem kleinen Metallwarenladen, eine Baumschere, eine Taschenlampe, ein Taschenmesser, und steckte sie in einen neuen Anorak. Dann ging er zu Inspector Owens und zeigte ihm die Postkarte.

Owens zuckte mit den Schultern und rieb seinen Schnurrbart.

»Einerseits«, meinte er schließlich langsam, »ist es nicht unmöglich. Vielleicht hat Sandie einen Freund getroffen, einen anderen als Blackburn, und die beiden haben beschlossen, nach Tunesien zu gehen. Könnte doch sein, oder?«

»Niemand wußte, wo wir waren, außer James. Und ich...«

Der Polizeibeamte trommelte mit seinen Fingerspitzen und blickte auf Fellowes' verstörtes Gesicht. Dann äußerte er die zweite Möglichkeit: »Andererseits hätte Sandie das arrangieren können. Sie brauchte nur einen zu finden, der Ihnen die Karte schickt.«

Fellowes brachte seine Hände breit auf den Rand des Schreibtisches. »Hören Sie mir einen Moment zu. Ich war bei Steadman, Keith Steadman in West Bromwich, und was hörte ich dort? Ich hörte, daß Sie persönlich dort waren und ihm erzählten, seine Tante, die alte Dame, die wir tot auffanden, sie wäre im Heim gestorben. Und als ich dann das Heim besuchte, Padgate Lodge in Llangollen, informierte mich die Leiterin, ein paar von Ihren Zivilbeamten hätten die Leiche auf einer Bahre zurückgebracht. Merkwürdig, wie? Das nächste, was überhaupt zu erfahren war, war, daß Maud Steadman in aller Stille eingeäschert wurde. Ziemlich sichere Sache, nicht wahr? Und ich habe Sie jeden Tag hier im Präsidium aufgesucht – und nichts erfahren. Wie erklären Sie sich das, Inspector?«

Owens stand auf. Er nickte dem zweiten Polizeibeamten zu, um sicherzugehen, daß er keine weiteren Notizen machte.

»Ich weiß nicht, wovon Sie reden. Welche Leiche auf einer Bahre? Ich habe keine Männer nach Padgate Lodge geschickt. Sie können uns mit Geschichten kommen, soviel Sie wollen, aber Sie können sie nicht beweisen.«

»Ich kann Keith Steadman dazu bringen, zu beschwören, was Sie ihm erzählten. Und die Leiterin des Pflegeheims...«

Owens steckte seine Hände in die Taschen seiner Jakke. »Können Sie? Ich bin nicht sicher.«

Owens' Desinteresse wirkte fast wie körperlicher Gegendruck, aber Fellowes hielt stand.

»Ich unternehme Schritte mit meinem Anwalt...« Die Worte schienen kaum von Belang.

Der Inspector nickte. »Sie müssen tun, was Sie für richtig halten. Ich muß es auch.«

»Heißt das, Sie stehen unter Instruktionen von höherer Stelle?«

»Bitte, möchten Sie eine Tasse Tee?«

Fellowes stand voll Abscheu auf. »Nein. Da verbindet uns doch allzu wenig, denke ich, ganz zu schweigen davon, was die Suche nach der Wahrheit angeht.«

Den Polizeibeamten trieb es, Fellowes anzufauchen: »Ich denke, Sie gehen besser!«

Fellowes stürmte aus dem Gebäude, wild entschlossen, nie zurückzukehren. Erst draußen kam ihm zu Bewußtsein, daß Owens seine Fragen unbeantwortet gelassen hatte.

36

Als Fellowes zum Cottage zurückkehrte, lag ein weiterer Brief auf der Matte. Er hob ihn auf und erkannte das Gitter und den Stempel des Parlaments. Er las.

Sehr geehrter Mr. Fellowes,
danke für Ihren Brief vom 15. des Monats, in dem Sie mich bitten, Erkundigungen einzuziehen und Fragen im Parlament zu stellen, bezüglich des Farmhauses mit Namen Tan-y-graig *und der eingetragenen Firma* Secure Investments. *Ich verstehe selbstverständlich Ihre tiefe Besorgnis über die unerwartete Absentierung Ihrer Tochter, und sicher ist eine gewisse Verbindung zu den von Ihnen erwähnten Ereignissen zu sehen.*
Ich muß Ihnen jedoch mitteilen, daß ich diese ganze Angelegenheit im Innenministerium diskutiert habe und den Verteidigungsminister konsultierte, und in beiden Fällen bedeutete man mir, daß es zum gegenwärtigen Zeitpunkt im öffentlichen Interesse unangemessen wäre, weitere Nachforschungen anzustellen. Ich habe demgemäß beschlossen, die Angelegenheit jetzt nicht im Unterhaus zur Sprache zu bringen. Ich bewahre jedoch ein starkes Interesse an den von Ihnen genannten Vorgängen, und ich werde die Anliegen meiner Wähler, darunter selbstverständlich die Ihren, weiterhin mit großer Gründlichkeit bedenken.

Ich verbleibe mit den besten Wünschen für die kommende Zeit
Thomas Kelvin.

Verflucht! dachte Fellowes und zerknüllte den Brief. Vielleicht war auch dies eine Fälschung, wie die tunesische Postkarte und gar die Aufforderung des Ministeriums für Erziehung und Wissenschaft.

Wenn die Oberen Angst bekamen, schlossen sie gewiß die Reihen, um ihre Kraft zu bewahren, und er hörte fast die Gitter knirschen.

Man versuchte, ihn kaltzustellen, so sicher, wie man die Medien dirigiert hatte – und er fragte sich noch immer, warum?

»James?« Er hatte die Ellbogen auf den Tisch gestützt und berichtete seinem Sohn am Telefon von seinem Besuch bei Keith Steadman.

»Mein Gott, Dad. In was bist du da hineingeraten?«

»Ich weiß nicht. Ich habe keine Ahnung.« Diese schwarzen Geheimnisse entzogen sich noch immer seinem Zugriff. »Eine schreckliche Sache wird vertuscht.«

»Halt dich da raus! Es ist gefährlich.«

»Warum sagst du das?« Fellowes' Stimme klang verzerrt. »Wie können wir wirklich wissen, daß Sandie nicht einfach mit einem mysteriösen neuen Freund abgehauen ist?«

»Dad, ich kenne Sandie. Wir mußten miteinander auskommen, seit Mum starb. So was wie die Lücke füllen.«

Fellowes war dankbar für die Unterstützung. James mußte recht haben, natürlich, doch die nagenden Zweifel blieben.

»Woher wissen wir, daß sie nicht tot ist? Umgebracht wegen etwas, was sie zufällig sah oder hörte?«

»Bei Gott, hör endlich auf, Dad! Du hast diese Postkarte aus Tunis.«

»Ich weiß. Sie beunruhigt mich – dieser Grad des Betrugs.« Er hielt inne. »Hör zu, James – was immer passiert, mach dir meinetwegen keine Sorgen.«

Sein Sohn spürte die Nuance sofort. »Dad – was wirst du tun?«

»Nicht viel«, entgegnete er grimmig. Er würde keine Pläne durch das Telefon verraten, falls sie die Leitung abhörten. So etwas war Laurel passiert.

»Hör doch, Dad, was immer das ist, du kannst nicht allein dagegen kämpfen.«

Doch Fellowes hatte die Gesichter Sandies und Laurels deutlich vor Augen, und er verbannte jeden Gedanken an Geister. Die Wesen, die ihn manipulierten, waren real.

»Nur keine Sorgen«, sagte er. »Ich rufe dich in zwei Tagen an. Wenn du dann noch nichts von mir gehört hast, weißt du, was zu tun ist.«

»Aber Dad, du kannst keinem Menschen trauen. Um Himmels willen, warte. Was, zum Teufel, hast du vor?«

»Ich bin mir noch nicht sicher«, erklärte er. »Doch das Beste ist, ich mache es allein.«

37

Das stählerne Silber des Mondes verbarg sich zum größten Teil hinter einer Wolke, einer dichten Wolke wie aus schmutziger Baumwolle, als Fellowes in dieser Nacht nach *Tan-y-graig* zurückfuhr.

Sobald er *Pen-y-banc* erreicht hatte, stellte er den Wagen ab und ging zu Fuß, mit eben genug Licht, um von der glatten Straßenoberfläche und dem bleichen Mauerstein zu reflektieren. Doch bis zur ersten Sperre war es weiter, als er erwartet hatte, und er fragte sich, ob er zu vorsichtig gewesen war. Sicher würden sie in der Nacht nicht patrouillieren, da das Haus leer war. Doch dann bemerkte er das erleuchtete Häuschen hinter dem Tor: Sie mußten Strom von der Leitung geholt haben, die zur Farm geführt hatte. Auch am Tor brannten Lichter. Rote Warnlichter.

Fellowes hielt sich seitlich von der Straße, kletterte über eine Mauer und landete bis zu den Knien in Nesseln. Mehrere Zäune waren zu überwinden, ehe er die eigentliche Begrenzung der Farm erreichte.

Die Stille war unheimlich. Das gelegentliche Rufen eines Tieres, die langen Seufzer des Windes blieben die einzigen Laute, die das Schweigen störten.

Fellowes leuchtete vorsichtig mit der Taschenlampe, um sicherzugehen, ehe er über die letzte Mauer kletterte. Wenn sie ihn jetzt jagten, hatte er keine Chance.

Das Schneidewerkzeug war in seinem Anorak. Eine Gartenschere war es eigentlich nur, doch kräftig genug, wie er zu Gott betete, um durch das Drahtgeflecht zu dringen.

Er schob sich voran und stoppte; Kälte erfaßte seinen ganzen Körper. *Jetzt nicht zurück! Nicht aufgeben!*

Das *Tan-y-graig*-Haus mußte irgendwo dort drüben rechts stehen. Fellowes riskierte es erneut, mit der flachen Fahrradtaschenlampe zu leuchten.

Es stand nicht dort. Wo sich ein Gebäude erheben sollte, war eine schwarze Grube. Verdammt!

Es wurde zunehmend kalt, und ein scharfer Wind braute sich zusammen.

Langsam paßte Fellowes' Blick sich besser der Dunkelheit an, und in den Konturen formten sich vage wahrgenommene Gegenstände: eine alte Zink-Badewanne, verdreckt und voll Holz, die Betonpfosten für die Wäscheleine, die noch immer im Vorhof standen, die alte, noch intakte Hundehütte; doch das Haus selbst war weg. Verschwunden.

Fellowes schlich vorsichtig weiter. Nur keine Geräusche machen! Irgendwo dort hinten in der Dunkelheit bewachten Posten das Tor, bereit, *Tan-y-graig* zu verteidigen. Sicher gingen sie dabei nicht eben harmlos vor.

Alles war ruhig, und Fellowes bewegte sich wie ein Blinder über das Areal, bestrebt, durch den Hof zu kommen und vorsichtig die Scheunen zu erforschen, die noch standen, soweit er das erkennen konnte. Doch das alte Haus war von den zwei großen Bulldozern so plattgewalzt worden, daß er in ein Niemandsland stolperte. Schließlich entdeckte er, daß er auf der Fläche der früheren Erdgeschoßräume war. Hier war die zerstörte Haustür, und diese Kante halb verschütteten Metalls gehörte wohl zur früheren Heizung. Er stolperte über Mauerreste, die früher Küche und Spülküche getrennt haben mußten. Bei Gott, wie hatten sie gewütet!

Etwas war plötzlich sehr vertraut am Ende dieses Außenmauerwerks. Zwischen den zusammengestürzten Steinen entdeckte er die Konturen eines Bogens: er gehörte zu dem kleinen blauen Fenster, das Sandie zuerst bemerkt hatte. Die Stützen waren zerstört, es lag halb begraben im Schutt. Glasscherben, blau und weiß, erinnerten ihn daran, daß sie vergeblich über deren Sinn gerätselt hatten. Nichts war verschont geblieben.

Fellowes suchte mit der Taschenlampe, um den Fragmenten vielleicht Bedeutung abzugewinnen, doch es war hoffnungslos; sie waren irreparabel zerschmettert. Was immer hier der Mahnung gedient hatte, schien für immer dahin.

Während Fellowes Glasscherben entfernte, entdeckte er auf einmal deutlich Markierungen auf einem Stein. Er riskierte Licht und schob einigen Schutt fort, um den

Stein deutlicher zu sehen: das gleiche Militärkreuz und der gleiche Pfeil des Heeresministeriums wie auf Steadmans Grabstein.

Fellowes Mund wurde trocken; er hatte keine Hirngespinste, er war nicht in Phantasievorstellungen befangen, wie er hier im Dunkeln stand, wie er seine verlorene Tochter suchte. Böse Mächte mochten sich gegen ihn formiert haben, ihre Schwingen mächtig schlagend, doch er stand in *Tan-y-graig*, oder zumindest in dem, was von ihm übrig war, wohin er und Sandie gekommen waren. Hier lag der Anfang des Geheimnisses... hier mußte er suchen!

Stolpernd, schwitzend und fluchend bemühte Fellowes sich vergebens, den Gedenkstein freizuwuchten. Seine Fingernägel brachen ab, er riß sich die Hände auf und erinnerte sich schließlich an das Taschenmesser. Hektisch hantierte er damit in der Dunkelheit. Nichts schien jetzt zu zählen, außer der Befreiung dieses Steins. Dann bewegte er sich plötzlich, ja, er gab nach – und brach heraus. Fellowes' Herz klopfte zum Zerspringen. Aber es war nicht allein die Anstrengung, es war die Entdeckung: hinter dem Stein befand sich ein Safe – ein Versteck.

Er leuchtete mit der Taschenlampe hinein, legte seine Hand in die Höhlung und berührte etwas Hartes, Kaltes. Ein Metallkasten, eine kleine Dokumentenkassette, von Schmutz und Rost überzogen; die Außenwand mußte feucht gewesen sein. Er tastete wieder, suchte einen Schlüssel, aber es war nichts mehr da.

Die Kassette lag in seinen Händen, ein schwarzes Metallding von der Größe eines Backsteins, doch viel leichter. Als er es schüttelte, hörte er nichts aus dem Inneren. Papiere vielleicht, doch man würde das Schloß gewaltsam öffnen müssen. Er knipste schnell die Taschenlampe aus. Keine Geräusche, nur die des Windes. Der Mond schien fahl auf den Rücken des Berges.

Fellowes hatte plötzlich den Eindruck, den Sandie gehabt hatte – flüsternde Stimmen. Es durchlief ihn eiskalt.

Er schob die Kassette unter seinen Arm, eilte aus den Ruinen und sprang über die Mauerreste. War es erst zwei Wochen her, seit Sandie eben diesen Raum erforscht hatte, über das Durcheinander von Stühlen und Tischen und Teekisten geklettert war, um das Fenster zu finden?

Sandie, meine Sandie! Laß mich nicht verzweifeln, bleib mir nicht verloren! Der Gedanke an sie brachte ihn den Tränen nahe, doch die Kassette war ein bestimmtes Zeichen, eine Botschaft aus der Vergangenheit – mußte es sein, falls Steadman nicht verrückt gewesen war. In dieser Kassette lag das Geheimnis von *Tan-y-graig*.

Weg von hier! Sein Selbsterhaltungstrieb drang durch. Weg, solange du kannst!

Er lauschte wieder. Nichts. Nichts als das Pochen seines Herzens. Auf der anderen Seite des Grundstücks sah er die Konturen der alten Schuppen, eine schwarze Linie. Die Bulldozer hatten ihre rätselhafte Aufgabe vermutlich noch nicht beendet.

Dies war Sandies Ausblick gewesen, das hatte sie von ihrem hinteren Schlafzimmer gesehen, hinauf zum Hügel; die Schuppen waren an ihn gebaut, traten aus seiner Kulisse. Drei lange Schuppen mit schrägen, gewellten Dächern, nebeneinander gegen den Fels gelehnt, unbenutzt, verlassen mit der Farm.

Das hatte Fellowes wenigstens gedacht. Er sah jetzt in dem schwachen Mondlicht, daß ein Fahrzeug dort drüben gewesen war, denn der Pfad zu dem Schuppen rechts war flachgewalzt.

Sein Herz begann erneut zu rasen, als er hinüberstolperte, um nachzusehen, seine Hände im Schutt. Die Erde hier war aufgewühlt und rissig; er fühlte das Holz der Schuppentür und leuchtete wieder mit der Taschenlampe durch eine Ritze. Doch innen war nichts als leere Dunkelheit. Die Tür war gesichert durch schwere doppelte Vorhängeschlösser, die silbern glänzten. Er erkannte, daß sie neu waren.

Er wurde weniger vorsichtig. Noch gab es ein Geheimnis, doch es quälte ihn nicht länger: Er hielt den Schlüssel in der Hand.

Ehe er sich bewegen konnte, hörte er Geräusche – ein Auto – und er sah Scheinwerfer vom Tor her näherkommen. Ein Wagen der *Secure Investments*! Fellowes duckte sich, doch für eine knappe Sekunde mußten die Scheinwerferstrahlen ihn am Eingang des Schuppens getroffen haben.

Er hörte Bremsen kreischen, dann Wagentüren zuschlagen, dann laute Rufe; mindestens zwei Männer kamen ihm entgegen.

»Stopp! Halt! Stehenbleiben!«

Mist. Laß dich nicht von ihnen kriegen! Fellowes rannte los. Ein Drahtzaun zerrte an seiner Kleidung; die Lichter waren irgendwo hinter ihm, zuckten hin und her, fanden nicht ihr Ziel. Dann hörten die Rufe auf, und er fragte sich, wo er war und was er tun sollte: Sicherheitsleute bewachten dieses Gelände, und ihnen traute er gewiß nicht mehr.

Er hörte, wie der Wagen wieder gestartet wurde, die Scheinwerfer auf die Ruine *Tan-y-graig* gerichtet. Das Auto blieb einige Minuten stehen, forderte wahrscheinlich Verstärkung an. Er hatte sicher nicht viel Zeit.

Er rannte den Weg zurück, so schnell er konnte, die Kassette fest im Griff. Es war hoffnungslos, das gleiche Loch zu finden, und er entschied sich für eine zweite Stelle. Diesmal schien es viel schwerer; er spürte, wie entsetzlich müde er war, seine Hände wirkten unbeholfen, zitterten nervös, konnten kaum das Schneidewerkzeug halten. Doch er mußte es schaffen.

Verbissen sägte er mit dem stumpfen Stahl, und dann

hatte er es endlich geschafft! Ein schwaches Zip, der Draht zerschnitten, und schon war er durch und rannte zur Straße hinunter. Sein Wagen stand vor *Pen-y-banc*. Der Fluchtweg schien endlos. Seine Kräfte ließen nach. Aber er mußte weiter, vorwärts!

Dann sah er den Wagen, und sein Mut sank. Aus! Neben seinem Auto stand bereits ein Fahrzeug von *Secure Investments*. Sie hatten ihn gefunden.

Fellowes wandte sich unsicher ab. Was nun? Er fror, spürte Furcht und eine unerträgliche Verzweiflung. All die unerklärlichen Vorgänge zuckten durch sein Hirn: Steadman selbst, die Tarnmanöver der Polizei, der Maulkorb der Presse, die Verweigerung seines Parlamentsabgeordneten, der Brief vom Ministerium für Erziehung und die Karte von Sandie. Laurels Fernbleiben. Wer, das fragte er sich nun wohl zum unzähligsten Mal, steckte hinter alldem? Wer trieb solchen wahnsinnigen Aufwand, um ihn zu täuschen und auf die falsche Spur zu locken?

Fellowes hatte sein Tempo verlangsamt, sein Atem ging wieder ruhiger. *Was es auch ist, ich will es wissen! Ich will es herausfinden. Ich will die Wahrheit!*

Es war zu dunkel, um sie zu sehen, aber irgendwo unten im Tal würden die Bastarde die Straße sperren. Es gab für ihn keine Möglichkeit, an seinen Wagen zu kommen, ohne sich ihnen zu offenbaren. *Hilfe! Er mußte Hilfe suchen.* Doch es waren weitere sieben oder acht Meilen hinunter zum Ende des Tals und noch zwei bis zum Cottage; er wußte, er würde es querfeldein nicht schaffen.

Plötzlich fand er eine Art Pfad, der durch die Mitte verlief. Fellowes merkte, daß er über Eisenbahnschwellen stolperte, alt und angegriffen: das, was von der Schmalspurstrecke übrig war, die parallel zur Straße verlief. Schößlinge wuchsen aus ihnen, und die Schienen waren längst entfernt. Er stieß sich einen Zeh an einer Weiche, wo die Schienen verdoppelt waren, um ein Passieren zu ermöglichen. Dies würde als Fixierungspunkt dienen. Der Hebel konnte die Stelle markieren.

Fellowes trat die Erde unter einer der Schwellen nahe dem Griff fort und schob die Kassette darunter. Selbst, wenn man ihn faßte, würde niemand sie bekommen, falls er es nicht verriet.

Er wartete einige Augenblicke. Lauschte nach allen Seiten.

Das Ende der Strecke – das mußte gleichzeitig heißen, daß er nahe dem einzigen anderen Haus im Tal war, das von *Tan-y-graig* wußte. Das große Haus, in dem er Mr. Davies getroffen hatte. Der Pfad, den er durch die Bäume erreicht hatte, mußte die Straße gewesen sein, die direkt nach oben führte.

Er traute auch Davies nicht – er hatte über *Tan-y-graig* gelogen – doch die Wahrheit konnte aus ihm herausgeholt werden. Wenn irgend jemand tatsächlich von Sandie wußte, dann würde es Davies sein.

Fellowes fürchtete sich jetzt nicht mehr. Er war nur müde. Zu müde, um forsch weiterzugehen. So schleppte er sich langsam dem Haus entgegen.

Da waren die Torpfosten, endlich, noch immer mit der Notiz in ihrer Plastikhülle. *»Maesteg Railway Extension«* – *»Erweiterung der Maesteg-Eisenbahn«*. Wider Willen lächelte Fellowes. Was, zum Teufel, würden sie denken, wenn er in dieser Verfassung auftauchte, eine zerschrammte, hinkende Vogelscheuche?

Aber er war zu matt, um sich wirklich darum zu bekümmern. Hinter den Torpfosten begann der Rasen, über den er sich jetzt schleppte, einfach zu erschöpft, um dem Bogen des Pfads zu folgen. Drei Stufen – er schaffte sie kaum. Seine Hand zitterte, als er auf die Klingel drückte.

Es dauerte nicht lange, bis man ihm öffnete. Diesmal

war es wieder die junge Haushälterin. Sie schien kein bißchen erstaunt darüber zu sein, ihn zu sehen. Fast klang es, als hätte sie ihn erwartet, als sie sagte: »Da sind Sie ja! Bitte, kommen Sie herein!«

38

Fellowes wurde durch den hell erleuchteten Vorraum geführt. Das Mädchen sagte, es hieße Jane Morrisey und würde sich um das Haus kümmern. Dann stellte es fest: »Sie sehen ziemlich angegriffen aus.«

Fellowes gab keine Antwort darauf. Statt dessen platzte er mit der Frage heraus: »Wußten Sie, daß das *Tan-y-graig*-Haus zerstört wurde?«

»Man kann es von hier nicht sehen. Ich nehme an, es war nicht mehr sicher.«

Jane Morrisey führte ihn in die Küche und servierte ihm einen heißen, süßen Tee. Während Fellowes daran nippte, versuchte er, dieses ruhige, regelmäßige Gesicht einzuschätzen. Es gelang ihm nicht, ihre Miene war undurchdringlich.

Nach ein paar Minuten betrat ein Mann den Raum, den er auch bereits kannte. Es war derjenige, der ihn bei seinem letzten Besuch zu Mr. Davies geführt hatte. Argwohn spiegelte sich in seinen Augen, als er Fellowes musterte.

»Wo ist Mr. Davies?« fragte Fellowes, um das Schweigen zu durchbrechen.

»Nicht hier«, antwortete Jane Morrisey. »Er ist zu seinen Geschäften nach London gereist.« Sie schenkte ihm Tee nach und stellte dabei fest: »Es ist nicht sehr ratsam, über Hügel zu gehen, die man nicht kennt, nachts und ganz allein.«

Fellowes mußte ihr zustimmen.

»Möchten Sie etwas essen?«

Er schüttelte den Kopf. »Ich bin okay. Nur müde.« Spontan beschloß er, ihnen den harmlosen Wanderer vorzuspielen, bis er Davies zu fassen bekam, bis er dies alles klären konnte.

»Hören Sie«, sagte sie. »Wir können Sie heute nacht nicht gehen lassen.« Er überlegte die Implikationen dieses Satzes. »Aber wir stellen Ihnen gern ein Bett zur Verfügung.«

Fellowes versuchte zu entgegnen, das wäre nicht nötig, er bräuchte nur ein Taxi zu rufen, aber davon wollten sie beide nichts wissen.

»Oh, bitte. Sie müssen bleiben. Sie brauchen ein Bad und Ruhe.« Seine Hand war aufgerissen und blutete, und sie gab ein Pflaster darauf. »Es wäre töricht, zu gehen.«

»Seien Sie unser Gast«, bekräftigte nun auch der Mann.

Fellowes ließ sich von ihnen überreden, halb hoffnungsvoll, halb angsterfüllt; er dachte daran, sie zu bitten, ihn James anrufen zu lasen, dann entschied er sich dagegen. Er wollte keinen Verdacht wecken.

Der Mann führte ihn nach oben.

»Wie lange sind Sie schon hier?« versuchte Fellowes mit ihm ins Gespräch zu kommen. »Ab und zu«, sagte der Mann und öffnete mehrere Türen. »Badezimmer hier, Schlafzimmer nebenan.« Er legte Handtücher und einen Pyjama hin. Dann fügte er hinzu: »Schön, wenn man wieder mal ein neues Gesicht sieht. Wird ein bißchen einsam hier.« Aber näher äußerte er sich nicht.

Fellowes ging als erstes unter die Dusche. Das heiße Wasser drang in seine Poren, nahm Schmerzen und Spannung. Es war ein großes, altes Badezimmer mit Mahagoni und Messinghähnen, nicht modernisiert. Es zog unter der Tür durch, und wenn er die Hähne zudrehte, konnte er unten Geräusche hören. Autotüren, Stimmen, aber er konnte nicht exakt unterscheiden. Als er das Bad verließ, war der Gang leer. Er dachte daran, weiterzupirschen, beschloß aber, nichts zu riskieren, ehe er mehr wußte.

Also zog er den Pyjama an und ging ins Schlafzimmer zurück, einen Raum mit cremefarbener Täfelung und harmlos lieblichen Bildern: zwei Liebende, im Sand spazierend, Vögel über einem Felsen kreisend, belanglose viktorianische Produkte. Neu schienen lediglich das kleine Radio, ein Bücherregal mit Paperbacks und eine Digitaluhr, die eine halbe Stunde nach Mitternacht zeigte.

Fellowes lag kaum im Bett, als er Schritte durch den Gang huschen hörte. Dann drehte sich der Schlüssel im Schloß. Sofort sprang er auf und drückte den Griff. Verschlossen. Sie hatten ihn zu einem Gefangenen gemacht.

Sachte, dachte er. Laß sie dich nicht kriegen.

Die Zeit würde auf seiner Seite sein; die Zeit und ein sonderbar scharfes Bewußtsein, daß es genau dies war, was Sandie erlebt hatte. Irgendwie hatte man sie als Geisel genommen, vielleicht sogar hierhergebracht. Er begann, den Raum zu erforschen, prüfte die verschlossene Tür und das einzige Fenster, ungefähr sechs Meter über dem Boden draußen. Schwierig, aber nicht unmöglich, doch so wollte er nicht verschwinden, *noch* nicht jedenfalls. Vielleicht erwarteten sie es von ihm, und dann würden sie mit einer Art Empfangskomitee unten warten.

Nein, er mußte anders handeln, als sie es erwarteten. Also untersuchte er das Schlafzimmer: ein leerer Kleiderschrank, ein großes, schweres Eichenungetüm mit Schnitzereien, der für das Haus angefertigt schien, eine nichtssagende Kommode voller Decken, ein Regal mit Büchern und ein Stapel alter Zeitungen...

Es gab Zeiten, zu denen man aufgeben mußte. Die Wogen der Erschöpfung brachen über Peter Fellowes zusammen.

Als er aufwachte, war die Tür noch immer verschlossen. Er war hungrig, und sie mußten gehört haben, wie er am Griff rüttelte, denn nach wenigen Minuten erschien der Mann und brachte ein Frühstückstablett. Doch er war nicht allein, mit ihm kam ein zweiter, stämmiger Mann.

»Ich will ins Bad«, sagte Fellowes.

»Das geht okay, wenn Sie sich anständig benehmen.«

»Hören Sie, was soll das Ganze?« herrschte Fellowes ihn an.

Der Mann schüttelte den Kopf und erwiderte höflich: »Tut mir leid, ich darf das nicht diskutieren.«

»Diskutieren? Was denn, um Gottes willen?«

»Nichts. Wir sind nicht befugt, darüber zu reden.«

Fellowes seufzte auf. So kam er nicht weiter. Sie schienen ihm nichts tun zu wollen, sie drohten ihm nicht mal; es war einfach so, daß er dort bleiben mußte.

»Wie lange?« fragte er knapp.

Der Mann zuckte die Schultern. »Ein paar Tage, das ist alles.«

»Das ist alles? Wozu, zum Teufel? Was ist das für ein Haus?«

»Nicht gestattet, darüber zu sprechen«, war die Antwort.

Fellowes starrte die beiden Männer an, aber sie mieden einfach seinen Blick, wichen ihm aus.

Als er im Badezimmer war, stellte er sich auf den Toilettendeckel und blickte hinaus durch den Aufsatz des Mattglasfensters. Hinter dem Haus erstreckte sich ein langer, ungepflegter Garten zu einem Pavillon und verlor sich dann in Wildnis. Konnte er dorthin unbemerkt gelangen? Er überlegte und versuchte, alle Risiken einzukalkulieren. Nein, es war unmöglich. Sein Gefängnis war sicher, ausbruchsicher.

Er wusch sich und ging dann zurück in das Zimmer um sein Frühstück zu essen: zwei gekochte Eier, Toast und

Kaffee. Danach fühlte er sich erheblich besser. Als die zwei jungen Männer wiederkamen, um das Tablett zu holen, sagte Fellowes:

»Hören Sie, ich möchte gern telefonieren. Bescheid sagen, daß ich okay bin.«

»Sie bleiben, wo Sie sind.«

»Wer hat in diesem Haus die Verantwortung? Ich will Miss Morrisey sprechen.«

Doch sie ignorierten ihn einfach und schlossen die Tür ab.

Nichts war schlimmer als Untätigkeit. Fellowes betrachtete das Fenster, taxierte das lange Stück hinunter zu den Bäumen, und ihm wurde erneut klar, daß eine Flucht hoffnungslos war. Wie als Mahnung, daß er bleiben sollte, wo er war, erschien einer der Männer unten auf dem Kies, um Luft zu schnappen. Klar war einzig und allein, daß sie keine Sadisten waren, nicht den Job hatten, ihn körperlich zu quälen. Er war lediglich ein Gefangener, weil sie glaubten, daß er etwas wußte oder gesehen hatte oder entdecken könnte. Er begann, durch das Zimmer zu wandern. Zehn Schritte hin, zehn zurück.

Es machte ihn krank, dieses Gefühl der absoluten Hilflosigkeit. Aus seiner Not heraus versuchte er wieder einmal, die Möglichkeiten aufzureihen, weshalb eine Horde von Verrückten das Tal kontrollieren wollte:

Nun, da war ein Tunnel, irgendwo unter dem Hügel, laut Hopkins während des Krieges genutzt, um Schätze des Britischen Museums zu verbergen. Die kleine Eisenbahn war für den Transport gebaut worden. Vielleicht war noch etwas da, doch warum zerstörte man dann das Farmhaus? Hatte es einen schrecklichen Unfall gegeben? Oder war später eine tödliche Gefahr entstanden – ein Leck, etwas mit chemischen Waffen oder radioaktivem Abfall?

Es brachte Fellowes immer mehr auf, so gegen seinen

Willen festgehalten zu werden. Menschen verschwanden, wenn sie in Kontakt zu *Tan-y-graig* kamen.

In seiner Vorstellung war das Haus verhext durch das Gesicht der alten Frau, Maud Steadman, die durch einen letzten Drang dorthin gezogen worden war. Laurel hatte das verstanden. Laurel, die angedeutet hatte, sie hätte ein großes Geheimnis entdeckt, und dann nicht wiedergekommen war.

Über den Tag, wenn sie ihm schweigend die Mahlzeiten brachten, schwor Fellowes sich jedesmal, daß er es ihnen heimzahlen würde. Und dann würde er nicht zimperlich sein!

Sie hatten ihn in einen dieser kargen Räume eingesperrt, die sonst als Abstellkammer dienten. Auf dem Fenstersims stand eine abgestorbene Topfpflanze, auf dem Fußboden lagen verstreut irgendwelche Papierschnipsel. In den Ecken sammelte sich Staub, die meisten Bücher in den Regalen waren zerknittert. Unter den Autoren waren so bekannte Namen wie Jack Higgins, Desmond Bagley, Mary Higgins Clark und Scott Fitzgerald.

Fellowes hielt plötzlich inne. »*Zärtlich ist die Nacht*«, las er einen Titel vor. Wo hatte er dieses Buch schon mal gesehen? Bei Sandie, natürlich. Sandie hatte darin gelesen und ihn gefragt, was er davon hielt, als sie mit dem Wagen hergefahren waren.

Er hielt krampfhaft die Tränen der Frustration zurück, als er das Buch herausnahm. Bedeutete das, daß sie es bei sich gehabt hatte, hieß das, daß es ihr Buch war? Fellowes konnte es kaum ertragen. Es mochte reiner Zufall sein, daß er dasselbe Buch hier fand. Doch es versetzte ihm einen Stich hilflosen Schmerzes...

Mit einem gequälten Seufzer schob er das Buch wieder an seinen Platz – und während er das tat, bemerkte er etwas dahinter. Was war das? Er holte es hervor und drehte es um: ein Oval, blauer Quarz auf billigem Kupfer.

Einen Augenblick lang konnte Fellowes sich nicht erinnern, wo er so etwas schon gesehen hatte. Aber dann fiel es ihm ein. Sandie hatte es auf dem Boden gefunden, im Zimmer der alten Frau, und sie hatte es auf ihren Nachttisch gelegt, als er kam, um ihr gute Nacht zu wünschen.

Eine gewaltige Woge der Erleichterung überschwemmte Peter Fellowes. Gott sei Dank! Gott sei Dank, sie war hier gewesen, jetzt hatte er den Beweis. Ein wichtiges Teil in dem Puzzle. Wer immer Mr. Davies und die anderen hier im Haus auch waren, Sicherheitsleute oder Agenten, er war in eine Entführung verwikkelt.

Fellowes steckte die Brosche in seine Tasche. Als sie ihm sein Abendessen brachten, Suppe, Eier mit Speck und Pfirsiche aus der Dose, fanden sie ihn überraschend kooperativ, ja, entspannt. Er schien in sein Schicksal ergeben und hatte endlich aufgehört, ihnen lästige Fragen zu stellen, die sie ihm doch nicht beantworten konnten.

39

Als es ganz dunkel war, teilte Fellowes mit, er wolle baden; und er stieg aus dem Badezimmerfenster, während das Wasser lief. Das Ablaufrohr riß unter seinen Händen und schien an der Wand zu vibrieren, doch die Eisenrohre hielten. Beim Abstieg hatte er sich die Handflächen aufgerissen, aber sonst war er unversehrt, als er zu dem Pavillon rannte.

Bäume ragten auf, der Mond schien in dieser Nacht stärker, von diamantklaren, eiskalt glänzenden Sternen umgeben. Fellowes rannte durch die Wildnis. Schließlich kam er zu einer Mauer am Ende des Gartens. Nur drei Leute befanden sich im Haus, und sie würden ihre

Schwierigkeiten haben, ihn zu finden, sobald er auf den Feldern war.

Etwas Anlauf, ein Ruck – und er war hinüber. Frei! Welch ein Gefühl! Fellowes lief den Hügel hinunter, rannte in die Richtung der Straße. Er hatte jetzt keine Zeit, die Kassette zu holen, doch die mußte eigentlich sicher genug sein.

Er mußte einen Moment anhalten, Luft holen, neue Energie tanken. Er mußte nachdenken, trotz des Schmerzes. Ängstlich lauschte er in die Umgebung. Aber da waren keine Geräusche von Verfolgern. Fellowes fragte sich, ob sie schon bemerkt hatten, daß das Wasser oben im Bad unablässig lief.

Großer Gott, es war kalt! Eine tiefe, lähmende, frostige Kälte. Seine Kleidung war viel zu dünn für dieses Wetter, der Pullover bot keinen Schutz gegen die eisige Luft. Er begann zu frösteln und rannte weiter.

Endlich erreichte er die Straße, und er verlangsamte erschöpft zu einem Schrittempo, bereit, sich bei dem leisesten Geräusch eines Fahrzeugs erneut zu ducken. Aber es blieb geradezu unheimlich still. Er eilte an der Reihe Cottages neben der Schaffarm vorbei, doch selbst die Hunde waren ruhig. Die Telefonzelle tat es noch immer nicht.

Fellowes spürte, wie er dieses einsame Tal haßte. Eine weiße Eisdecke lag auf den Mauern, ein Frostfilm überzog die Straße, und er brauchte eine weitere Stunde, um an der Straße beim See eine Telefonzelle zu erreichen, die funktionierte.

Nicht nachlassen! Nicht aufgeben!

Irgendwie mußte er eine Nachricht durchbekommen. Er fand ein paar Münzen in seiner Tasche und wählte mit klammen Fingern die Nummer von James.

Das Telefon klingelte endlos, doch James mußte da sein. Wahrscheinlich schlief er tief und fest.

»Ja?« kam es endlich schlaftrunken.

Fellowes fror mittlerweile so, daß er kaum sprechen konnte, und er stammelte seinen Bericht über einen Mann namens Davies, ein Quartier in Wales und ein Haus, in dem man ihn gefangengehalten hatte. Außerdem erzählte er ihm von seinem Besuch in *Tan-y-graig* und von der Kassette, die er gefunden und versteckt hatte.

»Ruhig, Dad. Bist du okay?«

»Ja.« Doch Fellowes' Zähne schlugen aufeinander, und Erschöpfung verzerrte seine Worte: »Sie suchen mich«, stieß er hervor. »Sie suchen mich.«

»Wer, Dad, wer sucht dich?«

»Ich weiß nicht... ich weiß nicht! Aber sie hatten Sandie in diesem Haus.«

»Geh zur Polizei«, riet James. »Geh zur Polizei.«

Fellowes schüttelte den Kopf. »Ich kann nicht. Ich kann keinem mehr trauen. Alle haben mich belogen, auch Inspector Owens.«

»Was behauptest du da?« Als James stärker zu sich kam, versuchte er, die Dinge geordnet zu sehen. Entweder wurde sein Vater wirklich langsam verrückt, oder es gab tatsächlich Geheimnisse in der Gegend. Geheimnisse, die schuld daran waren, daß man Sandie zum Schweigen gebracht hatte. In diesem Fall mußte die Welt davon erfahren. Und es ging nicht um die *Tan-y-graig*-Leute, die auf eine Art beteiligt waren, sondern um Scotland Yard und andere handlungsfähige Stellen. Sein Vater klang verzweifelt. Er brauchte Beistand, vielleicht auch medizinische Hilfe.

»Versuch einen Notruf, um Gottes willen. Du mußt, Dad! Gib dich nicht mit den Leuten der Gegend ab. Es wird eine zentrale Kontrollstelle geben. Sag ihnen, wo du bist, bring sie dazu, eine Ambulanz zu schicken. Ich komme direkt nach Wales. Hörst du mich, Dad? Hörst du mich?«

Fellowes war zu erschöpft, um ganz zu folgen.

»Ich höre dich«, sagte er und schwankte, als er den Hörer aus der Hand legte.

Er blieb in der Zelle, halb erfroren und unfähig, sich zu regen, unfähig, klar zu denken, bestrahlt von dem gelben Licht. Doch es war besser als die Dunkelheit draußen. Das Licht eines einsamen Wagens auf der Straße traf ihn nur kurz.

Er wählte die Notrufnummer 999.

»Welchen Dienst wünschen Sie?«

»Ambulanz«, antwortete er, und als die ruhige Stimme fragte, was geschehen war, murmelte er etwas von einer illegalen Gefangenschaft in einem obskuren Haus auf dem Land und seiner verschwundenen Tochter und etwas in einer Kassette. Er wirkte betrunken.

Die Frau hatte solche Fälle zigfach erlebt. Doch sie blieb freundlich und verbindlich.

»Warten Sie dort«, bat sie. »Wir kommen.«

40

Fellowes hielt aus, hauchte warmen Atem in seine Hände und stampfte mit den Füßen auf, um die Zirkulation in Gang zu halten. Ein paarmal war er versucht, wegzurennen und irgendwo Unterschlupf zu finden. Aber er zwang sich dazu, auf die medizinische Hilfe zu warten. Allerdings fragte er sich, weshalb zum Teufel sie so lange brauchten!

Draußen breitete sich Frost wie Schnee über das Gras, die Straße und das trübe Glas der Zelle.

Er blickte auf das Wasser des Sees und dachte wieder an Sandie. Er wußte, daß sie nie solche Nächte im Freien hätte überleben können. Dann dachte er an

Laurel, fragte sich, warum sie nicht zurückgekommen war.

Trau niemandem! mahnte seine innere Stimme.

Fellowes versuchte, die Minuten zu zählen, doch noch immer zeigte sich kein Fahrzeug. Er rieb sich die Arme, um sich warm zu halten. Die verlassene Straße verlor sich in der Dunkelheit, gesäumt von Büschen, weiß vom Frost und still.

Endlich hörte er einen Motor, lange, ehe er die Lichter in der Ferne wandern sah, als suchten sie etwas. Er spürte den plötzlichen Drang, wieder loszurennen und zu fliehen, aber da war es zu spät. Der Polizeiwagen suchte ihn, erfaßte ihn mit seinen Scheinwerfern und stoppte, Blaulicht auf dem Dach.

»Ich warte auf eine Ambulanz«, stotterte Fellowes. Panik glomm in seinen Augen. War jetzt alles umsonst? All die Anstrengungen der letzten Stunden – für nichts?

Der junge Polizist nahm ihn am Arm. Er trug einen schweren, hochgeknöpften Mantel und spürte, wie der andere vor Kälte zitterte.

»Keine Sorge, wir bringen Sie nach Hause.«

Fellowes schleppte sich auf starren Füßen zum Wagen und erkannte einen zweiten Mann auf dem Beifahrersitz.

»Bitte, steigen Sie ein«, sagte Chief Inspector Wishart.

Der junge Polizist öffnete eine Thermosflasche mit heißem Kaffee.

»Hier. Trinken Sie. Wird Ihnen guttun.«

Fellowes spürte, wie der Kaffee seine Kehle wärmte, dann seine Hände und seinen ganzen Körper. Endlich wurde das Zittern etwas weniger, und Wishart sagte: »Sachte, sachte. Sagen Sie uns einfach, was geschehen ist.«

Fellowes trank den Kaffee dankbar aus und zog die

Quarzbrosche aus seiner Tasche. Er wußte selbst nicht so genau, weshalb, aber er vertraute Wishart.

»Sehen Sie das? Das Davies-Haus ist mehr als ein regionales Büro. Und *Tan-y-graig* gehört einem *MoD*-Tarnunternehmen namens *Secure Investments*; das sind die Leute, die es umzäunt haben. Ich vermute, sie besitzen auch das Davies-Haus. Es ist schließlich das einzige andere Haus in der Nähe.«

Wishart prüfte die Brosche sorgfältig, dann gab er sie zurück. »Und was, meinen Sie, beweist das?«

»Beweist?« Fellowes starrte hinaus in die Nacht. Der schwere Frost hatte die Landschaft in ein unheimliches Feenland verwandelt. »Beweist? Ich kann noch gar nichts beweisen, doch die Leute im Davies-Haus haben mich vierundzwanzig Stunden dort gefangengehalten.« Er bemerkte, daß der Wagen wieder von der Seestraße abbog.

»He – wohin fahren wir? Das ist nicht die Straße nach Maesteg.« Die Dunkelheit, die Kälte, die weißen Hecken verwirrten ihn; er schien das Negativ eines Films zu sehen.

Wishart lächelte. »Bitte, machen Sie sich keine Sorgen. Wir haben den Notruf aufgefangen und sagten, wir würden Sie holen.« Er hielt sich am Riemen fest, als der Wagen um eine Ecke schwenkte.

»Das ist die Straße zurück nach *Tan-y-graig*.«

»Ich weiß. Ich will Ihnen nur etwas zeigen. Etwas, das helfen wird, die Dinge zu erklären.«

Die Wärme war in seinen Körper zurückgekehrt, und dabei wuchs sein Argwohn. Wie kam es, daß sie um diese Zeit im Dienst waren und ihn abholen konnten?

»Erklären?« Die Geister kehrten in seinen Kopf zurück. Etwas Entsetzliches hatte Sandie überwältigt. »Wer sind Sie? Welches Spiel wird hier gespielt?«

Wishart zückte einen Ausweis mit Foto und wandte

ihm sein Gesicht zu. »Sie werden sich bald viel besser fühlen.«

Fellowes' Stimme war ruhig, aber mörderisch. »Warum fahren wir zurück?«

»Um Ihnen etwas zu zeigen.«

»Um mir was zu zeigen?« Fellowes hatte das Gefühl, die Beherrschung zu verlieren, die er sich so mühsam bewahrt hätte. Er deutete in die Richtung, in der er das Davies-Haus vermutete. »Was, zum Teufel, geht dort oben vor sich? Hören Sie: Ich schwöre, dort war meine Tochter eingesperrt.«

»Eingesperrt, Mr. Fellowes? Haben Sie irgendeinen Beweis, der ein Gericht überzeugen könnte? Ich habe nur Ihr Wort zu dieser Brosche.«

»Sie hat vorher dort in *Tan-y-graig* gelegen. Ich habe sie gesehen. Ich schwöre es!« Die Worte kamen stammelnd. Trieb Wishart auch ein falsches Spiel? Hatte er sich in ihm getäuscht?

Wishart hörte den Motor langsamer werden und sagte »Weiter« zu dem Fahrer. »Keine Sorge. Wenn irgend etwas dran ist an dem, was Sie sagen, werden wir die Sache genau prüfen. Vielleicht brauchen wir einen Durchsuchungsbefehl, aber das ist überhaupt kein Problem.«

Fellowes fand, sie handelten wie Hyänen; Automaten, die von Mächten außerhalb seines Begriffsvermögens gesteuert wurden.

»Ich will *jetzt* eine Hausdurchsuchung!« forderte er aufgebracht. »Worauf warten Sie eigentlich?«

Pen-y-banc huschte in der Kälte vorbei, verlassen, tot.

»Ich gebe Bescheid«, versprach der Kriminalbeamte. »Sehen Sie, da vorne!«

Als sie aus der Kurve kamen, deutete er durch die Windschutzscheibe, und Fellowes erkannte helle Lichter. Scheinwerfer. Der Drahtverhau um *Tan-y-graig* war offen, Männer schwärmten hin und her. Zwanzig oder dreißig Soldaten schätzte er, dazu eine Handvoll Polizisten. Sie stampften über das gefrorene Gras, und ihr Atem wehte hoch wie Rauch.

Fellowes schwieg gebannt. Es hatte ihm die Sprache verschlagen.

»Ist Ihnen besser?« fragte Wishart nach einer Weile.

»Schlechter«, kam die knappe Antwort.

»Viel schlechter.«

Der Polizeiwagen stoppte; einer der Soldaten hatte gewunken.

»Tut mir leid, Sir. Ende. Niemand darf hier weiter...«

Der Polizist saß ruhig hinter dem Steuer; der Motor lief.

»Ich würde ihn ausschalten, wenn ich Sie wäre, Sir.«

»Okay«, willigte Wishart ein.

Der Soldat trug Tarnkleidung, sein Gesicht war mit schwarzen und grünen Streifen unkenntlich gemacht. Wishart warf einen Blick auf seine Armbanduhr.

»Wie lange?« wollte er dann wissen.

»Eben rechtzeitig. Nur noch zehn Minuten.«

»Zehn Minuten bis was?« schrie Fellowes, von einer schrecklichen Angst ergriffen. Hatten sie Sandie auf dem Hügel gefunden? War sie – tot?

»Keine Sorge«, drängte Wishart. »Warten Sie.«

Es kam ihm vor wie eine Ewigkeit, hier zu sitzen, während die Soldaten hektisch hin und her liefen. Acht Minuten, sieben, sechs... Wie ein Film lief die Vergangenheit noch einmal vor ihm ab. Er fühlte sich wie ein Schiffbrüchiger in den letzten Momenten vor dem Ertrinken.

Die Bilder der Vergangenheit begannen bei Stella, die Sandie auf den Armen hielt, dann die lange Kindheit, im Rückblick nicht mehr als kurze Sommer, Augenblicke des Glücks, ehe sie zu einem Schulmädchen mit krausem Haar heranwuchs und im nächsten Moment zu einer jungen Frau.

»Fünf Sekunden. Vier. Drei«, zählte Wishart. »Legen Sie die Hände auf die Ohren.«

Ein mächtiges Licht flackerte auf den Hügeln, ein plötzlicher, kurzer Blitz, gefolgt von einem donnernden Geräusch, ein begrenztes, Schauer auslösendes Dröhnen, eine Schallmauerexplosion, die einige der Lichter ausblies. Im Wagen sitzend, spürten sie den Hügel beben, als würde der ganze Brocken, der *Tan-y-graig* hieß, sich selbst zerreißen. Dann war es vorbei, zurück blieb eine unnatürliche Stille.

Es dauerte noch ziemlich lange, bis die Soldaten, die neben ihren Fahrzeugen gekauert hatten, wieder auftauchten und begannen, sich zu entspannen; sie unterhielten sich und machten derbe Scherze.

Einige der Lichter flammten erneut auf. Ein Offizier kam heran, ein automatisches Gewehr wiegend.

»Das wär's«, meinte er und grinste zufrieden. »Kein Rauch. Keine Flammen. Nur ein höllischer Knall. Ich wäre nicht gern dort drin gewesen.«

41

Einen Augenblick waren sie wie betäubt. Die Explosion war so heftig gewesen, daß sie im Kopf immer weiter zu hallen schien. Niemand schien gedrängt, etwas zu sagen, als ließe sich dieses Ereignis nicht in Worte fassen.

Wishart faßte sich als erster. »Das war's. Das war der Grund für die Geheimhaltung.« Er stieß einen Seufzer der Erleichterung aus. »Tut mir leid...«

Fellowes schüttelte den Kopf, noch immer ein Dröhnen in den Ohren. »Was meinen Sie?« Er sah jetzt andere Polizisten herankommen; einer von ihnen war Owens.

»Eine gewaltige Munitionshalde aus dem letzten

Krieg, äußerst empfindlich und unsicher«, erklärte Wishart.

Fellowes war heiser vor Bestürzung, seine Stimme ein trockenes Flüstern. »Das bringt Sandie nicht zurück...«

»Ich weiß wohl...«

»Und es erklärt ebenfalls nicht, was mit dem Davies-Haus ist, oder warum Leute versuchten, mir Angst einzujagen.« Die Zweifel kehrten rasch zurück.

Owens kam und salutierte. Seine kleinen runden Augen starrten Fellowes abfällig an.

»Oh. Sie haben sich also entschlossen, ihn zu verhaften?«

»Nein«, entgegnete Wishart. »Nicht ganz.« Er tippte Fellowes gegen den Ellbogen. »Kommen Sie. Wir bringen Sie jetzt nach Hause. Ich dachte, Sie würden gern den Grund für all die Geheimhaltung wissen.«

Sie stiegen wieder in den Wagen. Die Sprengtruppe begann mit den Aufräumarbeiten.

»Los. Zurück nach Maesteg«, befahl Wishart.

»In Gottes Namen, was ist mit Sandie passiert?« murmelte Fellowes. Pure Verzweiflung lag in seiner Stimme.

Wishart lehnte sich zurück. »Was passierte mit dieser Kassette?«

»Kassette?« Einen Augenblick reagierte er nicht.

»Die Dokumenten-Kassette. Sie sagten, Sie hätten eine Kassette gefunden.«

Fellowes wußte jetzt sicher, daß er ihnen nicht trauen konnte. Sicher, sie wollten handeln, die Kassette gegen Sandie... Information... oder – Hoffnung wider Willen – Sandie selbst.

»Sagen Sie mir, was mit Sandie passiert ist!« verlangte er.

»Die Kassette. Erst die Kassette. Bitte.«

Fellowes kämpfte dagegen an, sie preiszugeben. »Sie ist uninteressant«, wehrte er ab. »Nur ein altes Metallding. Wozu wollen Sie sie überhaupt? Ich will eine sofortige Durchsuchung des Davies-Hauses. Sie sagten, Sie bekommen einen Durchsuchungsbefehl. Es ist meine Tochter, die zählt.«

Der Wagen glitt an *Pen-y-banc* vorbei; dort sah er weitere Polizeifahrzeuge und bewaffnete Polizisten, die die Straße sperrten. Sein Argwohn stieg, während der Schock der Explosion wich.

»Weiter! Finden Sie meine Tochter.«

Wisharts Gesicht wirkte jetzt weniger geduldig, sondern fast bedrohlich.

»Hören Sie, soweit ich weiß, bekamen Sie eine Postkarte aus Tunis von Ihrer Tochter. Wenn Sandie mit einem Freund davonlaufen will – sie ist alt genug, um zu wissen, was sie tut.«

»Ich glaube etwas ganz anderes«, tobte Fellowes.

»Seien Sie still!« Wisharts Ton war kalt. »Ihr eigenes Verhalten ist zu kritisieren. Zunächst einmal, warum kamen Sie mit ihr hierher? Warum? Was haben Sie mit ihr gemacht? Auch das ist eine legitime Frage. Und warum drangen Sie ein in *Tan-y-graig*?«

»Ich wurde gegen meinen Willen festgehalten«, schrie er zurück. »Ich war Gefangener in diesem Haus dort oben.« Er zitterte erneut vor Hilflosigkeit und blinder Wut. »Und dort hielten sie auch meine Tochter fest. Ein Buch von ihr steht im Regal, mein Gott. Sie stecken alle unter einer Decke.«

»Machen Sie sich nicht lächerlich! Ein Buch und eine billige Brosche sind doch keine Beweise.«

»Lügner«, stieß er verächtlich hervor.

Wishart wurde immer erboster. »Das ist eine sehr ernsthafte Anklage.«

»Bastarde. Sie alle.« Fellowes verlor die Kontrolle. Der Wagen glitt vorbei an den verbarrikadierten Häusern, der Schaffarm, der defekten Telefonzelle, die er als Orientierungspunkt verwendet hatte. Er wünschte, das alles würde verschwinden, wie ein Alptraum beim Erwachen.

Wisharts Stimme schaltete wieder auf Vernunft.

»Sie machen es sich selbst sehr schwer.« Seine Hand wischte Kondenswasser vom Fenster. »Sehr schwer. Wir könnten Sie drankriegen wegen Besitzstörung und Diebstahl, nach Ihrem eigenen Eingeständnis...«

»Versuchen Sie's. Na los!«

»Hören Sie, ich will Ihnen helfen. Wir wollen, daß Sie kooperieren. Weshalb, glauben Sie, brachte ich Sie hierher?« Wishart schüttelte den Kopf. »Um Himmels willen, seien Sie kein Narr! Sie haben sich dort auf dem Berg übernommen. Schlecht vorbereitet. Alles, was Sie tun müssen, ist, uns zu sagen, wo diese Kassette ist, und ich bringe Sie zur Überprüfung. Wir besorgen Ihnen ein Privatzimmer. Dort schlafen Sie sich richtig aus und nehmen ein schönes Bad. Mann, Sie sehen mächtig mitgenommen aus. Gehen Sie einfach zurück nach Maesteg, bitte, und überlassen Sie mir den Rest.«

Zum zweiten Mal hatte Fellowes das Gefühl, in Gewahrsam zu sein, ein Gefangener im Wagen. Und er wußte, daß er fort mußte. Sofort...

»Ich muß ein Leck haben«, sagte er. »Dieser Kaffee. Ich habe zuviel getrunken, als mir kalt war.«

»Warten Sie ein bißchen.«

»Nein. Es geht nicht...«

»Na gut. Fahren Sie ran«, befahl Wishart.

Der Wagen stoppte nahe einer Mauer, die mit eisigen Kristallen bedeckt war. Wenn er nur drüberspringen könnte, rennen...

»Steigen Sie aus«, sagte Wishart. Aber als Fellowes das tat, kam Wishart mit ihm. Keine Chance zu fliehen! Die Kontrolle war perfekt.

»Zurück«, verlangte Wishart anschließend. »Wir fahren weiter.«

Der Wagen setzte sich in Bewegung, die Geschwindigkeit nahm zu – und da stürzte Fellowes sich auf das Lenkrad, über den Rücken des Fahrers, zwischen den Sitzen.

»Großer Gott! Vorsicht! Was tun Sie denn da?«

Fellowes zerrte am Steuerrad, riß es nach rechts, und der Wagen brach mit kreischenden Bremsen über die Straße. Wishart und Fellowes sausten nach vorn, doch Fellowes wurde aufgefangen durch den Polizisten am Steuer. Wisharts Schädel stieß mit dem des Fahrers zusammen, aber Fellowes nahm sich nicht die Zeit, sich darum zu kümmern. Als der Wagen auf die Mauer gegenüber prallte, öffnete er die Tür neben sich und warf sich seitlich hinaus.

Jemand brüllte, Schmerzensschreie drangen durch die Nacht, doch Fellowes sah nicht hin, wartete nicht. Zum zweiten Mal in dieser Nacht floh er ins Ungewisse...

42

Die Lichter des Wagens waren bei dem Aufprall erloschen, und so umfing ihn die Schwärze der Nacht. Fellowes kletterte über Tore und Zäune, ein schwächender und schwieriger Prozeß, nur mit dem Gedanken, fortzukommen. Die Entfernung, die er zurücklegte, ließ sich unmöglich schätzen; jede Meile schien wie hundert Meilen in der frostigen Dunkelheit. Er wußte, daß er eigentlich eine geschützte Stelle brauchte, doch fürchtete er, sie würden ihn finden, wenn er Halt machte. Sie würden jetzt richtig heiß auf ihn sein. Er hatte schließlich den Unfall eines Polizeifahrzeugs herbeigeführt, konnte sehr wohl Tod oder Verletzungen verursacht haben. Der Alptraum war Realität geworden.

Fort! So schnell wie möglich Distanz zwischen sich

und seine Verfolger bringen, ehe er vor Erschöpfung umsank.

Es war fast fünf Uhr, als Fellowes den ersten Schimmer eines Wasserreservoirs entdeckte, durch einen Riß in den Wolken. Er wußte nicht, wo er war, sah nur, daß es dort unten lag, wie ein langgestreckter Tintenklecks.

Als die Sonne stieg und der Dunst wich, begann der Verkehr auf der Straße, einer winzigen schwarzen Asphaltschnur, die sich zum Wasser hinunterwand. Er war sehr hoch gekommen, höher, als er gedacht hatte. So leicht würde man ihn nicht mehr finden.

Regen fegte vom Westen herüber, verwandelte die Gipfel der Berge in durchweichte Pappe. Hagel schlug auf sein Gesicht und seine Hände, und er wurde naß bis auf die Haut. Fellowes flüchtete sich in einen primitiven Unterstand, der nach dem Kot von Schafen und nach Wolle roch, und beobachtete einen Wagen auf der Straße, etwa dreihundert Meter unter ihm. Ein Landrover, wie es aussah, als Polizeifahrzeug gekennzeichnet. Also waren sie hinter ihm her, hatten aber nicht genug Leute für ein dichtes Netz. Der Wagen hielt in einer Seitenbucht, als erwartete er Instruktionen, dann bewegte er sich fort über den Paß. Fellowes vermutete erleichtert, daß sie nicht wußten, wo sie ihn suchen sollten.

In Maesteg war die Polizei zu einem sehr ähnlichen Schluß gekommen. Wishart trocknete sich mit Owens in der kleinen Polizeiwache. Wishart, obwohl er einen gebrochenen Finger und einen Schnitt am Kopf zu beklagen hatte, war entschlossen, die Sache zu Ende zu führen.

»Sie müssen ihn finden. Sonst bricht die Hölle los.«

»Das brauchen Sie mir nicht zu erzählen«, entgegnete Owens zornig. »Ich habe oft genug vorgeschlagen, Sie sollten ihn einbuchten, aber...«

»Fellowes ist kein Idiot, sondern ein gebildeter Mann. Er hätte uns das Fell über die Ohren ziehen können.«

»Erzählen Sie das besser Mr. Davies.«

»Ich *habe* es Davies erzählt. Seine Leute hatten ihn dort, ist das zu glauben? Und dann ließen sie ihn entkommen.« Wishart kaute an der traurigen Tatsache, daß es ihm ebenfalls nicht gelungen war, ihn zu halten. »Ich will eine Durchsuchung der Gegend. Total. Jeder verdammte Berg.«

»Dann geben Sie mir die nötigen Männer.«

»Ich gebe Ihnen mehr als das.« Wisharts Stimme war wutgeladen. »Ich gebe Ihnen den Verteidigungsminister, der Ihnen sagen kann, was er davon hält, wie diese Sache angegangen wurde. Und den Außenminister dazu. Was halten Sie davon?« Ruhelos durch den kleinen Raum gehend, in dem Owens mit dem Rücken zur elektrischen Heizung saß, studierte er die Karte mit der roten Linie um *Tan-y-graig* und fluchte dabei leise. »Wenn diese Sache herauskommt...«

»Was dann?« Owens beobachtete ihn. »Was, um Himmels willen? Wenn *was* herauskommt? Meine Instruktionen waren schwierig genug, ohne daß Sie versucht haben, sie zu interpretieren. Man hat mir mitgeteilt, Sie wüßten von diesem idiotischen Geheimnis, diesem Munitionstunnel im Berg und so weiter. Aber ich habe nicht erfahren, wer das verdammte Mädchen gekapert hat.« Sein argwöhnisches kleines Gesicht wandte sich dem Chief-Inspector zu. »Sie erzählen mir was von Geheimhaltung, das ist alles. Großer Gott, wer leitet diese Operation?«

Wishart, der mehr wußte, reagierte brutal. »Nicht Sie! Das ist nicht Ihr Spiel. Alles, was Sie zu tun haben, ist, diesen Verrückten zu finden. Wenn er nicht unter Kontrolle kommt, werden mehr Köpfe als Ihrer rollen. Auch meiner und auch der von Mr. Davies, höchstwahrscheinlich.«

Owens erkannte, daß er benutzt worden war, mit

Halbwahrheiten und lahmen Begründungen, die er geschluckt hatte wie ein Fisch den Köder. Er begann sich zu winden. »Ich verstehe nicht, was das Problem ist. Es war Munition, oder? Ein verdammt lauter Knall, den man bis hier unten hörte...«

»Das Problem«, fauchte Wishart, »ist etwas für Davies.«

»Entführung ist ein krimineller Akt...«

»Überlassen Sie das Davies.« Innerlich war Wishart verstört. Ein Profi mußte sich an die Regeln halten, und er war schnell hochgekommen, nicht dadurch, daß er Leuten die Stiefel leckte, sondern weil er sich erboten hatte, sie zu säubern und die Schmutzarbeit zu machen. Diesmal hatte das bedeutet, eine Liaison mit Davies' Verteidigungsmeute in Whitehall einzugehen und keine Fragen zu stellen. Er hatte Owens benutzen müssen, und Owens war immer schwach gewesen.

»Unser Job ist es, Fellowes zu fassen.«

»Ich verstehe nicht...«

»Das ist auch nicht nötig. Wir werden ihm einen Dämpfer geben, so oder so. Beschädigung von Eigentum, Einbruch, Überfall, unbefugtes Betreten, Ruhestörung.«

Owens wirkte nervös. Er deutete auf die Karte. »Ein großer Heuhaufen. Nicht leicht, eine Nadel zu suchen.«

»Ich lasse mehr Polizisten hinschicken. Und ich werde jedem einzelnen sagen, sie sollen dem Bastard die Haut abziehen«, kündigte Wishart wütend an. Er starrte hinaus auf die grünen Felder hinter dem Gebäude, die jetzt vom Regen durchtränkt waren. »Dieses Wetter wird dem armen Hund nicht helfen.«

Kurz vor fünf am Abend, als der Wolkenbruch einem blaßgrauen Schleier gewichen war, kam Fellowes herunter in die Siedlung. Dorf konnte man sie kaum nennen, in der Krümmung des Passes, den er stundenlang überblickt hatte. Die Polizei war dort bereits gewesen, er hatte sie früher am Tag gesehen, doch jetzt war er hungrig, müde und durchnäßt.

Die Siedlung bestand aus fünf bewohnten Häusern, von Steinbruch- oder Straßenarbeitern, zwei Schuppen, einer aufgegebenen Kapelle und einem Lebensmittelladen mit angeschlossener Poststation. Was ihn interessierte, waren neben einer üppigen Mahlzeit die übriggebliebenen Zeitungen, die an dem Laden hingen, und das neue Poster dort.

Abgezehrt, abgerissen und fröstelnd bewegte sich Fellowes auf die Siedlung zu, sehnsüchtig die Dämmerung erwartend. Die Straße war verlassen, Lichter wurden unter den Schieferdächern eingeschaltet, bald mußte die Frau herauskommen, um die unverkauften Zeitungen zu holen. Also setzte Fellowes zu einem Spurt an, schnappte sich eine der Zeitungen und verschwand wieder in den Feldern. Die Zeitung hieß *Clwyd News*, und die Schlagzeile schrie ihm entgegen: »*Gefährlicher Mann entkommen! Als Mörder seiner Tochter verdächtigt.*« Auf dem Poster war sein Bild mit der Frage: »*Haben Sie diesen Mann gesehen?*«

Der Gedanke an Mord ließ Fellowes unwillkürlich erschauern, und er begann wieder zu rennen und zu rennen, bis er weg war von diesem Ort und an einer Mauer zusammensank. Betäubt und erschrocken las er langsam den Artikel, als ginge es um jemanden, von dem er nie zuvor gehört hatte.

Es begann wieder zu regnen, ein trauriger Nieselregen, und Fellowes schleppte sich fort und suchte Schutz. Dabei überlegte er ununterbrochen, was wirklich mit Sandie passiert war. Der Artikel über die Geheimnisse von *Tany-graig* war nichts weiter als eine neue Verbrämung, eine neue ominöse Verzerrung irgendeiner schrecklichen Wahrheit.

Gott verdamme sie – Gott helfe ihnen. Die Zeitung war in seinen Händen zerrissen. Fellowes knüllte sie zusammen und warf sie weg.

43

Am Morgen war Owens zurück zum *Tan-y-graig*-Gelände gefahren. Direkt hinter dem Drahtzaun hielt er an, um mit einigen der Männer zu sprechen, die noch im Dienst waren: zwei Polizisten aus Nordwales und zwei Leute von *Secure Investments*.

»Nichts?«

»Nichts, Sir. Tut mir leid.«

Owens grub die Hände tiefer in die Taschen seiner Seemannsjacke. »Wie es so in den Büchern steht, manchmal treibt es den Mörder an den Ort des Verbrechens zurück...«

»Ist er das? Ich meine, ist er ein Mörder...?«

Owens zuckte die Schultern. »Wer weiß das schon. Steckt nicht in jedem von uns ein Mörder?«

Die Polizisten hatten gehört, was man sich im Office des Inspectors erzählte. »Sie ist offenbar in Tunesien.«

Owens lachte überlegen, als wüßte er mehr als sie. Wishart selbst hatte zugegeben, daß die Postkarte nur ein Bluff gewesen war.

Der ältere der beiden Polizisten räusperte sich. »Was glauben Sie, wird er jetzt tun?«

Owens zuckte die Schultern. »Geht vielleicht zurück zu dem Cottage. Er hat ja die andere Frau, diese Amerikanerin, überredet, es für ihn zu mieten. Sein Sohn wartet bereits dort.«

Der Polizist blickte auf Owens' Stiefel und wunderte sich. Warum mochte ein Inspector Stiefel tragen? Vielleicht, damit er größer wirkte, überlegte er.

»Was macht der Sohn?«

»Oh, ich weiß nicht. Ich glaube, er ist Student. Er nimmt jedenfalls an, sein Vater lebt in einer Phantasiewelt.«

»Glauben Sie das auch, Sir?«

Owens blickte zu Boden, betrachtete seine Stiefel, dann reckte er sich, um auf die Ruine von *Tan-y-graig* zu starren. Sie hatten beide ihr Spiel mit ihm getrieben, Davies und Wishart, das wußte er jetzt.

»Ich denke, wir alle sind total verrückt geworden. Fellowes und der ganze Haufen. Der Wahnsinn greift um sich, niemand kann sich retten.«

»Ist das so?«

Owens nickte, und eine plötzliche Wut funkelte aus seinem kleinen Gesicht, das sonst meist so verschlossen und vorsichtig wirkte. Er stierte zum Berg hinauf, wie in persönlichem Groll; dann stapfte er zurück zum Wagen, um Verstärkung anzufordern.

Fellowes lag im Gras, auf einer feuchten, durchtränkten Wiese, auf die er in der Nacht total erschöpft gesunken sein mußte. Er zitterte vor Kälte. Die Strahlen der aufgehenden Sonne waren noch viel zu schwach, um wärmen zu können. Seine Mundhöhle war trocken, und er hatte gräßlichen Hunger, doch er freute sich, daß er irgendwie überlebt hatte.

Er richtete sich vorsichtig auf, und nachdem nichts Verdächtiges zu sehen war, bewegte er sich über die Felder zur Straße. Er rannte hinüber und kletterte über die Mauer auf der anderen Seite. Erregung verdrängte seine Müdigkeit, als er die letzten paar Meter über den rissigen Boden zu dem Eisenbahndamm rannte, der jetzt von Hölzern bedeckt war.

Der Drang, an die Kassette zu kommen und ihre Geheimnisse zu enthüllen, war geradezu überwältigend – wenn sie sie nur nicht gefunden hatten. Er erstarrte wieder, voll Argwohn, einen Hinterhalt fürchtend, eine weitere Falle: Aber wie sollten sie wissen, daß er hier gewesen war? Der alte Metallhebel, verrostet und erstarrt, gehörte zu dem Stellwerk, das längst verschwunden war, mit den Schienen selbst. Nur die verrotteten Schwellen markierten eine Strecke, die aufgehört hatte zu existieren. Er fand den Griff – und begann mit bloßen Händen zu graben.

Nichts!

Panik erfaßte ihn. Dann erkannte er, daß er hier falsch war. Sein Orientierungssinn mußte in der letzten Nacht durcheinandergeraten sein. Er fluchte wild, versuchte aber, sich in den Griff zu bekommen, und eilte zur nächsten Schwelle, um dort zu graben.

Während Fellowes die nasse Erde zur Seite schaufelte, betete er: »Bitte, mein Gott, diesmal, jetzt.« Und griff mit seiner Hand hinein. Wäre er nur nicht so sorgfältig gewesen, als er die Kassette versteckt hatte! Doch es war etwas Hartes darin, unter dem Holz. Er fühlte es ganz deutlich.

Endlich! Die Kassette! Da hatte er sie in seinen Händen, die kleine, rostige Dokumenten-Kassette, die Wishart unbedingt und um jeden Preis an sich bringen wollte.

Mein Gott, das ist es, darum dreht sich alles! Es muß so sein, es muß! Ein schreckliches, vermoderndes Geheimnis, das Steadman für die Nachwelt eingeschlossen hatte...

Fellowes hockte sich nieder und strich fast liebevoll Schmutz und Erde von der Kassette. Dann, von einer Sekunde zur nächsten, ergriff ihn Panik. Solange er die Kassette hatte, würden sie ihn töten. Genauso, wie sie Sandie vielleicht getötet hatten.

Er begann zu rennen, hetzte wie gejagtes Wild zurück in den Schutz der Bäume. Dort versuchte er, seine Fassung zurückzugewinnen.

Später, als er sich wieder etwas gefangen hatte, zog er sich weiter in die Einsamkeit der Hügel zurück. Er wollte niemanden sehen, denn er durfte niemandem trauen. Er war Opfer und Täter, Jäger und Gejagter. Jeder Fehler, den er jetzt machte, würde sein Verhängnis sein.

Als ihn die Sonne etwas erwärmt hatte und er sich sicher fühlte, blieb er stehen, um die Kassette genauer zu untersuchen. So leicht war sie, daß sie hätte leer sein können, und der billige Verschluß war verrostet. Fellowes schlug mit einem Stein auf den Kasten, trat und stieß gegen ihn und verfluchte ihn, doch es nützte nichts: er ließ sich nicht öffnen.

Plötzlich ergriff ihn ein verzweifelter, überwältigender Ekel vor der Kassette, gerade so wie vor einem lebenden Wesen, das allein verantwortlich dafür war, daß schwarze Verwirrung sein Gemüt durchzog. Er haßte diesen rostigen Kasten, er haßte alles, was damit zusammenhing: *Tan-y-graig* und seine Geheimnisse.

Und ehe Fellowes richtig wußte, was er tat, hatte er sie gegen das Gestein geschleudert. Er sah sie aufprallen und den Hang hinunterfallen, immer schneller, bis sie in einer Spalte versank.

44

Ein Verrückter unterwegs, ja, das war er inzwischen. Ein Traktor tuckerte über ein Feld und zwang ihn, außer Sicht zu bleiben, und jeder Wagen auf der Straße unten schien eine Bedrohung. Fellowes fürchtete, daß ein Trupp von Männern die Hügel durchkämmen würde, aber nichts geschah. Es war, als hätte er aufgehört, für sie zu existieren.

»Ich bin nicht verrückt! Ich bin nicht verrückt! Ich bin normal!« hämmerte es unaufhörlich hinter seiner Stirn. Und doch waren da gleichzeitig Zweifel.

Die Geister von Sandie und Laurel, doch die Geister waren nur in seinem Kopf. Als Sandie fünf gewesen war, hatte er sie einmal in eine Höhle mitgenommen, und sie hatte geschrien und geschrien, als erlebte sie einen Alptraum. Als er sie herausgebracht hatte, hatte sie ihm gestanden, wie sie dieses »Dunkle« unten haßte. Wilde Furcht packte Fellowes nun, daß diese Ängste für sie Wirklichkeit geworden wären.

Panik erfüllte ihn. Er fühlte sich von der Vernunft verlassen und im Bann der Hölle, gequält von der Furcht vor Entdeckung und der bösen Ahnung, daß er nie erfahren könnte, was dort bei *Tan-y-graig* geschehen war. Er blieb stehen, sein Magen wie eine eiserne Faust in ihm geballt, und lauschte den unregelmäßigen Schlägen seines Herzens.

Du Narr! Du Narr! Gib endlich auf, du bist längst geschlagen, nur noch von selbstmörderischer Depression beherrscht, eine ziellos torkelnde Gestalt, gequält von Schuldgefühlen, getrieben von unbekannten Mächten.

Diese unbekannten Mächte waren irgendwie in der Kassette eingeschlossen; und er hatte sie weggeworfen. Er lief und kroch ihr nach, suchte sie an den Rändern der Ritze, in der sie verschwunden war, betete voller Inbrunst, als wäre der Akt der Rückerlangung auch ein Akt der Reue.

Er schnitt sich die Hände blutig. Zerriß sich die Kleider.

Nichts. Weg. Verschwunden.

O Gott, hilf mir!

Dann sah er sie. Eine kleine, schwarze Dokumenten-

Kassette, eingekeilt zwischen Felsstücken; und er schwitzte, fluchte bei der Anstrengung, sie wiederzubekommen. Dann hatte er sie und preßte sie triumphierend an sich. Ein rostiger Metallbehälter, den er gegen sein Ohr schüttelte: Eindeutig war etwas darin, ein schwacher – oh, wie schwacher Laut – ein Geräusch wie ein Murmeln, Flüstern.

Er hämmerte wütend dagegen, mit Felsstücken und Steinen und Stecken, doch das Schloß war fest zugerostet; dann nahm er die Kassette hoch und trug sie fort. Seine Auster. Sein Kreuz.

James würde irgendwo warten. Er mußte ihn endlich einweihen. Er hatte ein Recht, alles zu erfahren und mit darüber zu entscheiden, was nun geschehen sollte.

Fellowes kämpfte gegen die Teufel der Müdigkeit und Kälte und der schwarzen Angst, mit dem Wissen, daß er das Ding besaß, das Wishart brauchte.

An diesem Abend kam er aus dem Tal von *Tan-y-graig* im Schutz der Dunkelheit, die Kassette fest umklammernd. Ein letztes, langes, mühseliges Krauchen, den See entlang, dem Cottage zu.

Etwa eine halbe Meile davon wartete er und hielt lange Ausschau, ob sich etwas regte, dann überquerte er das Eisenbahngleis und schob sich durch die Bäume, bis er auf die beiden kleinen Steingebäude am See hinunterblicken konnte. Er sah kein Lebenszeichen, außer einer Rauchspirale aus dem zentralen Kamin.

Es konnte natürlich eine Falle sein. Er mußte sichergehen, daß dies nicht so war, auch wenn er keine Polizei sah. James konnte im Haus warten, doch es mochten ebenso jene anderen Mächte sein, die ihn offenbar zerstören, ihn so sicher zum Schweigen bringen wollten, wie sie es zuvor mit Sandie getan hatten.

Spät am Abend traf James ein, in dem zerbeulten Wagen, den er in Bristol gekauft hatte. Er schien Vorräte besorgt zu haben und begann, Lebensmittelkartons zu entladen.

Fellowes rührte sich noch nicht, gab sich durch kein Zeichen zu erkennen. Er blieb still bei den Bäumen und beobachtete seinen Sohn. Müdigkeit umfing ihn schließlich, und er spürte, wie er in Schlaf sackte.

Der Lärm eines anderen Wagens ließ ihn irgendwann später auffahren. Ein weißer Rover, mit fluoreszierend rotem Streifen, hielt vor dem Cottage. Zwei uniformierte Männer stiegen aus und klingelten. James unterhielt sich etwa fünfzehn, zwanzig Minuten mit ihnen. Dann verabschiedeten sie sich und fuhren rasch davon.

Fellowes wartete, bis die Lichter im Cottage wieder ausgingen. Die Stille wurde nur vom Schreien der Seemöwen gebrochen, landeinwärts geweht und über das Wasser gleitend, als würde ein Sturm kommen.

Fellowes lief zum Haus und klopfte energisch an die Tür. »Mach auf, James! Los, beeil dich!«

»Mein Gott, Dad.« James zog ihn herein und schloß hastig die Tür hinter ihm. Sie wählten die vertraute, winzige Küche mit dem Steinboden, wo er Laurel zum ersten Mal geküßt hatte, zu einer Zeit, die ihm jetzt wie ein Traum erschien, so lange war es her. Der Boden war genarbt durch Generationen von Bauernstiefeln, der Spülstein grau von alten Kerben, das schwache Licht über dem Tisch kaum zum Lesen reichend. Und doch war es wie eine echte Heimkehr, als James ihn umarmte.

»Dad, was ist passiert?«

Fellowes ließ sich auf einen Stuhl sinken.

»Schließ die Tür ab!« bat er zunächst. »Vergewissere dich, daß niemand draußen ist.«

Sein Sohn sperrte rasch das Haus ab.

»Dad, du siehst schrecklich aus. Was haben sie dir getan?«

Es war zu früh, es ihm zu erzählen, und ohnedies wären die passenden Worte nicht gekommen. Er stieß hervor, daß er okay sei. Aber wie konnte er wissen, daß sie hier sicher waren?

»Das ist in Ordnung«, beruhigte ihn James. »Die Polizei hat mir gesagt, ich solle ihr Bescheid geben, wenn du Kontakt aufnehmen würdest. Das ist alles...«

Einen Moment lang konnte Fellowes ihm kaum glauben, doch die Augen seines Sohnes forderten eine Erklärung.

Die Kassette stand auf dem Tisch zwischen ihnen.

»Was zum Teufel ist das?«

»Mach's auf«, murmelte Fellowes. »Vorsichtig...«

Ohne ein Wort ging James hinaus, teils, um seinen Vater zu beruhigen, teils, um Werkzeug zu suchen, einen Hammer und einen Schraubenzieher. Damit kam er zurück und fragte noch einmal: »Was ist das, Dad?« Als könnte das Ding explodieren.

»Mach's auf«, befahl Fellowes mit einer Stimme, die vor Emotionen bebte. »Mach's auf, vorsichtig.«

Langsam führte James den Schraubenzieher über den rostigen Rand und bohrte hinein, den Griff erst sacht, dann stärker drückend. Bevor er es geschafft hatte, ließ er das Werkzeug sinken.

»Dad, das kann warten. Du mußt etwas Heißes trinken. Essen... Schlafen...«

Aber Fellowes schüttelte den Kopf. »Ich will sehen, was drin ist.«

Also machte sich James an die zeitraubende Aufgabe, den Meißel an allen vier Seiten der Kassette einzuführen und hochzustemmen. Es dauerte gute zehn Minuten, ehe er erleichtert rief: »Okay. Das wär's.«

Der Deckel des Kastens war lose, die Scharniere zerstört, das Schloß frei. Als fiele dies in die Verantwortung seines Vaters, streckte ihm James das Ding entgegen.

»Da hast du es«, sagte er. »Du kannst es öffnen.«

45

Sie wurden unterbrochen durch ein Hämmern draußen.

»Polizei. Wir wissen, daß Sie im Haus sind...«

Wortlos starrten sie sich an, mit dem schmerzlichen Schweigen der Hüter eines schrecklichen Geheimnisses. Fellowes stellte den Kasten ab und murmelte ruhig, als würde er beten: »Sandie. Sie wissen von Sandie.«

James dachte zuerst, er hätte seine eigene Wut besiegt, doch sie strömte zurück. Er griff nach dem Arm seines Vaters.

»Laß sie nicht reinkommen. Mach den Kasten auf.«

Fellowes spürte den Druck der Finger, reagierte auf seinen Blick, schüttelte aber langsam den Kopf.

»Ich will zuerst Sandie.«

Das Hämmern verstärkte sich.

»Machen Sie auf, oder wir schlagen die Tür ein.« Licht drang durch die Vorhänge.

»Laß sie rein«, meinte Fellowes tonlos.

Die Worte versandeten in Schweigen.

Dann kam es durch ein Megaphon: »Wir warnen Sie, Fellowes.«

»Gib jetzt nicht auf, Dad.«

»Ich gebe nicht auf. Tot oder lebend. Laß sie rein!«

»Dad, du bist krank. Du brauchst einen Arzt...«

Der Blick des Älteren belehrte ihn eines Besseren. Peter Fellowes brauchte niemanden; er war auf sie vorbereitet, auf seine eigene Art. James erkannte zu spät, was er hätte tun sollen: diesen Kasten verstecken, Collard anrufen und nach seinen Rechten fragen, die Medien kontaktieren... Doch die Blicke seines Vaters sagten: Nein! Also gab er nach und öffnete die Tür.

Männer standen im Halbkreis da, bis zu den Zähnen bewaffnete Polizisten, im Zentrum Wishart und Davies.

Es war Davies, der die Initiative ergriff.

»Dürfen wir hereinkommen?« Sein Blick wanderte durch den Raum, und er entdeckte die Kassette auf dem Tisch. Dann drängten sie sich zusammen, Davies und Wishart, Peter und James, schafften sich mit den Ellenbogen Platz.

»Peter Fellowes«, fauchte Davies. »Ich habe Grund zu der Annahme, daß Sie sich in illegalem Besitz von unautorisierten Dokumenten befinden, die dem nationalen Interesse schaden.«

Jemand schaltete das Licht über dem Spülbecken ein. Davies' Gesicht war gerötet vor Aufregung. Er wippte leicht hin und her, während die bewaffneten Polizisten hinausgescheucht wurden.

»Nun... was Sie da mit uns gemacht haben... mit mir gemacht haben... es war ein Höllentanz.«

»Ich würde es nicht einen Tanz nennen. Ich würde es entweder Entführung oder Mord nennen«, verbesserte Fellowes mit fast unnatürlicher Ruhe und Gelassenheit. Er schien nichts mehr zu fürchten.

Wishart hob die Kassette, und ein langer, tiefer Seufzer entwich Davies.

»Wo, zum Teufel, ist Sandie?« schrie Fellowes plötzlich los.

Sie starrten sich an. Niemand hatte mit diesem Ausbruch gerechnet.

»Sie wird okay sein, keine Sorge. Unterschreiben Sie nur erst die Papiere.« Davies nickte zu Wishart hinüber, der einen Umschlag aus einer Aktenmappe hervorzog.

»Unterschreiben Sie erst das hier, bitte.«

Fellowes weigerte sich, schob den Umschlag ungelesen fort.

»Wo ist sie?«

»Dad, nicht...«

»Kein Grund zur Panik«, sagte Davies sanft. »Niemand hat irgendeine böse Absicht...«

»Sagen Sie mir nur, was passiert ist.« Es war ein Schatten in seiner Seele... das Geheimnis von *Tan-y-graig* und die absolute Trostlosigkeit, die Fellowes ergriff, als er erkannte, daß Sandie nicht dort eingeschlossen war. Gestern, in seiner Verzweiflung, hätte er sich mit weniger zufrieden gegeben, nur mit einer Art Versicherung, daß sie noch lebte. Doch jetzt wollte er die Wahrheit und irgendwie Vergeltung.

Davies lehnte sich gegen den Tisch. Die Tür ging wieder auf, und noch ein Polizeibeamter kam herein. Fellowes sah, daß es Owens war.

»Unterschreiben Sie erst die Papiere«, forderte Davies.

Er hörte James rufen: »Ich werde deinen Anwalt anrufen...!«

Davies nickte. »Sie werden mehr als einen Anwalt brauchen, alter Junge, wenn ich fertig bin.« Seine Stimme blieb kontrolliert.

»Sie halten meine Tochter illegal fest. Lüge... Betrug...«

»Ich sage Ihnen, was legal ist«, knurrte Davies, auf die Dokumente zeigend, die jetzt auf dem Tisch ausgelegt waren. Als er Wishart bedeutete, den Umschlag zu öffnen, nahm er plötzlich einen vernünftigen Ton an: »Was die anderen betrifft, so wurde ihnen die Situation erklärt, und sie haben beide unterschrieben.«

»Beide? Von wem reden Sie?«

Er nickte. »Von Ihrer Tochter und Miss Ericson. Sandie und Laurel.« Er zog einen Satz Papiere hervor. »Hier! Ich habe Ihnen einen Satz mitgebracht. Unterschreiben Sie, und wir können alles vergessen. Wir können das Vergangene ruhen lassen.« Er erkannte, daß Fellowes protestieren wollte. »Ich schlage vor, Sie lesen es zuerst.«

Es herrschte ominöse Stille, während Fellowes am Tisch stand, die Dokumente entgegennahm und las:

»Auszug aus den Geheimakten von 1911 und 1920. Es wird Folgendes bestimmt:
Falls eine Person, die ein geheimes Code-Wort oder Kennwort besitzt, einen Plan, eine Nachricht, ein Dokument oder eine Information mit Bezug auf ein Sperrgebiet... mitteilt... verwendet... zurückhält oder es versäumt, angemessen damit umzugehen: So soll diese Person sich eines Vergehens schuldig gemacht haben.«

»Lesen Sie weiter«, drängte Davies.

»Falls eine Person für irgendeinen der Sicherheit oder dem Interesse des Staates abträglichen Zweck irgendein offizielles Dokument zurückhält, ob vollständig oder nicht, oder zur Benutzung bereitstellt, während sie nicht das Recht besitzt, es zurückzuhalten... oder falls diese Person versäumt, irgendwelchen Direktiven nachzukommen, ausgehend von einer Regierungsstelle oder irgendeiner von dieser Stelle autorisierten Person, bezüglich der Rückgabe oder sonstigen Verwendung desselben: So soll diese Person sich eines Vergehens schuldig gemacht haben.«

Davies nickte. »Drehen Sie das Blatt um. Unterschreiben Sie auf der anderen Seite. Damit wäre das in etwa erledigt, vorausgesetzt, Sie sind vernünftig und halten den Mund.«

»Gehen Sie zum Teufel«, sagte Fellowes.

»Wie bitte?« Der große Mann behielt seine Beherrschung. »Ich glaube, Sie haben etwas mißverstanden. Unterschreiben Sie hier. Das ist alles, worum ich Sie bitte, und ich verspreche, keine weiteren Schritte gegen Sie zu unternehmen. Andernfalls muß ich Sie warnen«, fügte er ruhig hinzu, »daß eine Reihe von Anklagen erhoben werden: mehrfache Anklagen wegen Einbruch, Diebstahl, Beschädigung von Regierungseigentum und Aktionen zum Schaden des nationalen Interesses, wie bezeichnet in den erwähnten Bestimmungen.«

»Wo ist Sandie?« schrie Fellowes.

»Ich versichere Ihnen, sie ist unversehrt...«

»Beweisen Sie es.«

»Unterschreiben Sie es.«

»Nichts zu machen.« Fellowes hörte James keuchen und versuchte ihm zu signalisieren: Mach dir keine Sorgen!

»Außerdem«, sprach Davies weiter, »wenn Sie störrisch bleiben, wird das überhaupt nichts nützen. Wir haben die Dokumente.«

Fellowes stand da mit zusammengekniffenen Lippen, trotzig, stur.

»Sie können mich nicht zwingen, zu unterschreiben.«

»Glauben Sie an Geister?«

Fellowes schüttelte den Kopf.

Davies zuckte die Schultern. »Sie sehen aus, als hätten Sie welche gesehen. Sie denken besser darüber nach...«, und er deutete wieder auf die Papiere. Dann wandte er sich an Wishart. »Ich will ihn unter Bewachung heute nacht.«

Anschließend ging er hinaus zum Wagen, ließ eine Funkverbindung herstellen und sprach direkt mit London. »Ich habe ihn, aber er will nicht unterschreiben.«

Die Stimme am anderen Ende klang fest: »Sie hatten Anweisung, jede Spur um jeden Preis zu beseitigen.«

»Ich kann Fellowes nicht beseitigen«, entgegnete er.

»Die Amerikaner werden nicht begeistert sein.«

Davies runzelte die Stirn und knirschte mit den Zähnen. »Sie werden es hinnehmen müssen, Sir.«

»Keine Enthüllungen, auf keinen Fall. Ich habe Washington meine persönliche Zusicherung gegeben.«

»Alles begann mit dieser amerikanischen Frau. Wenn sie nicht das Pentagon belästigt hätte...«

»Sie macht mir weniger Sorgen als dieser Mann, dieser Fellowes. Er muß mundtot gemacht werden.«

Davies ließ sich die Sache durch den Kopf gehen. »Wir haben bereits das Zeug von *Tan-y-graig*«, gab er zu bedenken.

»Das ist mir egal. Stellen Sie sicher, daß er nicht redet. Sie haben viel Zeit. Brauchen Sie noch Unterstützung?«

Er blickte auf das Cottage zurück, mit den bewaffneten Polizisten davor.

»Ich komme vermutlich weiter mit ihm allein.«

»Was sagen Sie der Polizei?«

»Im Grunde nichts. Nur so viel, um sie bei der Stange zu halten.«

Die Stimme an dem anderen Ende verstummte für einen Augenblick. »Machen Sie ihn klein«, knurrte sie noch, dann war die Verbindung unterbrochen.

Vom oberen Fenster hatte Fellowes den See im Blick und konnte die Polizisten unten beobachten, die einen Kreis um das Haus bildeten. Das Cottage war bedrückend still. Er zog die Vorhänge zu, wusch und rasierte sich und aß alles, was James ihm anbot. Müdigkeit durchströmte ihn, und er fuhr regelrecht zusammen, als sein Sohn seine Schulter berührte.

Fellowes' Gedanken waren bei Sandie. Er hatte sie in

einem Haus alleingelassen, das diesem hier nicht unähnlich war, acht oder neun Meilen entfernt. Mein Gott, er hatte sich so das Gehirn zermartert, mit Worten und Bildern, daß es ihn jetzt fast überforderte, an das Elend zu denken, das sie erlitten haben mußte. Er versuchte, solche Gedanken wegzuschieben. Pack dir Davies, sagte er sich, und laß dich nicht von Davies packen.

Aus dem zweiten Schlafzimmer – es war Laurels Zimmer gewesen – blickte er über das Wasser, das von graublauer Öde war. Das Schlafzimmer war durch einen blaßblauen Teppich und Sessel verschönert worden, und die Flügelfenster hatte man mit Sitzbänken versehen. Wozu das alles?

»Du mußt etwas schlafen«, sagte James fürsorglich.

Es nützte nichts. Wie ein Mann in einer Gummizelle kreiste er auf der Suche nach Antworten, fragte er, warum die kleinen Tragödien seines Lebens sich in diesem großen Betrug verfangen hatten. Die Geister spukten immer noch durch seinen Kopf.

»Hör zu«, sagte er zu James. »Morgen fährst du nach London. Geh zu Collard! Sprich mit ihm darüber, was geschehen ist...«

»Aber Dad, ich bleibe bei dir.«

Fellowes schüttelte heftig den Kopf. Die Sache stand jetzt eins zu eins, und ein neues Selbstvertrauen strömte durch ihn, als ob ihn sein ganzes Leben darauf vorbereitet hätte, dieser Herausforderung zu begegnen.

»Überlaß Davies mir«, meinte er und setzte sich aufs Bett. Etwas hatte Steadman Jahr um Jahr hierbleiben lassen. Dieses Geheimnis hatte er mit ins Grab genommen, doch hatte es ihn zuvor so umgetrieben, daß er sich gezwungen gesehen hatte, etwas zu seinem eigenen Gedenken zu hinterlassen. Etwas, was nach seinem Tod Maud Steadman hierher zurückgetrieben hatte...

Draußen begann es zu regnen.

46

Davies kam am nächsten Morgen um zehn Uhr fünfzehn zurück, im selben seetanggrünen Rover wie Wishart. Vom Fenster aus sah Fellowes sie über die Kreuzung holpern, dann den Weg hinauf.

Er ging hinaus, ihnen entgegen, die Polizisten demonstrativ ignorierend. Davies saß hinten und beugte sich gerade zum Fahrer, um ihm etwas ins Ohr zu sagen; dann stieg er aus.

»Ein frischer Morgen«, stellte Davies fest und musterte Fellowes mit einem scharfen, kampfbereiten Blick.

Fellowes sagte: »Ja. Was geschah mit meiner Tochter?«

Davies streckte die Hand aus, in der er einen Lederumschlag hielt.

»Ich denke, wir haben zunächst etwas anderes zu erledigen. Ich hoffe, Sie haben die Sache richtig überschlafen. Sobald Sie unterschrieben haben, können wir die ganze unschöne Angelegenheit vergessen.«

Doch er hatte den Mann falsch eingeschätzt.

»Ich will die Wahrheit«, erklärte Fellowes stur. »Was geschah mit Sandie? Was passierte in *Tan-y-graig*?«

»Sandie geht es ausgezeichnet. Hören Sie... Können wir reingehen?« Es war, als fühlte er sich im Freien bloßgestellt. Er zog das dunklere, geradezu finstere Innere des alten Cottage vor. Zögernd stimmte Fellowes zu.

Dort standen sie einander gegenüber, Fellowes mit dem Rücken zum Kamin, Davies die Tür blockierend, während Wishart draußen mit James wartete.

»Was haben Sie mit ihr gemacht?« Fellowes' Stimme war von tiefer Bitterkeit.

»Bitte, beruhigen Sie sich. Ihre Tochter ist in Sicherheit.« Der überlegene, selbstsichere Ton übermittelte eine irrationale Schmähung. »Unterschreiben Sie einfach hier, und sagen Sie gar nichts...«

Fellowes lachte ihm höhnisch ins Gesicht. »Kommt nicht in Frage. Ich will, daß diese verdammte Sache ans Tageslicht kommt. Wo ist sie?«

Er sah, wie sich Davies' Gesicht verdunkelte, während der Mann begriff, daß er ihn noch immer nicht bewegen konnte, zu unterschreiben.

»Ihre Tochter hat längst unterschrieben.«

»Warum?«

»Es ergab sich die Notwendigkeit.«

»Wo? Ich will es wissen.«

Davies seufzte. »Beim Vogelbeobachten.«

»Vogelbeobachten?«

»Also gut. Hören Sie genau zu, aber halten Sie den Mund. Die Zeit für Spiele ist vorbei.« Plötzlich war eine Waffe in Davies' Hand, eine automatische Pistole. »Ihre beiden Frauen mußten zu ihrer eigenen Sicherheit weggebracht werden... doch es kann noch immer einen Unfall geben.«

»Was, zum Teufel, meinen Sie? Reden Sie doch schon!«

»Es geht um Ihre Tochter und diese störende Amerikanerin. Um Gottes willen, Mann, machen Sie keine Schwierigkeiten.«

Sein massiger Körper strotzte vor Entschlossenheit, alle lästigen Hindernissse zu überwinden. »Wenn Sie tun, was ich Ihnen sage, sind Sie in Sicherheit. Und Ihre Frauen sind in Sicherheit. Sonst kann ich nicht garantieren...«

»Bei Gott, hören Sie mit dem Getue auf!« Eine kalte, harte Wut stieg in Fellowes auf.

»Ich denke, Sie werden verstehen, wenn Sie die beiden sehen«, fügte Davies noch hinzu.

Sie fuhren in Davies' Wagen hin, mit einem Polizeifahrzeug hinter sich. Fellowes saß vorn neben dem Fahrer, Davies und Wishart hatten auf den Rücksitzen Platz genommen.

»Kein Grund zur Sorge«, meinte Davies sanft. »Niemand muß irgendwelchen Schaden nehmen...«

Es ging in Richtung Westen, den See entlang, hinauf über die hohen Pässe auf der anderen Seite, dann wieder hinunter Richtung Meer. Mittags erreichten sie Ffestiniog, ein Tal voll zerbrochenem Schiefer, dann Porthmadoc, klein und lebhaft, Criccieth mit seiner alten Festung, schließlich die lange gewundene Straße der Halbinsel Lleyn.

»Cardigan Bay«, sagte Davies. Als sie das Ende der Halbinsel erreichten, bog der Wagen von der Straße ab und holperte über gefurchte Pfade auf ein umzäuntes Gelände zu.

»Wir steigen aus und gehen von hier zu Fuß«, erklärte Davies.

An der Ecke des Drahtzauns öffnete Wishart ein Tor, und Fellowes machte eine plötzliche ruckartige Bewegung.

»Machen Sie jetzt keine Dummheiten«, warnte Davies ihn, die Waffe lauerte in seiner Tasche.

Sie bewegten sich innerhalb eines Grundstücks, zu dem es hieß: *»Privat. Betreten verboten.«*

Davies erklärte: »Wir brauchen ein Boot.«

Ein Schuppen stand nahe am Wasser; nach Gras und Kieseln zog sich weiter unten ein felsiger Uferstreifen hin. Draußen in der Bucht, vielleicht eine Meile entfernt, hinter einer Zone flaschengrünen Wassers, sah Fellowes mehrere kleinere Inseln. Ein Wächter von *Secure Investments* öffnete die quietschenden Türen des Bootsschuppens.

»Hören Sie«, versuchte Davies noch einmal, mit ihm

ins Geschäft zu kommen. »Es wird wirklich langsam Zeit, daß wir Vernunft annehmen. Sie spielen mit, und ich –«

»Ich will nicht!« schrie Fellowes. »Diese Sache geht über jede Vernunft.«

Davies zuckte die Schultern. »Sie meinen, Sie wollen Ihre beiden Frauen nicht sehen?«

Fellowes stand still, versuchte, nicht auf zuviel zu hoffen. Sandie...! Laurel...!

Davies reichte ihm ein Fernglas, und er sah durch und entdeckte eine kleine Gruppe von Hütten auf der Hauptinsel. Einer Insel, die dem stürmischen Wind hilflos ausgeliefert schien.

»Ein Paradies für Vogelbeobachter«, bemerkte Davies.

»Ein Gefängnis«, konterte Fellowes dumpf.

»Nun ja«, sagte Davies. »Wir fahren rüber, und vielleicht meldet sich dann bei Ihnen die Vernunft.«

Zwei der Wachen trugen ein Gummi-Dingi hinunter, groß genug für drei Leute, mit Außenbordmotor. Er sah zu, während sie sich über die Felsbrocken zum Ufer kämpften. Die kleine Bucht wurde von Bäumen gesäumt und von einem Drahtverhau begrenzt, von derselben Art von Zaun wie der um *Tan-y-graig.*

Davies hieß ihn einsteigen. Wishart würde an der Küste bleiben. Sandie war dort drüben, von ihnen getrennt durch eine Meile von kaltem Wasser. Sie kletterten hinein. Davies, die Waffe in der linken Hand, richtete mit der Rechten den Choke und zog am Starter. Der Motor heulte auf, und das Dingi zischte über das Wasser, gerade wie ein Pfeil.

»Hören Sie, um Gottes willen.« Davies machte einen letzten Versuch, den Lärm überschreiend. »Benehmen wir uns doch in dieser Sache zivilisiert.«

»Zivilisiert?« Fellowes wandte sein Gesicht der Insel zu, die jetzt rasch näher kam. Er gab sich nicht mehr die

Mühe, zu antworten, denn in diesem Augenblick trat sie aus der Hütte.

Sandie! Ohne Zweifel war es seine Sandie, ihr Haar flatternd im Wind. Sie trug noch dieselben Jeans und dasselbe Sweat-Shirt, in denen er sie verlassen hatte. Und neben ihr stand Laurel und winkte. Bewacht wurden sie beide von der vermeintlichen Haushälterin aus dem Davies-Haus.

Mr. Davies lenkte das Boot zu einer winzigen Mole. Sandie rannte und rief und lag endlich in den Armen ihres Vaters. Sandie lebte und lachte! Und Laurel, befangener, lächelte ihm zu.

Davies beobachtete sie eine Weile schweigend und aus diskreter Entfernung, dann trat er zu ihnen.

»Also, trauen Sie mir jetzt?«

»Sandie! Sandie! Was haben sie getan? Bist du okay?«

Würde er es je erfahren?

Ein Blick und der Ton ihrer Stimme machten ihn ruhiger.

»Daddy, mach dir keine Sorgen, mir geht's gut. Sie haben mich sofort weggebracht, nachdem du losgefahren warst. Sobald er die alte Frau gesehen hatte«, fügte sie hinzu und deutete auf Davies. »Er brachte mich zunächst in dieses andere Haus.«

»Und dort hat man dich gegen deinen Willen festgehalten?«

»Nicht festgehalten...« verbesserte Davies. »Geschützt, zu ihrer eigenen Sicherheit. An einem sicheren Ort.«

»Ein sicherer Ort neben diesem Ding von *Tan-y-graig*? Sie haben sie dort als Gefangene gehalten.« Mit wutbebender Stimme setzte Fellowes hinzu: »Wenn Sie ihr ein einziges Haar gekrümmt haben...«

Davies lächelte nur. »Natürlich nicht. Warum trauen Sie mir nicht?«

Die längsten Tage in Fellowes' Leben zogen nun in einer Serie von Rückblenden an ihm vorbei: Dieses erste Wochenende mit Sandie, Maud Steadmans Leiche, die Leere in ihm, das hohle Gefühl des Verlusts, als Sandie und danach Laurel verschwanden, dann seine eigenen alptraumatischen Wanderungen. Er ballte die Hände zu Fäusten, als wollte er Davies angreifen, aber Davies hielt die Waffe.

»...oder Sie bleiben hier bei ihnen, bis Sie unterschreiben.«

Fellowes stand am Ufer mit seiner Tochter und mit der Frau, die Gefühle in ihm geweckt hatte, die er schon begraben hatte.

»Peter«, begann Laurel leise. »Ich hatte einen Onkel. Leo hieß er. Offiziell war er im Kampf gefallen, im Sommer 1944 in der Normandie. Doch ich weiß, er starb bei einer anderen Tragödie. Als ich deshalb das Pentagon anging wegen eines Briefes, geschrieben zwei Wochen nach seinem angeblichen Tod, geschrieben vom Camp Llangogarth, wollte niemand etwas wissen.«

»Es gibt gewisse Dinge, die man am besten verbirgt«, erwiderte Davies. »Aus Gründen der Sicherheit.« Er richtete die Waffe auf Fellowes, dann auf seine Mappe. »Entweder unterschreiben Sie – oder Sie bleiben.«

Fellowes dachte an die Wagen, die in den Berg fuhren, und an Steadmans privaten Gedenkstein, und reimte sich die Sache dann zusammen. Es hatte eine gewaltige Sache gegeben, ein Geheimnis, versteckt im Berg und verschwiegen von den Militärhistorikern.

»Okay«, willigte er ein. »Geben Sie mir was zum Schreiben.«

Erleichtert hielt ihm Davies den Umschlag hin – und paßte sekundenlang nicht auf. Diesen Augenblick nutzte Fellowes und stürzte sich auf die Waffe. Sie wirbelte Davies aus der Hand und fiel zwischen die beiden Männer.

»Sie verdammter Narr«, brüllte Davies; aber Fellowes war schneller gewesen, hielt jetzt die Waffe und richtete sie auf Davies.

»Wer sind Sie? Für wen arbeiten Sie?«

Aber Davies schüttelte den Kopf. Er hörte, wie Fellowes den Frauen befahl, sie sollten ins Boot steigen.

»Was werden Sie tun?«

»Sie hierlassen«, antwortete Fellowes.

Als Fellowes, Sandie und Laurel losfuhren, Davies und das Mädchen auf der Insel zurücklassend, schien die Luft durch plötzlichen Lärm zu bersten. Ein Schnellboot stob mit blitzenden Lichtern über das Wasser, und ein Hubschrauber senkte sich herab von irgendwo über den Hügeln, schwebte über dem Dingi und umkreiste es dann. Das Wasser schien von einem Schneebesen geschlagen, das Boot hüpfte wie ein Korken.

Ein Mann seilte sich aus dem Helikopter und hangelte sich nach unten. Er winkte und rief etwas, doch es war unmöglich, ihn bei dem Lärm zu verstehen. Sie konnten nur ahnen, was er ihnen begreiflich machen wollte, denn er deutete auf das Festland, wo sie jetzt einen weißblauen Gefangenenwagen sehen konnten und einen Trupp Polizisten.

Fellowes winkte bestätigend, und der abgeseilte Mann wurde wieder an Bord geholt. Sofort hob sich der Hubschrauber und flog davon, hielt allerdings Beobachterdistanz. Die Wellen, die er im Wasser erzeugt hatte, beruhigten sich langsam, aber jetzt surrte das Schnellboot hinter ihnen her, während eine große Barkasse hinter ihm kreiste, wie um jeden Gedanken an Flucht auf die offene See zu zerstören.

Was, zum Teufel, glaubten sie, wohin er fuhr, fragte sich Fellowes. Er wollte nur eins: direkt zurück nach London, um die Geister von *Tan-y-graig* ans Licht zu bringen.

Er lächelte Sandie aufmunternd zu, und Laurel hielt seine Hand.

»Ich ging nach Frankreich«, rief sie laut, »um Leos Grab zu sehen, auf dem Soldatenfriedhof von Valéry-en-Caen. Aber die Daten, die ich erfuhr, und die Daten der mit ihm begrabenen GIs waren alle falsch. Dann haben mich ein paar Burschen sozusagen aufgelesen und nach Cardiff gebracht. Schließlich hierher.«

»Dad, was wollen sie alle von uns? Es ist schrecklich«, klagte Sandie.

»Keine Sorge, Schatz. Es ist bald alles vorbei.« Er dachte an Laurels Material, die falschen Daten, die sie aufgedeckt hatte, und wußte, daß sie ihn nicht mundtot machen konnten. Er versuchte, den Abstand zu seinen Verfolgern zu vergrößern, aber das war unmöglich. Ein Megaphon brüllte sie an.

»Werfen Sie die Waffe weg, und steuern Sie direkt ans Ufer!«

Fellowes lachte und wedelte ihnen mit dem Revolver zu, dann warf er ihn in einem weiten Bogen ins Wasser. Ein Glitzern, und er versank. Es kümmerte ihn nicht. Nichts zählte jetzt mehr, da er sie gefunden hatte! Jetzt, da die Wahrheit ans Licht kommen würde.

Der Hubschrauber drehte ab und steuerte die Insel an. Fellowes näherte sich rasch dem Ufer, und eine Reihe Polizisten rückte vor, um ihm entgegenzutreten, die Waffen im Anschlag.

»Müssen glauben, wir sind ein harter Brocken.« Fellowes grinste zufrieden. Sie würden schon sehen.

»Wie konnten sie so schnell reagieren?« wollte Sandie wissen.

»Davies hatte sicher Funkkontakt.«

Dann war der Hubschrauber wieder über ihnen, eben, als sie den Strand erreichten, und Davies winkte zu ihnen herunter. Doch es war keine Zeit, darüber nachzudenken und die Szene zu genießen, denn Wishart stand da, als sie ans Ufer stolperten.

»Sie sind verhaftet«, sagte er streng.

Fellowes ließ sich nicht einschüchtern, er hielt Sandie und Laurel an den Händen. Für sie mußte er stark sein. Es war seine Aufgabe, sie zu beschützen.

»Weshalb?« Er baute auf seine Bürgerrechte und darauf, daß er James Collard in London informieren würde.

»Einen *MoD*-Vertreter mit der Waffe zu bedrohen, ist eine strafbare Handlung.«

»Es ist auch eine, wenn man eine Waffe auf *mich* richtet. Und wenn man meine Tochter verschleppt.«

»Dad –« Er merkte, wie Sandie versuchte, ihn zu warnen.

»Es ist auch strafbar, wenn man Beamte bei ihrer Pflichterfüllung hindert. Und geheime Papiere stiehlt...«

Fellowes lachte sie schallend aus. Der Regen, der bereits den ganzen Tag gedroht hatte, begann kräftig einzusetzen, und die Polizei bildete einen engen Kreis um ihn.

Davies kam, fest eingeschnürt, in einem geborgten Regenmantel.

»Gehen wir rein«, forderte er rauh. Er schien etwas gegen Tageslicht zu haben.

Der Bootsschuppen war leer, abgesehen von ein paar Ölfässern. Wishart schaltete das Licht an.

Davies kam herüber. »Hören Sie, alter Knabe. Sie haben bereits genug Schwierigkeiten. Ich will die Sache nicht schlimmer machen. Sie haben Ihre beiden Frauen zurück« – Fellowes haßte diese gönnerhafte, geradezu kumpelhafte Haltung, ließ sie sich jedoch für den Moment gefallen – »und jetzt hören Sie mir zu. Sie haben sich in Dinge eingemischt, die den einzelnen Bürger nichts angehen. Staatsangelegenheiten. Sie könnten eine ganze Reihe Anklagen bekommen, aber ich will das alles vergessen, wenn Sie sich besinnen und hier endlich unterschreiben und schwören, den Mund zu halten.«

»Worüber?« fragte Fellowes halsstarrig.

Laurel hatte sich zu ihm durchgeschoben. »Ich sage es dir. Es war eine größere Sache, ging um einen weiteren Angriff bei der Invasion, Pas de Calais, ein paar Wochen nach dem Tag X. Unglücklicherweise ging es schief. Die Wettervorhersage war ungenau, ein plötzlicher Sturm ließ Boote kentern, andere wurden in der Dunkelheit gerammt und von der eigenen Seite beschossen... Es war eine schreckliche Tragödie – der Verlust einer ganzen Truppe – und es hätte die Kooperation gefährdet, wenn es damals herausgekommen wäre. Verbitterung, Propaganda für die Deutschen, stell dir vor! Bei dieser Tragödie starb mein Onkel.«

»Schweigen Sie«, fauchte Davies.

Aber Laurel ließ sich nicht zum Schweigen bringen.

»Von höchsten Stellen wurde beschlossen, die ganze Sache zu vertuschen. Ich begann, nachzuforschen, und bekam eine Abfuhr. Man riet mir dringend, vorsichtig zu sein. Es gäbe keinen Toten auf dem Meer, die Soldaten wären im Kampf in Frankreich gefallen. Also war ich schlecht dran; ich konnte niemandem trauen, vielleicht nicht einmal dir.«

»Die Wagen?« fiel Fellowes ein. »Die Wagen, die in den Berg fuhren?«

Laurel nickte. »Dort wurden die Toten begraben, nachdem sie in der Cardigan Bay ans Ufer gespült worden waren. Leute wurden aus dem Tal evakuiert, und das Farmhaus machte man zu einer Leichenhalle. Steadman wurde als Art Hausmeister dorthin verfrachtet, aber schließlich nahm ihn das immer mehr mit. Ich vermutete das gleich, sobald du mir erzähltest... aber ich konnte nicht sicher sein.«

Fellowes stöhnte auf. »Wie viele?«

Laurel zuckte die Schultern. »Ich weiß nicht. Es wurde nie exakt bekanntgegeben. Acht- oder neunhundert, mindestens. Niemand wird es je erfahren.«

Die Zahlen ließen ihn frieren. Diese Schreckensliste weckte in ihm das Verlangen, zu schreien und das Unrecht von so vielen verschwendeten Leben zu verfluchen. Er zitterte vor Wut und Schrecken. Jemand hatte Davies fast gottgleiche Autorität übertragen, um ein militärisches Desaster zu vertuschen. Er dachte an die Hunderte von Leichen, ans Ufer gespült und in den Berg gebracht, und endlich begriff er die Geister und das Gemurmel von *Tan-y-graig*. Geister, die fast fünfzig Jahre lang nach Beachtung gestöhnt hatten; und Davies hatte gegen alle intrigiert. Schließlich sogar gegen Sandie und Laurel und Maud Steadman, Wishart und Owens, die Medien und das Parlament.

Wahnsin! Absoluter Wahnsinn!

»Jetzt unterschreiben Sie, bitte. Es darf nicht herauskommen. Denken Sie an die Aufregung, die entstehen würde. Unnötige Aufregung.«

»Nein. Los, klagen Sie mich an!« Fellowes kochte innerlich. »Wir werden sehen, was passiert, wenn die Medien anspringen.«

Davies machte auf dem Absatz kehrt und ging weg in den Schatten, sprach mit Wishart. Als die beiden zurückkamen, trug der Polizist die schwarze Kassette.

»Sehen Sie«, sagte Davies. »Der einzige Beweis, den es noch gibt, ist hier drin.« Er klappte den Deckel auf und holte vier zerknitterte und fleckige Papiere hervor, mit Maschine beschrieben. Lange Listen mit Namen, die sich um seine Finger rollten. Steadmans eigene Aufzeichnungen.

Stille hallte durch den hohen Bau, in dem Glühbirnen an nackten Kabeln baumelten.

»Den Schuppen räumen«, befahl Davies schließlich.

Er wollte keine unnötigen Zeugen. Fellowes hörte Sandie »Daddy« rufen, und dann kämpfte sie sich vorbei an den Polizisten und lief ihm entgegen.

Er umarmte sie, drückte sie fest. Sie konnten sie jetzt nie mehr fortschaffen, was immer sie auch unterschrieben hatte.

»Es wird alles gut.« In seinem Innern spürte er wütende Verachtung für diese Männer, die Befehle befolgten, ohne ihr Gewissen zu befragen.

Sie hörten den Regen oben gegen das Dach hämmern.

»Kein Tag für ein Picknick«, murmelte Davies. Und dann zu Wishart: »Hier. Holen Sie mir ein leeres Faß.«

Erst verstand Wishart nicht.

»Großer Gott, stehen Sie nicht einfach da. Holen Sie mir ein leeres Ölfaß.«

Wishart und einer der Polizisten rollten eins heran. Es war für Abfall verwendet worden, und der Deckel war entfernt.

Davies nahm die Blätter mit Steadmans Namen und hielt sie über das Faß. Dann zündete er sie nacheinander mit einem Feuerzeug an.

Sie sahen schweigend zu, als würde er einen feierlichen Akt vollziehen. Allerseelen. Die verkohlten Reste flatterten in den Behälter und verloren sich in den dicken schwarzen Rückständen, doch ein plötzlicher Windhauch erfaßte ein kleines Fragment und ließ es durch die Luft schweben. Fellowes ergriff es und blickte für einen Moment auf sechs Leben der Vergangenheit:

Dean J. Alport Pvt 17th Infantry
Alun B. Annerley S/Sgt
Jason P. Arnkamp Pvt 4th
Norman L. Baldwin Pfc 17th Infantry
Richard Baumann T/5 14th Armoured
Lee J. Beckenbauer Pvt 83rd Infantry

»Geben Sie es zurück«, verlangte Davies. Alles, was von einer langen, schrecklichen Ehrenliste blieb. Begraben in *Tan-y-graig*. Sie sahen zu, wie die Flammen es verzehrten.

In Davies' Blick zeigte sich keinerlei Regung. Für ihn war es nur die Erfüllung eines Auftrags.

»Kommen Sie hier herüber«, bat er und brachte Fellowes außerhalb der Hörweite der anderen. Sandie, Laurel und Wishart gingen bereits hinunter zum Ende des Bootsschuppens. Ihre Schritte hallten über den Betonboden.

Davies nahm Fellowes am Arm und begann eindringlich zu reden: »Hören Sie. Alles, was ich unternahm, geschah im Namen höchster Stellen. Über neunhundert Tote wurden hier auf dem Höhepunkt der Kämpfe der Normandie begraben. Es mußte vertuscht werden. Wir hätten den Deutschen in die Hände gespielt, wenn wir zugegeben hätten, daß wir sie selbst töteten. Nach dem Krieg wollte niemand ein solches Kapitel wieder aufschlagen, bis Ihre verflixte Laurel begann, dumme Fragen zu stellen. Fragen, die das Pentagon und Downing Street störten.«

»Also stehen Sie einfach stramm und nehmen Befehle entgegen, stellen keine Fragen, ja? Ist es so?«

»Hören Sie mir zu, sage ich. Ich hatte die Order, die Beweise um jeden Preis zu entfernen. Keinen Schmutz aufwühlen, verstehen Sie? Nicht noch einmal Slapton Sands.«

»Sie sind über Ihre Pflicht hinausgegangen... über jede denkbare Pflicht.«

»Keineswegs. Ich habe nur den Berg zugemacht. Aber das Schicksal wollte es, daß Maud Steadman ausgerechnet zurückkam und starb, als ich eben begann... und daß Sie mit Ihrer Tochter auftauchten.«

»Bastard!«

Davies lachte rauh. »Was sollte ich tun? Sie töten oder Sie von dem Geheimnis erfahren lassen? Enorm wenig Zeit, um sich zu entscheiden.«

»Sie haben Sandie entführt. Das ist ein Verbrechen.«

»Nein. Keineswegs. Ich brachte sie an einen geschützten Ort, aus Sicherheitsgründen. Ich mußte den Hügel sprengen. Und Ihre Tochter ist durch ihre Unterschrift zu Stillschweigen verpflichtet. Nichts zu machen.«

Fellowes war, als müßte er sich übergeben. »Ich werde zusehen, daß Sie damit nicht davonkommen. Bei Gott, mich bringen Sie nicht zum Schweigen. Sie haben einen Schwindel aus Mrs. Steadmans Tod gemacht und wollten mich an der Nase herumführen. Und Sie hielten Owens an der Kandare.«

Davies sah ihn ruhig an. »Legen Sie sich mit mir an, und Sie legen sich mit der Macht der Regierung an. Ich habe genügend Autorität, um die Presse in Zaum zu halten. Und was diesen Trottel von Owens betrifft – er wußte keinen Moment lang, worum es ging.« Sein massiges Gesicht wandte sich ab, und er starrte auf den See. »Kurz gesagt, ich mußte den Beweis vernichten, ein für allemal. Neunhundert GIs im Feuer der eigenen Seite getötet, im Berg begraben, vergessen – darauf ist ganz sicher keiner von uns stolz. Sie werden nichts darüber in den offiziellen Unterlagen finden.«

»Ich nenne das den größten Massenmord der britischen Geschichte.«

Davies sog scharf den Atem ein. »Sie können es nennen, wie Sie wollen.«

»Gehen Sie mir vom Leib«, knurrte Fellowes. »Sie werden nicht verhindern, daß die Wahrheit an den Tag kommt.«

»Kommen Sie mir nicht so, bitte. Sie haben keinen Beweis... Selbst wenn Sie die Namen wüßten.«

In blinder Wut konnte Fellowes nur noch keuchen: »Sie sind der absolute Bastard! Ein gewissenloses Schwein!«

»Ärgern Sie mich nicht«, konterte Davies. »Der Versuch, hochsensible Informationen zu enthüllen und sie ohne Recht in Besitz zu halten, wird Ihnen zehn Jahre bringen. Mindestens. Dafür werden wir sorgen.«

Fellowes zog einen Strich mit seinem Fuß, eine scharfe Trennlinie auf dem Beton, wie um zu zeigen: Bis hierher und nicht weiter! »Kümmert mich nicht.«

»Denken Sie erst darüber nach«, warnte Davies. »Ehe irgendjemandem etwas geschieht... und ich meine, was ich sage. Es wäre ein sinnloses Unterfangen.«

Fellowes begriff die Drohung, undefiniert, aber real, die sein ganzes Leben überschatten konnte. Draußen, durch die Tür des Bootsschuppens, sah er Licht blitzen und eine graue Fläche See und Himmel. Und dort warteten Sandie und Laurel, die beiden Frauen, die er liebte und die er brauchte.

Er ging langsam weg von Davies, versuchte, klare, positive Gedanken in seinen Kopf zu bringen. Alles andere nützte niemandem mehr etwas, am allerwenigsten den Toten.

»Was soll ich tun – was willst du?« fragte er Sandie. Sandie, die, allein gelassen, nachzuforschen begonnen hatte und vielleicht dann auf ihre Art das Geheimnis des Hügels erriet.

Sie zitterte und hielt sich an ihm fest. »Nichts, Daddy«, flüsterte sie. »Ich will nur dich.«

Und Laurel...? Sein Blick suchte ihren, und er sah in ihren Augen Tränen glitzern.

»Peter«, sagte auch sie, »vielleicht ist es schließlich doch besser, die Toten nicht zu stören – und wenn auch nur der Lebenden willen.«

Wie er dort stand, im kalten Licht des Bootsschuppens,

begriff er, daß Menschen die Wahrheit kennen konnten und in der Lage waren, nichts zu unternehmen, wenn Fanatiker wie Davies und die Mächte hinter ihm sie konfrontierten. Doch er wußte auch, ganz tief im Innern, daß er und Sandie und Laurel eine tiefere Wahrheit gefunden hatten, die zuvor verborgen gewesen war.

Er legte einen Arm um die Schultern seiner Tochter und den anderen um Laurel, und er küßte sie beide.